Os herdeiros

William Golding

Os herdeiros

Tradução
Sergio Flaksman

ALFAGUARA

Copyright © William Golding, 1955
Todos os direitos desta edição reservados à
Editora Objetiva Ltda.
Rua Cosme Velho, 103
Rio de Janeiro — RJ — Cep: 22241-090
Tel.: (21) 2199-7824 — Fax: (21) 2199-7825
www.objetiva.com.br

Título original
The Inheritors

Capa
Retina_78

Revisão
Ana Kronemberger
Tamara Sender
Rita Godoy

Editoração eletrônica
Abreu's System Ltda.

CIP-BRASIL. CATALOGAÇÃO NA PUBLICAÇÃO
SINDICATO NACIONAL DOS EDITORES DE LIVROS, RJ

G571h

    Golding, William
        Os herdeiros / William Golding; tradução Sergio Flaksman. – 1. ed. – Rio de Janeiro: Objetiva, 2015.

    Tradução de: *The Inheritors*
    210p.   ISBN 978-85-7962-374-5

    1. Ficção inglesa. I. Flaksman, Sérgio. II. Título.

14-18864   CDD: 823
                                            CDU: 821.111-3

Os herdeiros

"... Sabemos muito pouco sobre a aparência do homem de Neandertal, mas tudo... parece sugerir uma pelagem densa, a feiura, ou uma estranheza repulsiva em sua aparência para além de sua testa baixa, de suas sobrancelhas grossas e proeminentes, de seu pescoço simiesco e de sua estatura inferior... Diz sir Harry Johnston, num ensaio sobre o surgimento do homem moderno em seu livro *Views and Reviews*: 'A desbotada memória racial que temos desses monstros que lembram os gorilas, com seu cérebro ardiloso, seu andar trôpego, seu corpo peludo, seus dentes fortes e, possivelmente, sua tendência ao canibalismo, pode ter sido o germe do ogro no folclore...'"

H.G. WELLS, *História universal*
(*Outline of History*, 1920)

Para Ann

Um

Lok corria o mais depressa possível. Com a cabeça abaixada, carregava seu ramo de espinheiro em posição horizontal para manter o equilíbrio, e afastava a tapas os aglomerados de brotos com a mão livre. Liku vinha montada nele, rindo, uma das mãos agarrada às mechas castanhas que cresciam em seu pescoço e nas suas costas, a outra segurando a pequena Oa bem encaixada debaixo do queixo dele. Os pés de Lok enxergavam, e sabiam o que fazer. Cuidavam de contornar as raízes proeminentes das faias, saltavam quando uma poça d'água se atravessava na trilha. Liku batia com os pés na barriga dele.

"Mais depressa! Mais depressa!"

Os pés de Lok fincaram no chão, ele deu uma guinada e reduziu a velocidade. Começaram a ouvir o rio que corria paralelo, mas invisível, à esquerda deles. As faias se espaçaram, o mato baixo desapareceu e chegaram ao trecho plano de lama onde ficava o tronco.

"Olha, Liku."

A água ônix do charco se estendia à frente deles, alargando-se para dentro do rio. A trilha ao longo do rio recomeçava do outro lado, num terreno que ia se elevando, até se perder no meio das árvores. Lok, com um sorriso feliz, deu dois passos na direção da água e parou. O sorriso sumiu, e sua boca se abriu até o lábio inferior ficar pendente. Liku escorregou para os seus joelhos e pulou para o chão. Levou à boca a cabeça da pequena Oa, cuidando dela.

Lok deu um riso de dúvida.

"O tronco foi embora."

Fechou os olhos com força e franziu a testa para a imagem do tronco. Ficava estendido na água entre este lado e o outro, acinzentado e apodrecendo. Quando você chegava ao meio sentia o deslocamento da água debaixo dos pés, o horror da água, atingindo em certos pontos a profundidade dos ombros de um homem. Não era uma água desperta, como o rio ou a cachoeira, mas adormecida, espalhando-se até o rio e aí acordando, e seguindo para a direita na direção da mata fechada, um lodaçal, um pântano e um atoleiro intransponíveis. Estava tão seguro daquele tronco que as pessoas sempre tinham usado que tornou a abrir os olhos, esboçando um sorriso como se acordasse de um sonho; mas o tronco tinha sumido.

Fa chegou trotando pela trilha. O mais novo vinha dormindo nas suas costas. Não temia que ele caísse porque sentia as mãozinhas agarradas aos seus cabelos na altura do pescoço e os pés presos aos pelos que tinha mais abaixo nas costas, mas trotava muito de leve para ele não acordar. Lok ouviu seus passos antes que ela surgisse à sombra das faias.

"Fa! O tronco foi embora!"

Ela veio direto até a beira da água, olhou, farejou o ar e se virou para Lok com uma expressão acusatória. Nem precisou dizer nada. Lok atirou a cabeça para trás.

"Não, não. Eu não tirei o tronco para fazer graça. Ele sumiu."

Abriu muito os braços para indicar que a ausência era completa, viu que tinha sido entendido e tornou a baixá-los.

Liku falou com Lok.

"Me balança."

Estendia as mãos para um galho de faia que pendia da árvore como um pescoço comprido, até encontrar a luz e se erguer na direção do céu, uma braçada de brotos verdes e marrons. Lok deixou de lado o tronco que não estava mais lá e pôs Liku sentada na parte mais baixa do galho, que começou a deslocar para o lado, puxando, recuando um pouco a cada passo enquanto o galho rangia.

"Ho!"

Soltou o galho e caiu sentado. O galho deu um salto para a frente e Liku gritou, encantada.

"Não! Não!"

Mas Lok tornou a puxar o galho várias vezes e aquela braçada de folhas carregava Liku, que gritava, ria e protestava, ao longo da beira da água. Fa olhava da água para Lok, e novamente para a água. Franzia novamente a testa.

Ha chegou pela picada, andando depressa mas sem correr, mais reflexivo do que Lok, o homem certo para uma emergência. Quando Fa o chamou, ele não respondeu de imediato, olhando para a água vazia e depois para a esquerda, onde se via o rio para além da cúpula de faias. Em seguida, vasculhou a floresta com os ouvidos e o faro à procura de intrusos, e só quando ficou convencido de que estavam seguros baixou seu ramo de espinheiro e se ajoelhou junto à água.

"Olha!"

Seu dedo apontava para os sulcos submersos que o tronco tinha deixado. As bordas ainda se mantinham definidas, e os pedaços de terra solta dentro dos sulcos ainda não tinham sido desintegrados pela água que os cobria. Acompanhou o traçado dos sulcos que se afastavam pela água abaixo, afundando até desaparecerem na escuridão. Fa olhou para o outro lado, o recomeço da trilha interrompida. A terra estava revolvida no lugar onde a outra ponta do tronco antes se apoiava. Dirigiu uma pergunta a Ha, e ele respondeu com a boca.

"Um dia. Talvez dois. Mas não três."

Liku ainda gritava e ria.

Nil apareceu na trilha. Gemia baixinho, como era seu costume quando cansada e com fome. Mas, embora a pele cobrisse frouxa seu corpo pesado, os seios estavam distendidos e repletos, e o branco do leite se via em seus mamilos. Se alguém ia passar fome, nunca seria o mais novo. Lançou-lhe um olhar, agarrado aos pelos de Fa, viu que estava dormindo, depois se aproximou de Ha e tocou seu braço.

"Por que você me deixou para trás? Você tem mais imagens na cabeça do que Lok."

Ha apontou para a água.

"Eu vim depressa ver o tronco."

"Mas o tronco foi embora."

Os três ficaram ali de pé, trocando olhares. Em seguida, como acontecia tantas vezes com as pessoas, tiveram sentimentos comuns. Fa e Nil compartilharam uma imagem de Ha pensando. Ele tinha pensado que precisava se certificar de que o tronco continuava no lugar certo, porque se a água tivesse arrastado o tronco ou o tronco tivesse decidido se arrastar para longe dali por algum motivo lá dele as pessoas seriam obrigadas a mais um dia de caminhada para contornar o pântano, o que significava perigo ou um desconforto maior que o de costume.

Lok lançou todo o seu peso contra o galho da faia e não o soltou mais. Fez Liku se calar e ela desceu do galho, postando-se ao lado dele. A velha vinha caminhando pela trilha, agora ouviam seus passos e sua respiração ofegante. Apareceu por trás do último tronco, grisalha e miúda, curvada e absorta na contemplação da carga embrulhada em folhas que trazia nas duas mãos, junto aos seios murchos. As pessoas reunidas saudaram sua chegada em silêncio. Ela não disse nada, limitando-se a esperar, com uma paciência humilde, o que viria em seguida. Só as mãos que seguravam a carga cederam um pouco, reerguendo-se em seguida para que as pessoas se lembrassem de como era pesado.

Lok foi o primeiro a falar. Dirigiu-se a todos em geral, risonho, ouvindo apenas as palavras de sua boca mas querendo o riso. Nil recomeçou a gemer.

Agora ouviram a última das pessoas chegando pela picada. Era Mal, que caminhava devagar, tossindo a intervalos. Contornou o último tronco de árvore, parou na borda da área descampada, apoiou-se pesadamente na ponta partida de seu ramo de espinheiro e começou a tossir. Quando se curvou, todos puderam ver a área de onde seus cabelos brancos tinham caído, deixando uma faixa que saía logo acima de suas sobrancelhas, passava pelo alto da cabeça e descia até a pelagem farta que lhe cobria os ombros. Ninguém disse nada enquanto ele tossia, ficando à espera, imóveis como cervos de olhos fixos, enquanto a lama ia subindo em grumos que se alongavam e depois se reviravam entre os dedos dos seus pés. Uma nuvem de contornos esculpidos saiu da frente do sol e as árvores deixaram passar raios da luz gelada que cobriram seus corpos nus.

Mal finalmente parou de tossir. Começou a endireitar o corpo apoiando seu peso no ramo de espinheiro e escalando com as mãos, uma depois da outra, pelo talo acima. Olhou para a água e depois para cada uma das pessoas, e todos ficaram esperando.

"Tive uma imagem."

Soltou uma das mãos, que apoiou espalmada na cabeça como que para conter as imagens que se sucediam ali.

"Mal não está velho, mas agarrado nas costas da mãe dele. Tem mais água, não só aqui mas por todo o caminho que a gente seguiu. Um dos homens sabe. Faz os homens pegarem uma árvore que caiu e —"

Os olhos afundados nas cavidades de seu rosto dirigiram-se para as pessoas, suplicando que compartilhassem uma imagem com ele. Tornou a tossir, de leve. A velha ergueu seu fardo com cuidado.

Finalmente Ha falou.

"Não estou vendo essa imagem."

O velho suspirou e tirou a mão da cabeça.

"Encontrem uma árvore caída no chão."

Obedientes, as pessoas se espalharam pela beira da água. A velha caminhou até o galho em que Liku tinha balançado e apoiou nele as mãos em concha. Ha foi o primeiro a chamar os outros. Correram para ele, estremecendo de repulsa da lama líquida que lhes chegava aos tornozelos. Liku encontrou algumas bagas silvestres enegrecidas que tinham sobrado da época da frutificação. Mal avançou e parou, franzindo os olhos para a tora que encontraram. Era o tronco de uma bétula, mais ou menos da grossura da coxa de um homem, meio afundado na lama e na água. A casca se desprendia em vários pontos, e Lok começou a arrancar os cogumelos coloridos presos a ela. Alguns eram bons de comer, e Lok os deu a Liku. Ha, Nil e Fa tentavam agarrar a tora para levantá-la, sem muito jeito. Mal tornou a suspirar.

"Esperem. Ha ali. Fa ali. Nil também. Lok!"

A tora se soltou com facilidade. Ainda tinha parte da galhada, que se enredava nas moitas, prendia na lama e os atrapalhava enquanto carregavam todo aquele peso de volta ao gargalo mais estreito de água. O sol tornou a se esconder.

Quando chegaram à beira da água, o velho estava parado, apertando os olhos na direção da terra revolvida do outro lado.

"Deitem o tronco na água."

O que foi delicado e difícil. Para manobrar a tora encharcada, as pessoas não tinham como evitar o contato entre os pés e a água. Finalmente a tora boiou estendida na água com Ha, debruçado para a frente, sustentando seu peso pela ponta. A outra extremidade afundava um pouco. Ele começou a sustentar o peso com uma das mãos, enquanto puxava com a outra. A cabeça do tronco, ainda com seus galhos, foi-se deslocando devagar e acabou apoiada na lama do outro lado. Lok, admirado, balbuciava satisfeito, com a cabeça para trás, emitindo palavras ao acaso. Ninguém dava atenção a Lok, mas o velho franzia o rosto e apoiava as duas mãos espalmadas na cabeça. A outra ponta do tronco se estendia debaixo d'água por uma extensão de talvez duas vezes a altura de um homem, e era a parte mais fina da árvore. Ha fez sua pergunta com os olhos ao velho, que apertou de novo a cabeça, tossindo. Ha suspirou e, com uma lentidão deliberada, enfiou um dos pés na água. Quando as pessoas viram o que fazia, soltaram um gemido solidário. Ha entrou na água muito desconfiado, fez uma careta e as pessoas repetiram sua expressão. Tomou fôlego pela boca, forçando-se a entrar até afundar na água até acima dos joelhos. Suas mãos seguravam a casca apodrecida do tronco com tanta força que ela começou a se enrugar, e ele fez força para baixo com uma da mãos enquanto levantava o peso com a outra. O tronco rolou, os galhos revolveram a lama marrom e amarela que se espalhou em redemoinhos pela superfície, em meio a um cardume de folhas agitadas, a cabeça da árvore ergueu-se de um salto e se apoiou mais acima na outra margem. Ha empurrava com toda a força, mas a galharia que se alargava era demais para ele. Ainda restava do outro lado uma extensão onde o tronco ficava coberto pela água. Ha voltou ao terreno seco, enquanto os demais o acompanhavam com os olhos e uma expressão muito séria. Mal o fitava com um ar de expectativa, o ramo de espinheiro novamente nas mãos. Ha foi até o ponto onde a trilha emergia da floresta. Pegou seu ramo de espinheiro e se agachou. Por algum tempo ele se debruçou para a frente e então, quando estava a ponto de cair, seus pés entraram em movimento e ele saiu em disparada pelo descampado. Deu quatro passos no tronco, o tempo todo mais abaixado até dar a impressão de que ia bater com a cabeça nos joelhos; então o tronco se agitou muito na água e Ha saiu voando pelo ar, com os pés encolhidos e os braços bem abertos. Caiu com um baque nas folhas e na terra. Estava do outro lado. Virou-se, agarrou a cabeça do tronco e puxou para cima: e a trilha se emendou por cima da água.

As pessoas gritaram de alívio e alegria. O sol escolheu este momento para ressurgir, e o mundo inteiro parecia participar do prazer de todos. Aplaudiram Ha, batendo nas coxas com as palmas das mãos, e Lok compartilhou o triunfo de todos com Liku.

"Está vendo, Liku? O tronco atravessou a água. Ha tem muitas imagens!"

Quando se calaram de novo, Mal apontou para Fa com seu ramo de espinheiro.

"Fa e o mais novo."

Fa apalpou o mais novo com a mão. Estava coberto pelos cachos de pelo em torno do seu pescoço, e só se via pouco mais que suas mãos e seus pés bem aferrados a mechas separadas. Fa caminhou até a beira da água, abriu muito os braços e correu com elegância pelo tronco, dando um salto no final e parando ao lado de Ha. O mais novo acordou, espiou por cima do seu ombro, mudou a empunhadura de um dos pés e tornou a adormecer.

"Agora Nil."

Nil franziu o rosto, repuxando a pele acima das sobrancelhas. Alisou o cabelo para trás, fez uma careta sofrida e saiu correndo para o tronco. Mantinha as mãos estendidas muito acima da cabeça, e quando chegou ao meio do tronco já estava gritando.

"Ai! Ai! Ai!"

O tronco começou a vergar e afundar. Nil chegou à parte mais fina e pulou para o alto, fazendo balançar os seios repletos, e pousou com água pelos joelhos. Deu um grito agudo e puxou com força os pés para fora da lama, agarrou a mão estendida de Ha e logo ofegava e tremia em terra firme.

Mal se aproximou da velha e dirigiu-se a ela com gentileza.

"Agora ela carrega para o outro lado?"

A velha só abandonou em parte sua contemplação interior. Deu alguns passos na direção da beira da água, as duas mãos ocupadas erguidas à altura do peito. Seu corpo era pouco mais que pele, osso e uma escassa pelagem branca. Quando ela caminhou depressa até o outro lado, o tronco mal se mexeu na água.

Mal se reclinou para Liku.

"Você atravessa?"

Liku tirou a pequena Oa da boca e esfregou os cachos avermelhados de sua cabeça na coxa de Lok.

"Vou com Lok."

E isto acendeu uma espécie de raio de sol na cabeça de Lok. Ele abriu muito a boca, rindo, e começou a falar com as pessoas, embora houvesse pouca ligação entre suas imagens rápidas e as palavras que dizia. Viu Fa rindo para ele, e Ha sorrindo com uma expressão séria.

Nil gritou para o lado de cá.

"Cuidado, Liku. Segure com força."

Lok puxou um cacho dos cabelos de Liku.

Liku pegou a mão de Lok, apoiou o pé num dos seus joelhos e escalou suas costas, segurando em seus pelos. A pequena Oa estava acomodada em sua mão quente, debaixo do queixo dele. E Liku gritou.

"Agora!"

Lok voltou para o trecho da trilha ainda à sombra das faias. Fez uma careta de desprezo para a água, saiu correndo na direção dela mas parou, derrapando na terra. Do outro lado da água as pessoas começaram a rir. Lok corria para trás e depois para a frente, refugando sempre que se aproximava do início do tronco. E gritou.

"Olhem para Lok, o grande saltador!"

Orgulhoso, arremetia com uma postura empertigada, mas seu orgulho diminuía, ele se agachava e corria de volta. Liku saltava em suas costas, gritando.

"Pula! Pula!"

Empurrava a cabeça em vão contra a dele. Ele se aproximou da beira da água com a mesma postura de Nil, com as mãos bem para o alto.

"Ai! Ai!"

Até Mal sorria. Liku riu tanto que agora ficou sufocada e nem produzia mais som algum, enquanto a água jorrava dos seus olhos. Lok se escondeu atrás de uma faia e Nil segurou os seios para poder rir. Então, de repente, Lok ressurgiu. Disparou em frente, com a cabeça baixa. E passou em alta velocidade pelo tronco, com um grito impressionante. Deu um salto e pousou em terreno seco, saiu rodopiando aos saltos e continuou a pular e zombar da água derrotada, até Liku prorromper em soluços junto ao seu pescoço e as pessoas precisarem se segurar umas nas outras.

Finalmente todos se acalmaram e Mal avançou. Tossiu de leve e dirigiu-lhes uma careta meio torta.

"Agora, Mal."

Segurou o ramo de espinheiro na horizontal, à sua frente, para equilibrar-se. Correu para o tronco, agarrando e soltando a terra com seus velhos pés. Começou a atravessar, balançando o ramo de espinheiro. Mas não tomou impulso suficiente para chegar em segurança ao outro lado. Todos viram a angústia que aumentava em seu rosto, com os dentes à mostra. Então seu pé de trás desprendeu um pedaço de casca do tronco, expondo a madeira lisa, e ele não teve a rapidez necessária. O outro pé escorregou, e ele tombou para a frente. Bateu no tronco de lado e desapareceu numa espuma suja de água agitada. Lok começou a correr de um lado para o outro, gritando o mais alto que podia.

"Mal caiu na água!"
"Ai! Ai!"

Ha enveredou água adentro, crispando dolorosamente os dentes em reação àquele toque estranho e gelado. Conseguiu alcançar o ramo de espinheiro, com Mal na outra ponta. Depois agarrou o pulso de Mal e os dois quase caíram, dando a impressão de que se engalfinhavam em luta. Mal se desvencilhou e começou a subir rastejando para uma área de solo mais firme. Interpôs uma faia entre ele e a água, e ali se encolheu, tremendo muito. As pessoas se agruparam em torno dele em formação cerrada. Acocorados, esfregavam os corpos no dele, e entrelaçaram os braços formando uma teia sólida de proteção e conforto. A água escorria do corpo de Mal, formando pontas no seu pelo. Liku se enfiou no meio do grupo e apoiou a barriga nos tornozelos de Mal. Só a velha continuava esperando sem se mover. O grupo de pessoas se agachou em torno de Mal, compartilhando seus calafrios.

Liku falou.
"Estou com fome."

As pessoas desfizeram o nó em torno de Mal, e ele se levantou. Ainda tremia. Não era um tremor da superfície da pele e dos pelos, mas profundo, tanto que até o ramo de espinheiro tremia com ele.
"Vamos!"

E saiu caminhando à frente pela trilha. Aqui o espaço entre as árvores era maior, e muitos arbustos cresciam nesse espaço. Chegaram a uma clareira que uma árvore enorme tinha produzido antes de morrer, uma clareira próxima ao rio ainda dominada pelo cadáver ereto da árvore morta. A hera tinha tomado conta, e seus talos engastados produziam um emaranhado varicoso no velho tronco, culminando, onde antes ficava a copa do tronco, num grande ninho de folhas verde-escuras. Cogumelos também prosperavam, pequenas plataformas protuberantes cheias de água de chuva ou aglomerados menores de matéria gelatinosa vermelha e amarela, dissolvendo a velha árvore em pó e polpa branca. Nil colheu comida para Liku, e Lok enfiou os dedos no tronco à procura de larvas brancas. Mal esperava pelos dois. Seu corpo tinha parado de tremer, mas de tempos em tempos tinha espasmos. Depois deles, Mal apoiava seu peso no ramo de espinheiro como se fosse escorregar por ele abaixo.

 Havia um novo elemento que se apresentava aos sentidos de todos, um som tão tenaz e penetrante que as pessoas nem precisavam lembrar umas às outras do que se tratava. Para além da clareira o terreno tornava-se muito íngreme, de terra batida mas salpicado de árvores menores; e então apareciam os ossos da terra, blocos de pedra lisa e cinzenta. Depois dessa encosta ficava a garganta entre as montanhas, e da beira dessa garganta o rio despencava numa cachoeira imensa, duas vezes mais alta que a mais alta das árvores. Agora que estavam em silêncio, todos ouviam o rumor distante da água. Entreolharam-se, começaram a rir e a tagarelar. Lok explicou para Liku.

 "Você hoje vai dormir perto da água caindo. Ela não foi embora. Você lembra?"

 "Tenho uma imagem da água e da caverna."

 Lok deu um tapinha afetuoso no tronco da árvore morta e Mal conduziu o grupo encosta acima. Agora todos, em sua alegria, começaram também a atentar para a fraqueza de Mal, embora ainda não tivessem noção do quanto era profunda. Mal erguia as pernas como um homem que precisasse arrancá-las da lama, e seus pés tinham perdido a sagacidade. Escolhiam seus apoios sem critério, como se alguma coisa os puxasse de lado, obrigando Mal a apoiar-se no seu bastão. As pessoas que vinham atrás dele acompanhavam com facilidade cada um de seus movimentos, devido à sua plena saúde. Concentradas no esforço que ele fazia, produziam uma paródia afetuosa e inconsciente dos seus movimentos. Sempre que ele se debruçava, fazendo força para recobrar o fôlego, eles também abriam muito a boca, cambaleavam, e seus pés hesitavam de propósito. Subiam descrevendo meandros em meio a uma profusão de rochedos cinzentos e blocos menores de pedra, até que não havia mais árvores e se viram a céu aberto.

Mal parou e começou a tossir, e todos entenderam que precisavam esperar que se recobrasse. Lok pegou Liku pela mão.

"Olha!"

A encosta subia na direção da garganta, e a montanha se erguia à frente deles. À esquerda, a encosta se transformava num desfiladeiro que caía no rio. Havia uma ilha no rio, que se estendia para cima como se uma parte sua tivesse sido posta de pé e se inclinasse para trás, resistindo à cachoeira. As águas do rio despencavam dos dois lados da ilha, uma queda mais fina do lado de cá, mas muito mais larga e forte do outro lado; e o lugar onde as águas caíam ninguém conseguia enxergar, por causa do borrifo da água e da fumaça que se espalhava por cima. A ilha era coberta de árvores e mato fechado, mas a ponta que dava na cachoeira ficava encoberta como por um nevoeiro cerrado, e o rio que a cercava pelos dois lados ostentava uma cintilação muito limitada.

Mal recomeçou a andar. Havia duas maneiras de chegar até a beira da queda-d'água; a primeira era subindo pela direita, ziguezagueando em meio às pedras. Embora fosse o caminho mais fácil para Mal, ele o ignorou como se, antes de mais nada, estivesse com muita pressa de chegar a algum conforto. E escolheu o caminho da esquerda. Ali, podiam pendurar-se nas moitas baixas que cresciam à beira do desfiladeiro, e enquanto avançavam de moita em moita Liku tornou a falar com Lok. O ronco da cachoeira abafava a clareza das suas palavras e só deixava delas um vestígio muito atenuado.

"Estou com fome."

Lok esmurrou o próprio peito. E gritou, para que todos ouvissem.

"Tenho uma imagem de Lok encontrando uma árvore com muitas orelhas que crescem depressa —"

"Coma, Liku."

Ha estava ao lado deles, com um punhado de bagas na mão. Despejou-as nas mãos de Liku e ela comeu, afundando a boca na comida, a pequena Oa acomodada numa posição desconfortável debaixo de seu braço. A comida fez Lok lembrar-se de sua própria fome. Agora que tinham deixado a umidade da caverna de inverno à beira-mar, e a comida de sabor estranho e amargoso da praia e dos brejos salgados, teve uma imagem repentina de coisas boas, mel e brotos de plantas, bulbos e larvas, carne vermelha, saborosa e repulsiva. Pegou uma pedra e bateu com ela no rochedo nu ao lado de sua cabeça, como se batesse num tronco de árvore.

    Nil colheu uma baga murcha de uma das moitas e a pôs na boca.

    "Olhem Lok batendo na pedra!"

    Quando todos riram ele se abaixou, fingindo que escutava o interior da pedra e gritando.

    "Vamos acordar, larvas! Estão acordadas?"

    Mas Mal continuava em frente.

O topo do desfiladeiro era um pouco inclinado para trás, de modo que em vez de escalar direto as pedras íngremes eles podiam contornar o alto do paredão de pedra que se precipitava no ponto do rio onde a confusão de suas águas cessava, logo abaixo da cachoeira. A altitude da trilha aumentava a cada passo, um caminho vertiginoso de planos inclinados e saliências, fendas e contrafortes onde as asperezas que o pé sentia constituíam a única segurança e a pedra mergulhava abaixo deles num declive negativo, deixando apenas um vácuo de ar entre o paredão de pedra, a fumaça e a ilha. Ali, os corvos pairavam abaixo deles como flocos de fuligem enegrecida, e as cavalinhas submersas ondulavam cobertas apenas por um brilho ligeiro, indicando onde ficava a superfície: e a ilha, empinada contra as águas que se precipitavam cachoeira abaixo, parecia tão distante quanto a lua. O desfiladeiro se debruçava como se tentasse enxergar seus próprios pés na água. As cavalinhas eram muito compridas, mais longas que a altura de muitos homens, e se deslocavam para a frente e para trás, muito abaixo das pessoas que escalavam as pedras, com a regularidade das batidas de um coração ou da arrebatação à beira-mar.

Lok se lembrou do som que os corvos faziam. E agitou os braços para eles.

"Kwak!"

O mais novo se remexeu nas costas de Fa, trocando a posição das mãos e dos pés. Ha seguia muito devagar, pois seu peso o tornava cauteloso. Engatinhava mais à frente, pés e mãos apalpando e se contraindo na pedra inclinada. Mal falou de novo.

"Esperem."

Todos leram seus lábios quando se virou para eles, e se agruparam a seu lado. Naquele ponto a trilha se alargava e se transformava numa plataforma que comportava a todos. A velha apoiou as mãos na pedra inclinada, aliviando o peso que carregava. Mal curvou-se e tossiu até ficar com os ombros contorcidos. Nil acocorou-se ao lado dele, pousou uma das mãos em sua barriga e a outra no seu ombro.

Lok olhava para o outro lado do rio, tentando se distrair da fome. Dilatou as narinas e foi imediatamente recompensado com toda uma mistura de aromas, pois a névoa da cachoeira amplificava incrivelmente cada cheiro, da mesma forma como a chuva acentua e torna distintas as cores de um campo florido. Havia os cheiros das pessoas também, diferenciados, mas todos associados ao cheiro do caminho enlameado que já haviam percorrido.

Aquilo era uma indicação tão concreta de que chegavam à sua morada de verão que Lok riu de alegria e virou-se para Fa, querendo deitar-se com ela apesar de toda a sua fome. A água da chuva da floresta tinha secado em seu corpo, e as mechas de cabelo aglomeradas em torno do pescoço dela, e cobrindo a cabeça do mais novo, eram de um vermelho luminoso. Ele estendeu a mão para o seio de Fa, o que a fez rir também e puxar os cabelos para trás das orelhas.

"Vamos encontrar comida", disse ele com toda a largura da boca, "e vamos fazer amor".

A simples menção de comida tornou sua fome tão real quanto os cheiros que sentia. Olhou novamente para longe, na direção de onde lhe chegava o cheiro da carga da velha. E então tudo ficou vazio, só havia a fumaça da cachoeira que subia até ele vindo da ilha. Lok tinha caído, os braços e as pernas muito esticados e colados na pedra, os dedos dos pés e das mãos aferrados como cracas a asperezas mínimas. Viu de novo as cavalinhas, não ondulando mas congeladas num instante de percepção extrema, por baixo de sua axila. Liku guinchava na plataforma e Fa estava deitada junto à beira do precipício, segurando seu pulso, enquanto o mais novo se debatia e choramingava entre os cabelos dela. As outras pessoas chegaram de volta. Ha apareceu da cintura para cima, cuidadoso mas veloz e agora curvando-se para segurar seu outro pulso. Lok sentiu o suor do terror na palma das mãos dos outros. Um pé ou mão de cada vez, subiu devagar até se agachar na plataforma. Virou-se com todo o cuidado e dirigiu uma algaravia balbuciada às cavalinhas que agora se moviam de novo. Liku berrava. Nil debruçou-se, acomodou a cabeça da menina entre os seios e acariciou os pelos de suas costas para reconfortá-la. Fa puxou Lok para que ficasse de frente para ela.

"Por quê?"

Lok ficou um tempo ajoelhado, coçando os pelos debaixo da boca. Então apontou para a nuvem úmida da água borrifada que se erguia na direção deles, vindo do outro lado da ilha.

"A velha. Ela estava lá. Com aquilo."

Os corvos ganhavam altitude abaixo de suas mãos, à medida que o ar ascendia junto ao paredão de pedra. Fa afastou a mão de Lok quando sua voz de homem falou da velha. Mas os olhos dele continuavam fixos em seu rosto.

"Ela estava do outro lado —"

Uma incompreensão absoluta forçou os dois ao silêncio. Fa contraiu de novo o rosto. Com aquela mulher ele não se deitava. Alguma coisa invisível da velha impregnava o ar em torno da cabeça de Fa. Lok implorou.

"Olhei para ela e caí."

Fa fechou os olhos e respondeu em tom austero.

"Não estou vendo essa imagem."

Nil conduzia Liku para junto dos outros. Fa dirigiu-se para perto deles, como se Lok não existisse. Ele vinha atrás dela com ar humilde, consciente do seu erro; mas já em movimento murmurou:
"Eu olhei para ela —"

Os outros tinham se agrupado mais adiante, à beira da trilha. Fa gritou para eles.
"Estamos chegando!"
Ha gritou de volta:
"Tem uma mulher de gelo."
Mais além, acima de Mal, havia uma fenda no paredão de pedra preenchida com neve antiga que o sol ainda não tinha alcançado. O peso, o frio e depois a chuva persistente do final do inverno converteram aquela neve num bloco de gelo compacto que ameaçava se desprender, a água escorria entre as bordas do bloco em lenta liquefação e a pedra mais quente à sua volta. Embora nunca tivessem visto uma mulher de gelo ainda presa àquela fenda quando voltavam do inverno à beira-mar, nem lhes passou pela cabeça que Mal pudesse tê-los trazido para as montanhas antes da hora. Lok esqueceu o perigo que passara e a novidade estranha e indefinível presente no cheiro da umidade espalhada pela cachoeira, e saiu correndo em frente. Parou ao lado de Ha e gritou:
"Oa! Oa! Oa!"
Ha e os outros começaram a gritar com ele.
"Oa! Oa! Oa!"
Contra o fundo do fragor insistente da cachoeira, suas vozes soavam débeis e sem ressonância, mas os corvos escutaram e hesitaram no ar antes de retomar seu gracioso voo planado. Liku gritava e agitava a pequena Oa, mesmo sem saber por quê. O mais novo acordou novamente, lambeu os lábios com a língua rosada de gatinho e espiou com os olhos semiocultos entre os cachos de cabelo ao lado das orelhas de Fa. A mulher de gelo continuava imóvel no alto, à frente deles. Embora a água fatal continuasse a correr do seu ventre, ela

não se mexia. Então as pessoas fizeram silêncio e passaram depressa, até ela ficar encoberta pela pedra. Chegaram sem dizer nada às pedras ao lado da cachoeira, junto ao ponto onde o alto desfiladeiro olhava para baixo à procura dos seus pés em meio à turbulência e à espessa fumaça da água branca. Quase no mesmo nível dos olhos das pessoas ficava a curva nítida que a água descrevia ao dobrar-se para baixo por cima do beiral da queda, tão límpida que era possível enxergar em seu interior. As plantas ali não ondulavam com um ritmo lento, mas vibravam enlouquecidas, como que ansiosas para ir embora. Junto à cachoeira, as pedras estavam molhadas pelas gotas d'água que se espalhavam em todas as direções, e muitas samambaias pendiam no vazio. As pessoas mal olharam para a cachoeira, seguindo em frente apressadas.

Acima da cachoeira, o rio descia através de uma garganta aberta na cadeia de montanhas.

Agora que o dia estava quase no fim, o sol se punha na garganta e extraía reflexos ofuscantes das águas. Do outro lado do rio, as águas banhavam uma encosta escarpada, negra e escondida do sol; mas o lado de cá era menos impiedoso. Uma plataforma um pouco inclinada, um terraço de pedra, convertia-se gradualmente num paredão mais íngreme. Lok ignorou a ilha nunca visitada e a encosta da montanha do outro lado da água. Acelerava o passo, acompanhando as outras pessoas, enquanto se lembrava da extrema segurança daquele terraço. Nada poderia atacá-los vindo das águas, porque a correnteza ali arrastaria qualquer coisa cachoeira abaixo; e o paredão de pedra acima do terraço era só para raposas, cabras, as pessoas, hienas e aves. Mesmo o caminho que levava à floresta descendo do terraço só era acessível por uma passagem tão estreita que poderia ser defendida por um único homem com um ramo de espinheiro. Quanto àquela trilha à beira do precipício, acima das colunas de gotas borrifadas e da confusão das águas, só quem a conhecia eram os pés das pessoas.

Quando Lok contornou com cuidado a curva fechada ao fim da trilha, a floresta já havia escurecido atrás dele, e as sombras se estendiam da garganta pelo terraço adentro.

A chegada ao terraço relaxou as pessoas, que começaram a fazer muito barulho, mas Ha ergueu seu ramo de espinheiro, apoiando a ponta aguçada no chão à sua frente. Dobrou os joelhos e farejou o ar. Na mesma hora todos se calaram, espalhando-se em semicírculo diante de uma furna que se abria no paredão, coberta por uma saliência de pedra. Mal e Ha avançaram furtivamente, com os ramos de espinheiros em riste, e subiram uma pequena rampa de terra de onde era possível olhar de cima para a furna.

 Mas as hienas tinham ido embora. Apesar de seu rastro ainda persistir em pedras esparsas desprendidas do teto, e na relva rala que crescia no solo ali depositado por tantas gerações, era um cheiro da véspera. As pessoas viram Ha erguer seu ramo de espinheiro até deixar de ser uma arma, e descontraíram os músculos. Deram poucos passos encosta acima e ficaram paradas diante da furna na pedra, enquanto a luz do sol lançava suas sombras alongadas para o lado. Mal abafou a tosse que lhe subia do peito, virou-se para a velha e se pôs à espera. Ela se ajoelhou debaixo da laje que cobria a furna e pousou sua bola de argila bem no centro da área. Começou a abrir a argila, que alisava e colava na marca antiga que já havia ali. Aproximou o rosto da argila e soprou. Nas profundezas da furna havia vãos nas paredes rochosas, dos dois lados de um pilar de pedra, e ambos estavam cheios de pedaços de pau, gravetos e galhos mais grossos. Ela caminhou depressa até as pilhas e voltou trazendo gravetos e folhas secas, além de uma tora quase desfeita em pó. Dispôs a lenha por cima da argila aberta e soprou até um filete de fumaça surgir e uma única fagulha desprender-se no ar. O galho estalou e uma chama de ametista e carmim subiu em volutas e se estendeu na vertical; a luz brilhou no lado do rosto da velha oposto ao sol, e seus olhos cintilaram. Voltou dos vãos na pedra trazendo mais lenha, e o fogo se abriu num esplendor de chamas e fagulhas. A velha começou a moldar a argila úmida com os dedos, abrindo suas bordas de modo a deixar o fogo no centro de um tabuleiro raso. Em seguida, ergueu-se e falou com os outros.

 "O fogo acordou de novo."

Dois

As pessoas reagiram falando animadas e entraram correndo na furna coberta. Mal se agachou entre o fogo e os vãos na pedra, espalmando as mãos, enquanto Fa e Nil traziam mais lenha e deixavam ao lado da fogueira. Liku trouxe um galho seco e o entregou à velha. Ha se acocorou encostado à pedra e remexeu as costas até se encaixar. Sua mão direita encontrou uma pedra, que pegou e mostrou para as pessoas.

"Eu tenho uma imagem desta pedra. Foi usada por Mal para cortar um galho. Olhem! Aqui é a parte que corta."

Mal pegou a pedra da mão de Ha, sopesou-a, franziu o rosto por um momento e depois sorriu para os outros.

"É a pedra que eu usei", disse ele. "Olhem! Aqui eu apoiei o polegar, e aqui a minha mão se encaixou em torno dela."

Levantou a pedra, fazendo o gesto de Mal cortando um galho.

"A pedra é boa", disse Lok. "Não foi embora. Ficou ao lado da fogueira até Mal voltar."

Levantou-se e correu os olhos pela terra e as pedras encosta abaixo. O rio também não tinha ido embora, nem as montanhas. A furna tinha esperado por eles. Sentiu-se invadido por uma onda inesperada de felicidade e júbilo. Tudo tinha esperado por eles: Oa tinha esperado por eles. Naquele exato momento ela empurrava as espigas para fora dos bulbos, engordava as larvas, fazia os cheiros subirem da terra, fazia brotos em massa emergirem de cada fresta ou galho de planta. Lok saiu dançando pelo terraço ao lado do rio, com os braços muito abertos.

"Oa!"

* * *

Mal afastou-se um pouco do fogo e examinou o fundo da furna. Passou em revista a superfície e varreu com a mão algumas folhas secas e outros dejetos da terra junto à base do pilar de pedra. Acocorou-se e encolheu os ombros, acomodando-os na pedra.
"É aqui que Mal senta."
Acariciou a pedra com toda a gentileza, como Lok ou Ha poderiam acariciar Fa.
"Estamos em casa!"

Lok entrou, vindo do terraço. Olhou para a velha. Liberada do peso do fogo, parecia agora um pouco menos distante, um pouco mais igual aos demais. Agora ele já podia olhá-la nos olhos e dirigir-se a ela, talvez até obter alguma resposta. Além disso, sentia uma necessidade de falar, de esconder dos demais o desconforto que as chamas sempre invocavam nele.
"Agora o fogo chegou ao lugar certo. Você está quente, Liku?"
Liku tirou a pequena Oa da boca.
"Estou com fome."
"Amanhã vamos encontrar comida para todas as pessoas."
Liku levantou a pequena Oa.
"Ela também está com fome."
"Ela vai com você, e come também."
E riu para os outros, a toda a volta.
"Eu tenho uma imagem..."
E então as pessoas riram também, porque aquela era a imagem de Lok, praticamente a única que ele tinha e todos conheciam tão bem quanto ele.
"...uma imagem em que eu encontro a pequena Oa."
Prodigiosamente, a velha raiz retorcida tinha sido arredondada e alisada pelos anos, assumindo a forma de uma mulher de ventre imenso.

"...estou no meio das árvores. E apalpo. Com este pé, eu apalpo..." E faz a mímica para os outros. Apoia o peso do corpo no pé esquerdo, enquanto o direito revolve a terra. "...e sinto. Sinto o quê? Um bulbo? Uma vara? Um osso?" Seu pé direito agarra alguma coisa, que passa para a mão esquerda. Ele olha. "É a pequena Oa!" Com ar de triunfo, pavoneia-se para os demais. "E agora, aonde Liku vai, vai a pequena Oa."

Todos o aplaudiram com sorrisos. Em parte riam de Lok, em parte sorriam de sua história. Reconfortado pelo sucesso, Lok acomodou-se junto ao fogo e as pessoas continuaram caladas, olhando para as chamas.

O sol mergulhou no rio e a luz do dia sumiu da furna. Agora o fogo tornou-se mais central do que nunca, as brasas brancas, o clarão vermelho e uma única chama ondulando na vertical. A velha se movia com gestos suaves, pondo mais lenha para alimentar o clarão vermelho e fazer a chama crescer mais forte. As pessoas a observavam, com os seus rostos que pareciam tremular à luz bruxuleante. A pele dos seus rostos era coberta de sardas e muito corada, e as cavernas profundas sob as arcadas de suas sobrancelhas eram habitadas por réplicas do fogo, e os fogos de todos dançavam juntos. À medida que se impregnavam do calor, relaxavam braços e pernas e atraíam agradecidos os cheiros fortes para suas narinas. Dobravam os dedos dos pés e esticavam os braços, virando-se até de costas para o fogo. Entregaram-se a um daqueles silêncios profundos que lhes pareciam muito mais naturais do que a fala, um silêncio sem tempo em que, inicialmente, havia várias mentes na furna; e em seguida, talvez, mente alguma. O trovejar das águas era tão amplamente desconsiderado que o toque suave do vento nas pedras tornava-se audível. Os ouvidos das pessoas, como que dotados de uma vida autônoma, desmanchavam o emaranhado dos sons mais miúdos e reconheciam, um a um, o som da respiração, o som da argila úmida que secava em flocos e o som das cinzas que se depositavam na fogueira.

Então Mal falou, com uma hesitação pouco habitual. "Está frio?"

Convocados de volta a seus crânios individuais, todos se viraram para ele. Já não estava mais com o corpo molhado, e todos os seus cabelos se tinham encaracolado. Avançou com passos decididos e se ajoelhou na argila, apoiando-se nos braços afastados e recebendo o calor em cheio no peito. Então o vento da primavera atiçou o fogo e mandou a fina coluna de fumaça direto para a sua boca aberta. Mal engasgou e começou a tossir. Não parava mais, e a tosse parecia brotar do seu peito sem aviso ou consulta. Os outros balançavam seu corpo, mas ele arquejava em seu esforço para respirar. Caiu de lado, e seu corpo começou a tremer. Todos viam a sua língua, e o medo nos seus olhos.

A velha falou.

"É o frio da água onde estava o tronco."

Ajoelhou-se ao lado dele, esfregou seu peito com as mãos e massageou com força os músculos do seu pescoço. Apoiou a cabeça dele nos joelhos e o protegeu do vento até ele parar de tossir e acalmar-se, tremendo de leve. O mais novo acordou e desceu das costas de Fa. Saiu engatinhando em meio às pernas estendidas, seus cabelos arruivados reluzindo à luz. Viu o fogo, passou por baixo do joelho erguido de Lok, agarrou o tornozelo de Mal e se pôs de pé. Duas fogueirinhas se acenderam nos seus olhos e ele ficou ali parado, inclinado para a frente, apoiado na perna trêmula. A atenção de todos se dividia entre ele e Mal. Então um galho explodiu, fazendo Lok dar um pulo e emitindo muitas fagulhas na escuridão. O mais novo já estava de quatro antes que as fagulhas assentassem. Enveredou pelo meio das pernas, escalou o braço de Nil e se refugiou entre os pelos de suas costas e o seu pescoço. Então uma das fogueirinhas apareceu ao lado da orelha esquerda dela, uma fogueirinha que não piscava e observava tudo com desconfiança. Nil inclinou a cabeça para o lado e esfregou a face com carinho no topo da cabeça do bebê. O mais novo estava novamente protegido. Sua própria pelagem, além dos cachos da sua mãe, lhe servia de caverna. Os longos cabelos da cabeça de Nil desciam soltos, e o cobriam totalmente. Em seguida, o pequeno ponto de fogo ao lado de sua orelha se extinguiu.

Mal soergueu o corpo e sentou-se encostado na velha. E correu os olhos por cada um dos outros. Liku abriu a boca para falar, mas Fa na mesma hora a fez calar-se.

E Mal falou.

"Veio a grande Oa. Ela criou a terra do seu ventre. Deu-lhe o leite do seio. A terra criou a mulher e a mulher criou o primeiro homem do seu ventre."

Todos o escutavam em silêncio. Ficaram à espera de mais, de tudo que Mal sabia. Havia a imagem do tempo em que existiam muitas pessoas, a história de que gostavam tanto sobre o tempo em que fazia verão o ano inteiro e flores e frutos brotavam nos galhos ao mesmo tempo. Havia também uma longa lista de nomes que começava em Mal e ia voltando, indicando sempre o mais velho dos homens de cada época: mas dessa vez ele não disse mais nada.

Lok sentou-se entre ele e o vento.

"Você está com fome, Mal. O homem com fome fica com frio."

Ha levantou a boca.

"Quando o sol voltar nós vamos buscar comida. Fique do lado do fogo, Mal, vamos lhe trazer comida e você vai ficar forte e aquecido."

Então Fa se aproximou e encostou o corpo em Mal, formando com os outros dois uma barreira que encerrava Mal junto ao fogo. E Mal falava com eles entre acessos de tosse.

"Eu tenho uma imagem do que é para ser feito."

Abaixou a cabeça e olhou para as brasas. As pessoas ficaram esperando. Podiam ver como a vida vinha ressecando Mal. Os longos cabelos de suas têmporas escasseavam, e as mechas que deviam escorrer, acompanhando o declive do seu crânio, tinham recuado, deixando à mostra a largura de um dedo de pele nua e enrugada acima das arcadas de suas sobrancelhas. Abaixo delas, as grandes cavidades dos olhos eram profundas e escuras, e os olhos se mostravam opacos e cheios de dor. Mal levantou uma das mãos e inspecionou atentamente cada dedo.

"As pessoas precisam buscar comida. As pessoas precisam buscar lenha."

Segurou os dedos da mão esquerda com a outra mão; e apertou os dedos com força, como se a pressão pudesse manter as ideias dentro de sua cabeça e sob controle.

"Um dedo para lenha. Um dedo para comida."

Fez um gesto brusco com a cabeça e recomeçou.

"Um dedo para Ha. Para Fa. Para Nil. Para Liku —"

Chegou ao fim dos dedos e olhou para a outra mão, tossindo baixinho. Ha se mexeu onde estava sentado, mas não disse nada. Então Mal relaxou o rosto e desistiu. Abaixou mais a cabeça e entrelaçou as mãos nos cabelos brancos que cobriam sua nuca. Pela sua voz, todos percebiam como estava cansado.

"Ha vai buscar lenha na floresta. Nil vai com ele, e o mais novo." Ha tornou a se mexer e Fa levantou o braço dos ombros do velho, mas Mal continuou falando.

"Lok vai buscar comida com Fa e Liku."

Ha falou:

"Liku é pequena demais para ir na montanha e sair na planície!"

Liku gritou:

"Eu vou com Lok!"

Mal murmurou, por trás dos joelhos:

"Eu falei."

Agora que estava tudo decidido, as pessoas ficaram inquietas. Seus corpos lhes diziam que alguma coisa estava errada, mas as palavras tinham sido ditas. Quando as palavras eram ditas, era como se a ação já estivesse acontecendo, sendo executada, o que os deixava preocupados. Ha batia de leve com uma pedra no chão rochoso da furna, a esmo, e Nil recomeçou a gemer baixinho. Só Lok, que tinha menos imagens, ainda se lembrava das imagens deslumbrantes de Oa e de sua fartura, que o tinham feito dançar no terraço. Pôs-se de pé num salto e se dirigiu às pessoas, enquanto o ar da noite sacudia os cachos dos seus cabelos.

"Vou trazer comida nos braços" — fez um gesto largo — "tanta comida que nem vou aguentar — assim!"

Fa sorriu para ele.

"Não existe tanta comida assim no mundo."

Ele se agachou.

"Agora estou com uma imagem na minha cabeça. Lok está voltando para a cachoeira. Correndo pela encosta da montanha. Carregando um cervo. Um gato matou o cervo e sugou todo o sangue, por isso a culpa não é de ninguém. Aqui. Debaixo do braço esquerdo. E debaixo do direito" — que ele estendeu — "a perna inteira de uma vaca."

Saiu cambaleando de um lado para o outro pela entrada da furna, ao peso de sua carga de carne. As pessoas riram com ele, depois riram dele. Só Ha, sentado, não dizia nada, sorrindo de leve, até que as pessoas o perceberam e, dele, desviaram os olhos para Lok.

Lok trovejou:

"É uma imagem verdadeira!"

Ha não disse nada com a boca, mas continuou a sorrir. Então, quando todos olhavam para ele, fez girar as duas orelhas lenta e solenemente, virando-as na direção de Lok, e elas diziam, com a mesma clareza das palavras que ele não falou: Estou escutando! Lok abriu a boca e ficou todo arrepiado. Começou a balbuciar, sem dizer palavra alguma, em resposta àquelas orelhas cínicas e àquele meio sorriso.

Fa interrompeu os dois.

"Esqueça. Ha tem muitas imagens e poucas palavras. Lok tem a boca cheia de palavras, mas nenhuma imagem."

Em resposta, Ha riu muito alto, abanando os pés para Lok, e Liku riu sem saber por quê. Lok sentiu uma saudade súbita da paz irrefletida da harmonia entre eles. Deixou de lado seu ataque de raiva e se aproximou devagar do fogo, fingindo que estava muito infeliz para que os outros fingissem que o consolavam. Então, retornaram o silêncio e uma só mente, ou mente nenhuma, na furna.

Quase sem aviso, todas as pessoas compartilharam a mesma imagem em suas cabeças. Era uma imagem de Mal, que viam a certa distância, bem iluminado, sua tristeza e sua esqualidez claramente definidas. E não viam só o corpo de

Mal, mas também as imagens lentas que se sucediam na cabeça dele, crescendo e minguando como a lua. Acima de todas, uma deslocava as demais, raiando no meio das conversas confusas, das dúvidas e das conjecturas, e todos souberam o que ele estava pensando com uma certeza tão desalentada.

"Amanhã ou no outro dia, eu vou morrer."

As pessoas voltaram a ser separadas. Lok estendeu a mão e encostou em Mal. Mas Mal, em sua dor e abrigado debaixo do pelo da mulher, não sentiu o toque. A velha olhou para Fa.

"É o frio da água."

Inclinou-se e sussurrou no ouvido de Mal:

"Amanhã vamos ter comida. Agora durma."

Ha se levantou.

"E vamos ter mais lenha também. Vocês não vão dar mais comida para o fogo?"

A velha foi até um dos vãos na pedra e escolheu a lenha. Encaixou engenhosamente os pedaços até se assegurar de que, para onde as chamas se erguessem, encontrariam lenha seca para morder. Dali a pouco o fogo se agitava no ar e as pessoas se espalharam mais ao abrigo da furna. Isto ampliou o semicírculo, e Liku se somou a ele. Seus pelos se arrepiaram e todos os outros trocaram sorrisos deliciados. Então começaram a bocejar abrindo muito a boca. Distribuíram-se em torno de Mal, amontoando-se à volta dele, aconchegando o velho num berço de carne morna com o fogo à sua frente. Remexiam-se e murmuravam. Mal tossiu um pouco, mas logo depois adormeceu também.

Lok agachou-se num canto e ficou olhando para fora, por sobre as águas escuras. Não tinha havido decisão consciente, mas estava de vigia. Bocejou também, e examinou a dor que sentia na barriga. Pensou em boa comida, babou um pouco e quase começou a falar, antes de lembrar que todos dormiam. Então se levantou e coçou as mechas cerradas que cresciam debaixo da sua boca. Fa estava a seu alcance e de repente ele a desejou de novo; mas esse desejo foi fácil de esquecer, porque a maior parte de sua mente preferia pensar em comida. Lembrou-se das hienas e avançou com cuidado ao longo do terraço até conseguir divisar a floresta ao pé da montanha. Quilômetros de escuridão e manchas fuliginosas se estendiam até a faixa acinzentada que era o mar; mais perto dele, o rio cintilava, dispersando-se em charcos e meandros. Ergueu os olhos para o céu e viu que estava aberto, menos nos trechos onde camadas de nuvens lanosas pairavam acima do mar. Enquanto fitava o céu, assim que a persistência da luz do fogo começou a se apagar em seus olhos, viu brotar o brilho de uma estrela perfurando a noite. Em seguida outras foram surgindo, espalhadas, campos de luzes trêmulas de um horizonte ao outro. Seus olhos contemplavam as estrelas sem piscar, enquanto seu faro procurava as hienas e lhe dizia que elas não estavam por perto. Ultrapassou as pedras e olhou de cima para a cachoeira. Sempre havia alguma luz no ponto onde o rio despencava em sua bacia. A fumaça da água borrifada parecia captar a pouca claridade que havia, e distribuí-la de maneira sutil. Ainda assim, essa luz só iluminava os borrifos de água, e a ilha era uma escuridão total. Lok examinou sem pensar as árvores e pedras negras que emergiam da brancura opaca. A ilha era como a perna inteira de um gigante sentado, cujo joelho, encimado por um tufo de árvores e arbustos, erguia--se interrompendo a borda reluzente da cachoeira, com um pé desproporcional que se espalhava rio abaixo, perdendo os contornos e se fundindo à floresta escura. A coxa do gigante, capaz de sustentar um corpo do tamanho de uma montanha, ficava imersa na água que escoava pela garganta entre as montanhas e se estreitava até terminar em pedras desconexas que se curvavam e chegavam à distância de poucos corpos do terraço. Lok pensava na coxa do gigante como poderia pensar na lua: uma coisa tão remota que não tinha qualquer ligação com sua vida de sempre. Para chegar à ilha as pessoas teriam de saltar por sobre a distância aberta entre o terraço e as pedras do outro lado das águas ávidas por agarrá-los e atirá-los cachoeira abaixo. Só uma criatura mais ágil e assustada para arriscar aquele salto. E assim a ilha continuava intocada.

Em seu relaxamento, ocorreu-lhe uma imagem da caverna junto ao mar, e dirigiu seu olhar rio abaixo. Os meandros das águas lhe pareciam poços que reluziam opacos na escuridão. Imagens soltas lhe ocorreram da trilha que vinha desde o mar até o terraço de pedra, atravessando a escuridão que se estendia abaixo dele. Olhou e ficou confuso ao pensar que a trilha continuava a existir, mesmo sem ele vê-la. A área onde se encontrava, com seu amontoado de rochas que pareciam ter-se imobilizado no ápice de um redemoinho e mais o rio que se alargava mais abaixo em meio à floresta, era complicada demais para sua cabeça abarcar, embora seus sentidos continuassem capazes de encontrar a trilha que a percorria em zigue-zague. Com alívio, abandonou o pensamento. Em lugar dele, dilatou as narinas à procura das hienas, mas elas não estavam lá. Avançou a passos miúdos até a beira da pedra e urinou no rio. Depois voltou sem fazer barulho e se agachou perto do fogo. Bocejou uma vez, tornou a desejar Fa, coçou-se. Havia olhos que o observavam do alto dos penhascos, e olhos até na ilha, mas nada se aproximaria enquanto as brasas do fogo ainda ardessem. Como que consciente do que ele pensava, a velha acordou, juntou mais um pouco de lenha ao fogo e pôs-se a reunir as brasas com a ajuda de uma pedra chata. Mal teve um acesso de tosse seca enquanto dormia, fazendo os outros se agitarem. A velha tornou a se acomodar, Lok levou as palmas das mãos às cavidades dos olhos e as esfregou, sonolento. A pressão produziu manchas verdes que apareceram pairando do outro lado do rio. Piscou os olhos para a esquerda, onde o trovão da cachoeira continuava tão monótono que ele nem mais ouvia. O vento roçou as águas, pairou por um momento; depois se elevou com força da floresta pela garganta entre as montanhas. A linha definida do horizonte ficou indistinta, e a floresta adquiriu um tom mais claro. Uma nuvem se ergueu acima da cachoeira, a umidade que se elevava da bacia escavada, a água pulverizada do rio empurrada para cima pelo vento. A ilha reduziu-se a uma silhueta vaga, a névoa úmida se espalhou pelo terraço, deteve-se debaixo da saliência da furna e envolveu as pessoas em gotas pequenas demais para serem percebidas, visíveis apenas em grande quantidade. O nariz de Lok abriu-se automaticamente para examinar o complexo de aromas que o nevoeiro trazia.

Agachou-se, intrigado e trêmulo. Reuniu as mãos em concha junto às narinas e estudou o ar colhido. Com os olhos fechados, forçando a atenção, concentrou-se naquele contato com o ar cada vez mais aquecido, e num dado momento julgou encontrar-se à beira de uma revelação; em seguida o cheiro se evolou como a água que seca, perdendo os contornos como uma coisa pequena e distante quando é borrada por lágrimas de esforço. Soltou o ar e abriu os olhos. A cerração da cachoeira se dissipava com uma mudança do vento, e o cheiro da noite era o de sempre.

Franziu o rosto para a ilha e a água escura sempre deslizando até o beiral da cachoeira, e bocejou. Era impossível persistir num pensamento novo quando não parecia haver nenhum perigo. A fogueira se reduzia a um olho vermelho que só iluminava a si mesmo, e as pessoas continuavam imóveis, da cor da pedra. Lok sentou-se no chão e dobrou o corpo para a frente para dormir, apertando as narinas com uma das mãos para diminuir o influxo de ar gelado. Encolheu os joelhos junto ao peito e só deixou uma superfície mínima exposta ao ar da noite. Seu braço esquerdo se ergueu e insinuou os dedos nos cabelos de sua própria nuca. Sua boca encostou nos joelhos.

Acima do mar, num leito de nuvens, uma tênue claridade alaranjada começava a se espraiar. Os braços das nuvens transformaram-se em ouro e a borda de uma lua quase cheia emergiu entre elas. A dobra da cachoeira começou a fulgurar, luzes se deslocavam apressadas ao longo do beiral da queda, ou saltavam em súbitas chispas. As árvores da ilha adquiriam definição, e o tronco da bétula que se erguia mais alto que as demais destacou-se de repente, prateado e branco. Na margem oposta, do outro lado da garganta, as escarpas de pedra continuavam dominadas pela escuridão, mas por todo o resto do panorama as montanhas exibiam seus picos de neve e gelo. Lok dormia, equilibrado nas nádegas. Qualquer sugestão de perigo o faria sair disparado pelo terraço, como um corredor ao tiro de partida. O orvalho congelado reluzia sobre seu corpo como o gelo cintilante da montanha. A fogueira era um cone truncado contendo um punhado de vermelho acima do qual chamas azuis se deslocavam, mordiscando as pontas ainda intactas de galhos e toras.

A lua subiu lenta e quase verticalmente num céu onde nada havia além de poucos restos derramados de nuvem. A luz avançou rastejando pela ilha abaixo e recheou de brilho as colunas formadas pelos borrifos da água. Era observada por olhos verdes, revelou silhuetas cinzentas que se esgueiravam rápidas da luz para a sombra ou atravessavam apressadas os espaços abertos nos flancos da montanha. Despejava-se sobre as árvores da floresta, e pintas tênues de marfim dispersavam-se percorrendo a terra e as folhas em decomposição. Espalhou-se pelo rio, destacando as cavalinhas que ondulavam; e a água ficou repleta de faixas móveis de ouropel, círculos e redemoinhos de fogo frio e líquido. Um som se ergueu ao pé da cachoeira, um som que o trovejar da queda privou de eco e ressonância, da forma de um som. As orelhas de Lok se moveram à luz da lua, deslocando a geada acumulada no alto das suas bordas. As orelhas de Lok falaram com Lok.

"?"

Mas Lok estava dormindo.

Três

Lok percebeu que a velha estava em atividade antes de qualquer outro, ocupada em cuidar da fogueira à primeira luz da manhã. Empilhava lenha no fogo e, ainda adormecido, ele ouviu que a madeira começava a estalar e estourar. Fa ainda estava acocorada, e a cabeça do velho se agitava, apoiada em seu ombro. Ha se mexeu e se levantou. Foi até o terraço e urinou, depois voltou e ficou olhando para o velho. Mal não estava acordando como os outros. Continuava pesadamente sentado, virando a cabeça de um lado para o outro em meio aos cabelos de Fa e respirando muito depressa, como uma fêmea de cervo no fim da prenhez. Mantinha a boca muito aberta voltada para o calor da fogueira; mas outro fogo, este invisível, o consumia; espalhava-se por toda a carne murcha de seus membros e em torno das cavidades dos seus olhos. Nil correu até o rio e voltou trazendo água nas mãos em concha. Mal sorveu a água antes de abrir os olhos. A velha pôs mais lenha na fogueira. Apontou para o vão nas pedras com o dedo e depois indicou a floresta com um arranco da cabeça. Ha tocou Nil no ombro.

"Venha!"

O mais novo também acordou, apareceu por cima do ombro de Nil, miou para ela e depois pegou seu peito. Nil saiu andando atrás de Ha rumo ao caminho mais rápido que descia para a floresta, enquanto o mais novo sugava o seu leite. Os dois contornaram o canto do terraço e desapareceram em meio à neblina da manhã, que pairava quase na mesma altura do alto da cachoeira.

Mal abriu os olhos. Os outros precisaram debruçar-se para poderem ouvir o que ele dizia.

"Tive uma imagem."

Os outros três ficaram esperando. Mal levantou uma das mãos, que pousou espalmada na cabeça, acima das sobrancelhas. Embora dois fogos reluzissem em seus olhos, não olhava para eles, mas fitava alguma coisa distante, do outro lado do rio. Demonstrava uma atenção tão intensa e assustada que Lok se virou para tentar enxergar o que deixava Mal com tanto medo. Não havia nada: só um tronco, arrancado de algum barranco das margens pelas chuvas da primavera, passou deslizando por eles e se ergueu de ponta-cabeça, sem qualquer barulho, desabando do beiral da cachoeira.

"Eu tive uma imagem. O fogo está voando para a floresta e devorando as árvores."

Sua respiração era mais rápida, agora que estava desperto.

"Está queimando. A floresta está queimando. A montanha está queimando —"

Virou a cabeça na direção de cada um dos outros. Havia pânico na sua voz.

"Cadê Lok?"

"Aqui."

Mal apertou os olhos na direção dele, franzindo o rosto admirado.

"Quem é esse? Lok está nas costas da mãe dele, e as árvores sendo devoradas."

Lok transferiu o peso de uma perna para a outra e riu sem jeito. A velha pegou a mão de Mal e a levou ao rosto.

"É uma imagem de muito tempo atrás. Tudo isso já passou. Você viu dormindo."

Fa deu-lhe um tapinha no ombro. Em seguida encostou a mão na pele de Mal e arregalou os olhos. Mas dirigiu-se a ele em tom suave, da mesma forma como falaria com Liku.

"Lok está de pé aqui à sua frente. Veja! É um homem."

Aliviado por finalmente entender, Lok falou depressa com todos.

"Isso mesmo, eu sou um homem." Abriu os braços. "Estou aqui, Mal."

Liku acordou, bocejando, e a pequena Oa caiu do seu ombro. Ela a apoiou no peito.

"Estou com fome."

Mal virou-se tão depressa que quase se desprendeu dos braços de Fa, que precisou agarrá-lo.

"Onde estão Ha e Nil?"

"Você mandou que fossem buscar lenha", respondeu Fa. "E Lok, Liku e eu, buscar comida. Já trazemos depressa alguma coisa para você."

Mal se balançava para a frente e para trás, o rosto enterrado nas mãos.

"Essa imagem é ruim."

A velha o abraçou.

"Agora durma."

Fa chamou Lok para longe da fogueira.

"Não é bom Liku vir até a planície conosco. Ela devia ficar junto do fogo."

"Mal falou."

"Ele está com a cabeça doente."

"Ele viu tudo pegando fogo. Fiquei com medo. Como é que a montanha pode pegar fogo?"

Fa disse, em tom de desafio:

"Hoje é igual a ontem e amanhã."

Ha e Nil, com o mais novo, atravessaram a entrada para o terraço. Traziam os braços carregados de galhos partidos. Fa correu na direção deles.

"Liku precisa vir conosco só porque Mal disse?"

Ha puxou o lábio.

"Isso nunca aconteceu. Mas ele falou."

"Mal viu a montanha pegando fogo."

Ha ergueu os olhos para a grande altitude que mal se via acima deles.

"Eu não vejo essa imagem."

Lok deu um risinho nervoso.

"Hoje é igual a ontem e amanhã."

Agitou as orelhas na direção dos outros e deu um sorriso grave.

"Foi falado."

Na mesma hora a tensão indefinível cedeu, e Fa, Lok e Liku saíram andando apressados pelo terraço. Subiram de um salto no paredão de pedra, que começaram a escalar. Assim que a altitude lhes permitiu avistar a linha da fumaça de água borrifada ao pé da cachoeira, o som da queda chegou até eles. No ponto em que o paredão ficava um pouco menos íngreme, Lok se apoiou num dos joelhos e gritou para Liku.

"Suba aqui!"

O dia ficava mais claro. Enxergavam o rio reluzindo em seu leito, na garganta entre as montanhas, e as vastas extensões de céu caído onde as montanhas represavam o lago. Abaixo deles, o nevoeiro ocultava a floresta e a planície, pousado em silêncio no flanco da montanha. Começaram a descer correndo a encosta íngreme de pedra, no rumo do nevoeiro. Atravessaram a rocha nua e chegaram a rampas altas formadas por pedras partidas e aguçadas, desceram com dificuldade as paredes de ravinas cortadas de fendas e finalmente alcançaram os rochedos arredondados em meio aos quais brotavam uma plumagem escassa de relva e alguns arbustos inclinados pelo vento. A relva estava úmida, e as teias de aranha suspensas entre suas folhas finas se desfaziam, aderindo a seus tornozelos. A encosta ficou menos íngreme, os arbustos se tornaram mais frequentes. Estavam chegando ao limite superior da neblina.

"O sol vai beber toda a névoa."

Fa não lhe dava atenção. Explorava o terreno, a cabeça baixa, de modo que os cachos de cabelo em torno do seu rosto varriam as gotas d'água das folhas de relva. Uma ave guinchou e bateu pesadamente as asas levantando voo. Fa arremeteu sobre o ninho e Liku bateu com os pés na barriga de Lok.

"Ovos! Ovos!"

Escorregou das costas dele e começou a dançar em meio aos tufos de relva. Fa partiu o espinho de uma planta e fez um furo de cada lado do ovo. Liku pegou o ovo e começou a sugá-lo ruidosamente. Havia um ovo para Fa, e mais um para Lok. Os três foram esvaziados num instante. Depois dos ovos, os três perceberam como estavam famintos e se puseram a procurar com mais intensidade. Avançavam, abaixados e atentos. Embora não levantassem os olhos, sabiam que estavam acompanhando o nevoeiro que recuava para o terreno plano, e que para os lados do mar a opacidade luminosa continha os primeiros raios do sol. Afastavam folhagens e olhavam dentro dos arbustos, encontraram as larvas adormecidas, os brotos claros que se escondiam debaixo de uma pilha de pedras. Enquanto trabalhavam e comiam, Fa os reconfortava.

"Ha e Nil vão trazer alguma comida da floresta."

Lok encontrava mais larvas, petiscos macios cheios de energia.

"Não podemos levar só uma larva. Depois voltar. E depois levar mais uma larva."

Então chegaram a uma área descampada. Uma pedra tinha caído da montanha e colidido com uma outra, que saíra rolando. O trecho descoberto de terra tinha sido tomado por brotos brancos e encorpados que irrompiam à procura da luz, mas eram tão curtos e grossos que se partiam a um toque. Lado a lado os três se concentraram no círculo, comendo da borda para o centro. Era tanto que falavam enquanto comiam, emissões curtas de prazer e animação, e era tanto que em pouco tempo não se sentiam mais esfaimados, só com fome. Liku não dizia nada, sentada com as pernas esticadas e comendo com as duas mãos.

Em seguida, Lok fez um gesto abarcando toda a área.

"Se nós só comermos essa ponta daqui, podemos trazer as pessoas para comerem daquele lado."

Fa disse sem muita clareza.

"Mal não vai vir, e ela não vai sair do lado dele. Vamos passar de volta aqui quando o sol chegar do outro lado da montanha. E levamos para as pessoas o que conseguirmos carregar nos braços."

Lok arrotou, contemplando com carinho a área coberta de brotos.

"Este lugar é bom."

Fa franziu o rosto, mastigando.

"Se ficasse mais perto —"

E engoliu com ruído o que tinha dentro da boca.

"Tive uma imagem. A comida boa está crescendo. Não aqui. Está crescendo perto da cachoeira."

Lok olhou para ela.

"Nenhuma planta assim nasce perto da cachoeira!"

Fa afastou muito as mãos, olhando para Lok o tempo todo. Então começou a aproximá-las uma da outra. Mas, embora a inclinação da sua cabeça e as sobrancelhas ligeiramente erguidas e afastadas formulassem uma pergunta, não encontrou as palavras para defini-la. E tentou de novo.

"Mas se — Olhe essa imagem. A furna e a fogueira ficam aqui."

Lok se desligou da boca e riu. "Este lugar fica aqui. E a furna e a fogueira ficam lá."

Colheu mais alguns brotos, que enfiou na boca, continuando a comer. Contemplou a claridade mais intensa do sol e leu os sinais do dia. Fa esqueceu a sua imagem e se levantou. Lok se levantou também e disse a ela.

"Venha!"

E continuaram descendo, em meio às pedras e ao mato baixo. E na mesma hora o sol irrompeu, um círculo de prata fosca, correndo enviesado em meio às nuvens mas sempre parado no mesmo lugar. Lok seguia na frente, e então Liku, séria e animada naquela que era sua primeira surtida em busca de alimento. A encosta ficava cada vez menos íngreme, e chegaram ao paredão de pedra que dava para o mar da planície, pontilhado de urzes. Lok se imobilizou e as duas pararam atrás dele. Ele se virou, interrogou Fa com o olhar e em seguida ergueu de novo a cabeça. Expulsou bruscamente o ar do nariz, e em seguida começou a inspirar. Com grande delicadeza sondou aquele ar, puxando um filete fresco pelas narinas e deixando o ar parado ali até seu sangue aquecê-lo e tornar acessível um certo cheiro. Milagres de percepção se operavam na cavidade de seu nariz. E o cheiro era o menor vestígio possível. Lok, se fosse capaz de comparações como essa, poderia ter-se perguntado se aquele traço era de um cheiro real ou só a memória de um cheiro. Era tão tênue e antigo que, quando ele olhou para Fa com a pergunta, ela não entendeu. E ele lhe soprou a palavra.

"Mel?"

Liku começou a pular até Fa conseguir fazê-la sossegar. Lok farejou novamente o ar, mas dessa vez o filete capturado de ar estava vazio. Fa ficou esperando.

Lok não precisava pensar para saber de onde vinha o vento. Seguiu até uma barreira de pedra que mantinha uma área protegida do sol e começou a caminhar ao longo dela, sempre farejando. A direção do vento mudou e o cheiro o atingiu de novo.

Então transformou-se num rastro irresistivelmente real, e em pouco tempo Lok seguiu o rastro até um trecho da pedra que o gelo e o sol tinham fissurado, e a chuva transformado num emaranhado de gretas. Havia manchas em torno de uma delas, lembrando marcas marrons de dedos, e uma única abelha, quase sem forças, embora o sol atingisse em cheio a face da pedra, estava pousada à distância aproximada da largura de uma mão da abertura. Fa fez um gesto brusco com a cabeça.

"Vai ter pouco mel."

Lok inverteu seu ramo de espinheiro e enfiou a ponta partida na fenda. Umas poucas abelhas emitiram um zumbido abafado, entorpecidas pelo frio e pela fome. Lok remexeu o interior da fenda com a ponta do galho. Liku saltitava.

"Achou mel, Lok? Eu quero mel!"

Algumas abelhas saíram rastejando da fenda, amontoando-se em torno deles. Umas poucas desabaram na terra e se arrastavam com as asas abertas. Uma se pendurou no cabelo de Fa. Lok puxou o galho para fora. Um pouco de mel e cera veio na ponta. Liku parou de pular e começou a lamber tudo que havia na ponta do galho. Agora que Lok e Fa não sentiam mais uma fome tão intensa, podiam se deleitar assistindo Liku comer.

Lok tagarelava.

"Mel é a melhor coisa. Tem força no mel. Olhe como Liku gosta de mel. Tenho uma imagem do tempo em que o mel vai correr dessa fenda na pedra e a gente vai poder comer com os dedos — assim!"

Esfregou a mão na pedra, lambeu os dedos e saboreou a memória do mel. Em seguida, tornou a enfiar a ponta do galho na fenda para Liku. E Fa se inquietou.

"É mel velho, do tempo em que fomos para o mar. E precisamos achar mais comida para os outros. Vamos!"

Mas Lok enfiava mais uma vez a ponta do galho na fenda para ter a alegria de Liku comendo, a visão da barriga da menina e a memória do mel. Fa seguiu caminhando para baixo pela barreira de pedra, sempre na direção do nevoeiro que se impregnava de volta na planície. Desceu da borda da pedra e desapareceu. Então os outros ouviram seu grito. Liku subiu nas costas de Lok e ele desceu correndo a barreira de pedra, na direção do grito, com o ramo de espinheiro em riste. À beira da barreira de pedra ficava uma ravina rasgada que dava para o campo aberto. Fa estava acocorada na boca da ravina, olhando para fora por cima da relva e das urzes da planície. Lok correu para ela. Fa tremia de leve, apoiada nas pontas dos dedos dos pés. Duas criaturas amareladas viam-se ali, as pernas ocultas pelas touceiras castanhas de urze, tão perto que ela conseguia enxergar seus olhos. Eram animais de orelhas em ponta, que a voz de Fa tinha distraído de seus afazeres e agora estavam parados, olhando fixo para ela. Lok fez Liku escorregar para o chão.

"Suba."

Liku escalou um dos lados da ravina e se agachou num ponto mais alto, fora do alcance de Lok. As criaturas amarelas mostraram os dentes.

"Agora!"

Lok avançou, brandindo de lado seu ramo de espinheiro. Fa se deslocou descrevendo uma curva para a sua esquerda. Carregava uma lâmina natural de pedra em cada uma das mãos. As duas hienas se agruparam, rosnando. Fa fez um movimento largo e brusco com a mão direita e a pedra atingiu a fêmea nas costelas. Ela ganiu e correu, uivando. Lok avançou para o macho, erguendo seu ramo de espinheiro, arremetendo com a ponta contra o focinho arreganhado do animal. Então as duas feras se puseram fora de alcance, dizendo coisas malévolas e amedrontadas. Lok se interpôs entre as duas e a presa morta.

"Depressa, estou sentindo cheiro de gato."

Fa já estava ajoelhada, tentando erguer o corpo flácido.

"Um gato chupou todo o sangue dela. A culpa não é de ninguém. As amarelas nem chegaram a comer o fígado."

Rasgava ferozmente o ventre da corça com sua lasca de pedra. Lok agitava o ramo de espinheiro para as hienas.

"É comida bastante para todas as pessoas."

Lok ouvia Fa grunhir e ofegar enquanto rasgava o couro coberto de pelo macio e desprendia as entranhas.

"Depressa."

"Não consigo."

As hienas, tendo encerrado sua conversa maligna, avançavam em círculo, uma pela direita e outra pela esquerda. Lok não tirava os olhos delas, e as sombras de duas aves grandes que flutuavam no ar passaram por cima dele.

"Leve a corça para a pedra."

Fa começou a arrastar a corça, depois gritou com as hienas em tom feroz. Lok recuou até onde ela estava e agarrou a corça por uma das patas traseiras. Começou a arrastar o corpo pesado na direção da ravina, brandindo o ramo de espinheiro o tempo todo. Fa segurou umas das patas dianteiras, puxando junto. As hienas seguiam os dois, cuidando de manter-se fora do seu alcance. As duas pessoas chegaram com a corça à entrada estreita da ravina, bem abaixo de onde estava Liku, e as aves começaram a pairar mais perto do chão. Fa voltou ao trabalho de corte com sua lasca de pedra. Lok encontrou um bloco maior de pedra, que podia usar à guisa de martelo. Começou a sovar o corpo com força, quebrando suas juntas. Fa grunhia, animada. Lok falava enquanto suas mãos enormes rasgavam, torciam e partiam os tendões. Enquanto isso, as hienas não paravam de correr de um lado para o outro. As aves desceram ainda mais, pousando na pedra oposta a Liku, o que a fez escorregar para junto de Lok e Fa. A corça estava destroçada e aplastrada na terra. Fa acabou de rasgar-lhe a barriga, cortou fora seu estômago complicado e derramou no chão todo o conteúdo azedo, relva picada e fragmentos de brotos. Lok partiu o crânio a pancadas para chegar aos miolos e abriu a boca à força para arrancar a língua. Encheram o estômago com os miúdos do animal e torceram as tripas para transformar o estômago numa bolsa.

O tempo todo, Lok falava sem parar entre seus grunhidos.

"É errado. É muito errado."

Então acabou de partir e dobrar os membros ensanguentados da presa morta. Liku se agachou ao lado da corça, comendo o pedaço de fígado que Fa lhe dera. O ar no meio das pedras estava saturado de violência e suor, com o cheiro forte da carne e de intenções malévolas.

"Depressa! Depressa!"

Fa não saberia dizer a Lok o que lhe dava medo; um gato jamais voltaria a uma presa vazia do sangue. Já estaria a meio dia de jornada dali, em plena planície, seguindo placidamente os flancos do rebanho, ou talvez arremetendo para cravar os sabres no pescoço de mais uma vítima e beber seu sangue. Ainda assim, havia uma sensação sombria no ar, abaixo das aves atentas.

Lok falou em voz alta, admitindo o agouro.

"Está muito errado. A corça foi criada do ventre de Oa."

Fa respondeu num murmúrio entre dentes, enquanto suas mãos continuavam a rasgar e cortar.

"Não fale dela."

Liku ainda comia, indiferente aos maus presságios, mastigando o fígado saboroso e quente até ficar com dor no queixo. Depois da resposta seca de Fa, Lok parou de tagarelar e agora resmungava.

"Está muito errado. Mas quem te matou foi um gato, e por isso a culpa não é nossa."

E a baba escorreu quando moveu os lábios grossos.

A essa altura o sol havia dissipado toda a névoa e agora avistavam, para além das hienas, as ondulações da planície pontilhada de urzes, e mais ao longe o nível inferior das copas verde-claras das árvores e os lampejos da água. Às costas deles se elevavam as montanhas austeras. Fa se acocorou de novo, recobrando o fôlego. Esfregou os arcos das sobrancelhas com o dorso de uma das mãos.

"Precisamos subir, para um lugar aonde os amarelos não consigam chegar."

Pouco restava da corça além de couro, ossos e cascos em frangalhos. Lok entregou seu ramo de espinheiro a Fa, que zurziu o ar com ele enquanto insultava as hienas aos gritos. Lok amarrou os quartos traseiros do animal com tripas torcidas e em seguida prendeu tudo ao pulso, de maneira a poder transportar toda a carga só com uma das mãos. Abaixou-se e agarrou com os dentes a ponta amarrada do estômago. Fa tinha um braço cheio, e ele os dois, carregados de fragmentos palpitantes de carne. Lok começou a recuar, grunhindo em tom feroz. As hienas avançaram até a entrada da ravina, os abutres levantaram voo e descreviam círculos pouco além do alcance do ramo de espinheiro. Liku, cheia de coragem entre o homem e a mulher, enxotava os abutres com seu pedaço de fígado.

"Fora daqui, bicos! Essa carne é de Liku!"

Os abutres responderam com um grito, desistiram e foram discutir com as hienas, que despedaçavam os ossos partidos e o couro ensanguentado. Lok não tinha como falar. A comida tirada da corça era tanta quanto conseguiria carregar em terreno plano, na forma de uma carga devidamente acomodada no ombro. Todo o peso agora pendia, sustentado especialmente por seus dedos dobrados e seus dentes cerrados com força. Antes de chegarem ao alto da barreira de pedra seu corpo já estava curvado, e seus pulsos doíam. Mas Fa entendeu tudo sem compartilhar imagem alguma. Aproximou-se dele e pegou o estômago bambo, para que Lok pudesse ofegar com mais facilidade. Em seguida, ela e Liku se adiantaram na escalada, deixando Lok para trás. Ele arrumou a carne de três maneiras diferentes antes de conseguir a duras penas partir atrás das duas. Sua cabeça estava tomada por uma tal mistura de júbilo e maus presságios que ouvia as batidas do seu próprio coração. E se dirigia ao agouro que tinha pairado acima da boca da ravina.

"A comida é pouca quando as pessoas voltam do mar. Ainda não tem bagas, nem frutas, nem mel, nem quase nada para comer. As pessoas estão magras de fome e precisam comer. Não gostam de carne, mas precisam comer."

Agora subia a encosta da montanha, percorrendo uma rampa de pedra lisa onde dependia da capacidade preênsil dos seus pés. Ainda salivando enquanto cambaleava pelas pedras altas, acrescentou uma ideia auspiciosa.

"A carne é para Mal que está doente."

Fa e Liku chegaram a uma falha no flanco da montanha e aceleraram o passo num trote, na direção da garganta e do terraço. Lok vinha bem atrás, avançando penosamente e procurando uma pedra na qual pudesse apoiar o peso da carne para descansar, como a velha tinha feito com o fogo. Encontrou uma pedra assim perto de onde a falha se abria, uma plataforma plana com o vazio do outro lado. Agachou-se e deixou a carne escorregar até sustentar seu próprio peso. Atrás dele e bem abaixo, outros abutres tinham se reunido aos primeiros num festim feroz. Deu as costas para a ravina e os maus presságios, procurando Fa e Liku. Estavam muito à frente, ainda trotando na direção da garganta, onde contariam aos outros que tinham achado comida e talvez mandassem Ha de volta para ajudá-lo com a carga. Ainda não estava pronto para prosseguir, e descansou mais algum tempo contemplando a agitação do mundo. O azul do céu era claro, e a faixa distante do mar de um azul só um pouco mais fechado. As coisas mais escuras que avistava eram as sombras de um azul-escuro que se deslocavam na direção dele por cima da relva, das pedras e das urzes, por cima dos afloramentos de pedra cinza que coalhavam a planície. Quando se estenderam às árvores da floresta, abafaram os salpicos verdes da folhagem primaveril e apagaram o fulgor das águas do rio. À medida que se aproximavam da montanha, espalharam-se e seguiram se arrastando ao longo da crista. Lok olhou na direção da cachoeira, onde Fa e Liku eram figuras diminutas quase fora de suas vistas.

Então franziu o rosto para o ar acima da cachoeira, e sua boca se abriu. A fumaça da fogueira estava em outro lugar, e tinha mudado de qualidade. Por um momento, achou que a velha tinha transferido a fogueira, mas o absurdo dessa imagem acabou por fazê-lo rir. E a velha jamais produziria uma fumaça como aquela. Era uma espiral de amarelo e branco, a fumaça que se desprende da madeira molhada ou de um galho verde carregado de folhas; só um tolo ou uma criatura que desconhecesse muito a natureza do fogo poderia usá-lo de modo tão insensato. A imagem de duas fogueiras lhe ocorreu. O fogo às vezes caía do céu e ardia por algum tempo na floresta. Por mágica, despertava na planície em meio às urzes, depois que estas perdiam as flores e o sol ficava quente demais.

Lok tornou a rir da imagem. A velha nunca produziria uma fumaça daquele tipo, e o fogo nunca brotaria por conta própria em meio à umidade da primavera. Ficou observando a fumaça que se revolvia e espalhava pela garganta, mais tênue à medida que subia. Então, o cheiro da carne o fez esquecer a fumaça e sua imagem. Recolheu sua carga e partiu cambaleando atrás de Fa e Liku ao longo da falha. O peso da carne, e a ideia de trazer toda aquela comida para as pessoas e do respeito que sentiriam por ele, mantinham as imagens da fumaça fora de sua cabeça. Fa apareceu correndo de volta pela falha. Pegou alguns pedaços de carne que ele trazia nos braços e os dois desceram o último trecho de encosta escorregando parte do caminho.

Uma fumaça pesada, azul e quente escapava da furna. A velha tinha ampliado o leito da fogueira, criando um bolsão de ar quente retido entre as chamas e a pedra. As chamas e a fumaça da fogueira eram um muro que barrava qualquer vento fraco que tentasse penetrar na furna. E Mal estava estendido na terra, envolto por esse ar aquecido. Com o corpo encolhido, cinzento contra o marrom, os olhos fechados e a boca aberta. Respirava tão depressa, e com movimentos tão rasos, que seu peito parecia pulsar como um coração. Seus ossos se viam claramente, e sua carne parecia gordura que o fogo derretia. Nil, o mais novo e Ha começavam a descer na direção da floresta quando Lok surgiu. Comiam enquanto caminhavam, e Ha fez um aceno congratulatório para Lok. A velha estava de pé ao lado da fogueira, examinando o conteúdo do estômago que Fa lhe entregara.

Fa e Lok desceram no terraço e correram para a fogueira. Enquanto empilhava a carne nas pedras espalhadas, Lok gritava para Mal, do outro lado do fogo.

"Mal! Mal! Temos carne!"

Mal abriu os olhos e se apoiou num dos cotovelos. Olhou para o estômago da corça que balançava do outro lado do fogo e sorriu para Lok num arquejo. Em seguida, virou-se para a velha. Ela sorriu para ele e começou a bater na coxa com a mão livre.

"É bom, Mal. É força."

Liku pulava ao lado dela.

"Comi carne. E a pequena Oa comeu carne. E eu espantei os bicos, Mal."

Mal sorria para todos, respirando com dificuldade.

"Então, no fim das contas, Mal viu uma imagem boa."

Lok arrancou uma lasca de carne e começou a mastigar. Pôs-se a rir, fingindo que cambaleava pelo terraço ao peso de sua carga, repetindo a pantomima da noite anterior. E falava indistintamente, com a boca cheia.

"E Lok viu uma imagem verdadeira. Mel para Liku e a pequena Oa. E os braços cheios da carne morta por um gato."

Todos riram com ele, dando palmadas nas coxas. Mal se estendeu de novo, o sorriso se apagou em seu rosto e ele se calou, concentrado na respiração pulsante. Fa e a velha começaram a separar a carne, guardando um pouco em prateleiras de pedra ou nos vãos do fundo da furna. Liku pegou mais um pedaço de fígado e rodeou a fogueira até o bolsão aquecido onde Mal estava deitado. Em seguida, a velha pousou delicadamente o estômago da corça numa pedra, desatou a boca e começou a revirar seu conteúdo.

"Tragam terra."

Fa e Lok foram até a entrada do terraço, onde pedras e arbustos descem pela encosta até a floresta. Arrancaram do chão torrões inteiros de relva ainda presos à terra, e trouxeram tudo de volta para a velha. Ela pegou o estômago da corça e o apoiou no chão. Separou algumas brasas da fogueira com uma pedra chata. Lok se agachou no terraço e começou a partir os torrões de terra com uma vara. Trabalhava falando.

"Ha e Nil trouxeram muitos dias de lenha. Fa e Lok, muitos dias de comida. E os dias de calor já vão chegar."

Lok amontoava a terra seca e quebrada, que Fa molhava com água trazida do rio. E levava tudo para a velha, que começou a assentar essa lama ao redor do estômago da corça. Em seguida, raspou com gestos rápidos as brasas mais quentes do fogo, que empilhou em torno da base de lama. Eram muitas brasas, e o ar acima delas ondulava de calor. Fa trouxe mais torrões de terra, ainda presos às raízes de relva. A velha empilhou os torrões em torno das brasas, até cercá-las totalmente. Lok parou de trabalhar e se pôs de pé, olhando a comida. Estudou a boca franzida do estômago com a lama em volta, depois os torrões. Fa o empurrou de leve para um lado, abaixou-se e derramou na boca do estômago a água que trazia nas mãos em concha. A velha observava com ar crítico enquanto Fa ia e voltava do rio até a superfície da água no estômago chegar espumando até a boca. Pequenas bolhas começaram a se erguer na espuma, vagando pela superfície antes de estourar. A relva presa aos torrões que cobriam as brasas rubras começou a se enrodilhar. Contorcia-se, antes de enegrecer e desprender fumaça. Pequenas explosões de chama brotavam na terra antes de o fogo correr pelos talos de relva ou sair formando bolas amarelas que rolavam consumindo tudo, da base até a ponta de cada talo. Lok recuou e pegou restos de terra. Enquanto derramava a terra sobre os torrões em chamas, falava com a velha.

"É fácil prender o fogo dentro. As chamas não escapam. Não tem nada para elas comerem."

A velha sorriu para ele com uma expressão compreensiva, sem dizer nada, o que o fez sentir-se um tanto bobo. Lok rasgou uma tira de músculo de um pernil flácido de corça e se afastou pelo terraço. O sol aparecia sobre a garganta entre as montanhas, e ele se ajustou sem pensar ao fato de que o dia agora chegava ao fim. Uma parte dele havia passado tão depressa que Lok tinha a impressão de ter perdido alguma coisa. Começou a imaginar, de maneira confusa, a furna quando ele e Fa não estavam lá. Mal e a velha tinham ficado à espera, ela acompanhando a doença de Mal e Mal ofegando, esperando Ha com a lenha e Lok com a comida. Entendeu num relance que Mal não tinha certeza de que encontrariam comida. Mas Mal era sábio. Embora a ideia da comida lembrasse a Lok o sentimento de sua própria importância, a compreensão de que Mal podia ter falado sem certeza era como um vento gelado. Então essa compreensão, tão próxima de um raciocínio, produziu um cansaço em sua cabeça e Lok desembaraçou-se dela, voltando a ser o Lok alegre e satisfeito que atendia ao que lhe diziam seus superiores, que cuidavam dele. Lembrou-se da velha, tão próxima a Oa, que sabia indescritivelmente tanto e era a guardiã para quem se abriam todos os segredos. Sentiu-se novamente tomado pela reverência, a alegria e a falta de juízo.

Fa estava sentada ao lado da fogueira, assando lascas de carne espetadas numa vareta. As lascas de carne crepitavam e gotejavam seu suco à medida que a vareta ia queimando, e Fa chamuscava os dedos cada vez que pegava a carne para comer. A velha derramava água com as mãos em concha no rosto de Mal. Liku sentou-se com as costas apoiadas na pedra e a pequena Oa no ombro. Liku, agora, comia devagar, com as pernas esticadas à frente e a barriga lindamente arredondada. A velha se acocorou novamente ao lado de Fa, observando o filete de fumaça que se desprendia das bolhas no estômago da corça. Pegou um pedaço dos miúdos cozidos, que ficou jogando de uma mão para a outra, e o enfiou na boca.

As pessoas estavam em silêncio. A vida estava completa, não precisavam procurar mais por comida, o dia seguinte estava garantido e o outro ainda era tão remoto que ninguém se dava ao trabalho de pensar nele. A vida era a fome magnificamente saciada. Dali a pouco Mal comeria os miolos macios. A energia e a rapidez da corça cresceriam nele. Com o prodígio desse dom presente nas mentes de todos, nenhum deles precisava falar. Mergulharam então num silêncio sereno que poderia até ser confundido com uma melancolia absorta, não fosse o movimento regular dos músculos que comandavam suas mandíbulas, agitando mansamente os cachos laterais de suas amplas cabeças.

 A cabeça de Liku pendeu e a pequena Oa caiu do seu ombro. As bolhas fervilhavam na boca do estômago da corça, chegaram à borda e uma baforada de vapor se ergueu e foi sugada pela coluna de ar que se levantava da fogueira maior. Fa mergulhou uma varinha no ensopado borbulhante, provou o sabor da ponta e virou-se para a velha.

 "Daqui a pouco."

 A velha também provou.

 "Mal precisa beber a água quente. A água da carne tem força."

 Fa contraiu o rosto para o estômago da corça. E espalmou a mão direita no alto da cabeça.

 "Tive uma imagem."

 Deu alguns passos para fora da furna e apontou na direção da floresta e do mar.

 "Estou ao lado do mar e tenho uma imagem. Agora é a imagem de uma imagem. Estou..." Contraiu o rosto numa careta. "...pensando." Voltou e se agachou ao lado da velha. Balançava o corpo de leve para a frente e para trás. A velha apoiou na terra os nós dos dedos de uma das mãos, coçando debaixo do lábio com a outra. Fa continuava falando. "É a imagem das pessoas esvaziando as conchas no mar. Lok está jogando fora a água estragada de uma concha."

 Lok começou a tagarelar, mas Fa o interrompeu.

 "...Também estou vendo Liku e Nil..." Interrompeu-se, frustrada ante a nitidez da imagem, sem conseguir extrair dela a importância que intuía. Lok riu. Fa o empurrou para o lado, como uma mosca.

 "...a água de uma concha."

 Olhou esperançosa para a velha. Suspirou e começou de novo.

 "Liku está na floresta..."

Lok, rindo, apontou para Liku, que dormia encostada na pedra. Dessa vez, Fa bateu nele como se levasse um bebê nas costas.

"É uma imagem. Liku está vindo pela floresta. Carregando a pequena Oa..."

Fa olhava concentrada para a velha. Então Lok viu a tensão abandonar seu rosto e entendeu que as duas compartilhavam uma imagem. Que ele também captou, uma confusão em que se misturavam conchas, Liku e a água, e depois a furna. E começou a falar.

"Não existem conchas nas montanhas. Só as conchas das pessoinhas-caramujo. São as cavernas deles."

A velha estava inclinada para Fa. Então transferiu o peso do corpo para trás, tirou as mãos do chão e sentou-se nas nádegas magras. Devagar, com deliberação, seu rosto mudou e se transformou na cara que ela sempre fazia quando Liku chegava perto demais das cores atraentes de bagas venenosas. Fa se encolheu diante dela e cobriu o rosto com as mãos. A velha falou.

"Essa coisa é nova."

Afastou-se de Fa, que aproximou o rosto do estômago da corça e começou a remexer seu conteúdo com uma vareta.

A velha pousou uma das mãos no pé de Mal e o sacudiu bem de leve. Mal abriu os olhos mas não se mexeu. Havia uma pequena mancha escura de terra molhada de saliva no chão, junto à sua boca. O sol enviesado penetrou na furna, vindo do lado da noite da garganta entre as montanhas, e iluminou claramente Mal, produzindo sombras que se estenderam dele até o outro lado da fogueira. A velha aproximou a boca da cabeça dele.

"Coma, Mal."

Mal se ergueu num dos cotovelos, ofegante.

"Água!"

Lok desceu correndo até o rio e voltou com as mãos em concha cheias de água, que Mal sorveu toda. Em seguida, Fa ajoelhou-se do outro lado e deixou que Mal se apoiasse nela enquanto a velha mergulhava uma vareta no caldo e levava sua ponta à boca de Mal, mais vezes do que todos os dedos do mundo. Ele mal tinha tempo para engolir entre um arquejo e outro. Finalmente começou a agitar a cabeça para os lados, recusando a vareta. Lok lhe trouxe mais água. Fa e a velha o deitaram cuidadosamente de lado, e ele se encolheu. Todos percebiam como seus pensamentos eram reservados, e sem saída. A velha sentou-se ao lado do fogo, olhando para ele. Todos viram que uma parte daquelas ideias reservadas tinha sido transmitida a ela, aparecendo em seu rosto como uma nuvem. Fa afastou-se deles e saiu correndo para o rio. Lok leu seus lábios.

"Nil?"

Correu atrás dela à pouca luz do fim da tarde e juntos olharam para o rio do alto do desfiladeiro. Nem Nil nem Ha estavam à vista, e a floresta além da cachoeira já ficava escura.

"Estão trazendo lenha demais."

Fa fez um som concordando.

"Mas vão trazer muita lenha para cima. Ha tem muitas imagens. Subir o morro carregando lenha é ruim."

Então viram que a velha estava olhando para os dois, e que se considerava a única a saber da situação de Mal. E voltaram para compartilhar a nuvem no rosto dela. A menina Liku dormia encostada na pedra, sua barriga redonda reluzindo à luz da fogueira. Mal não tinha movido um dedo sequer, mas seus olhos ainda estavam abertos. De repente, a luz do sol estava horizontal. Ouviram um som como um bater de asas no desfiladeiro que dava para o rio, e depois o som raspado dos pés de alguém que contornava a entrada estreita do terraço. Nil surgiu correndo na direção deles, de mãos vazias. E gritou suas palavras.

"Onde está Ha?"

Lok, estupidificado, olhou para ela de boca aberta.

"Foi buscar lenha com Nil e o mais novo."

Nil teve um espasmo. E na mesma hora começou a tremer, embora estivesse a menos de um braço de distância da fogueira. E começou a falar depressa com a velha.

"Ha não está com Nil. Olhe!"

Correu de um lado para o outro pelo terraço, demonstrando que estava vazio. Depois voltou. Olhou para a furna, pegou um pedaço de carne e começou a rasgá-lo com os dentes. O mais novo acordou debaixo dos seus pelos e mostrou a cabeça. Depois de um momento, ela tirou a carne da boca e fitou detidamente cada um dos outros.

"Onde está Ha?"

A velha apertou a cabeça com as mãos, refletiu algum tempo sobre esse novo problema e desistiu. Acocorou-se ao lado do estômago da corça e começou a pescar pedaços de carne.

"Ha foi buscar lenha com você."

Nil reagiu com violência.

"Não! Não! Não!"

Pulava sem sair do lugar. Seus seios balançavam, e o leite brotou em seus mamilos. O mais novo farejou o ar e passou por cima do seu ombro. Ela o segurou com força, com ambas as mãos, o que o fez miar antes de começar a mamar. Ela se agachou na pedra e convocou a todos com os olhos, fazendo um ar de urgência.

"Vejam a imagem. Nós dois juntando a lenha numa pilha. Onde fica a árvore morta grande. Na clareira. Falando da corça que Fa e Lok trouxeram. Rindo juntos."

Ela olhou para o outro lado do fogo e estendeu uma das mãos.

"Mal!"

Os olhos dele pousaram nela. Ele continuava ofegante. Nil falou para ele, enquanto o mais novo sugava seu seio e, atrás dela, a luz do sol sumia da água.

"Então Ha vai até o rio beber água e eu fico junto da lenha." E sua expressão lembrava a de Fa quando os detalhes da imagem eram demais para ela. "E ele também vai se aliviar. E eu fico junto da lenha. Mas ele grita: 'Nil!' E quando eu me levanto" — ela repete o movimento — "vejo Ha correndo para cima, na direção do desfiladeiro. Correndo atrás de alguma coisa. Ele olha para trás e fica aliviado e depois com medo e aliviado — assim! E depois eu não vejo mais ele." Acompanham o olhar dela pelo desfiladeiro acima e não conseguem mais vê-lo. "Eu espero e espero. Então vou até o desfiladeiro procurar Ha e voltar para pegar a lenha. Não tem mais sol no desfiladeiro."

Seus pelos se eriçaram, e mostrou os dentes.

"E sinto um cheiro no desfiladeiro. Dois. Ha e mais um. Não Lok. Não Fa. Não Liku. Não Mal. Não ela. Não Nil. Sinto outro cheiro, de ninguém. Subindo o desfiladeiro e depois descendo. Mas o cheiro de Ha desaparece. Ha sobe o desfiladeiro bem em cima das cavalinhas quando o sol baixa; e depois mais nada."

A velha começa a remexer os pedaços que tirou do estômago da corça. E fala por cima do ombro.

"É uma imagem num sonho. Não tem mais ninguém."

Nil começa de novo, angustiada.

"Não Lok. Não Mal —" Sai farejando por cima da pedra, constata que chegou perto demais da passagem estreita que dá para o desfiladeiro e volta arrepiada. "É o fim do cheiro de Ha. Mal! —"

Os demais ponderam detidamente essa imagem. A velha abre o saco, que desprende fumaça. Nil salta a fogueira e se ajoelha ao lado de Mal. E toca seu rosto.

"Mal! Você está ouvindo?"

Mal responde, entre arquejos.

"Estou."

A velha entrega carne a Nil, que aceita mas não come. Fica esperando que Mal volte a falar, mas é a velha que fala por ele.

"Mal está muito doente. Ha tem muitas imagens. Agora coma e fique feliz."

Nil grita para ela num tom tão feroz que todos os outros também param de comer.

"Ha não mais. A pista do cheiro de Ha acaba."

Por algum tempo ninguém se mexe. Então as pessoas se voltam todas para Mal. Com muito esforço ele ergue o corpo e se equilibra sentado. A velha abre a boca para falar, depois fecha. Mal apoia as palmas das mãos na cabeça. O que torna seu equilíbrio ainda mais difícil. Ele começa a balançar.

"Ha foi para o desfiladeiro."

Tosse e perde o pouco fôlego que tinha. Os demais ficam à espera até o ritmo acelerado de sua respiração tornar-se mais regular.

"Tem o cheiro de um outro."

Mal aperta o topo da cabeça com as mãos. Seu corpo começa a tremer. Estende uma das pernas mas seu calcanhar impede que caia. Os outros esperando, tingidos de vermelho pelo crepúsculo e a luz da fogueira, enquanto o vapor do caldo de carne se ergue com seu cheiro forte para perder-se na escuridão.

"Tem o cheiro de outros."

Por um momento ele prende a respiração. Depois os outros veem que os músculos devastados de seu corpo se relaxam e Mal tomba de lado, como se tanto fizesse a maneira como cairia no chão. E eles o veem sussurrar.

"Não consigo ver essa imagem."

Até Lok ficou em silêncio. A velha foi aos vãos na pedra buscar lenha como se andasse dormindo. Guiava-se pelo tato, enquanto seus olhos fitavam algum ponto para além das pessoas. Como não enxergavam o que ela via, todos ficaram quietos, ponderando sem forma a imagem de Ha não mais. Só que Ha estava com eles. Conheciam cada detalhe do seu corpo e cada uma das suas expressões, seu cheiro individual, seu rosto sensato e silencioso. Seu ramo de espinheiro estava apoiado na pedra, a parte do cabo alisada pelo calor da sua empunhadura como se tivesse passado muito tempo na água. A pedra de sempre esperava por ele, e bem à frente deles via-se a marca produzida pelo seu corpo na terra. Todas essas coisas estavam juntas em Lok. Inchavam seu coração e lhe davam forças como se pudesse fazer Ha surgir em pleno ar só pela força da vontade.

De repente, Nil falou.

"Ha se foi."

Quatro

Atônito, Lok ficou olhando a água escorrer dos olhos de Nil. Acumulava-se na beira de suas cavidades orbitais, depois caía em gotas grossas em sua boca e na cabeça do mais novo. Ela correu para a beira do rio e começou a urrar na noite. Lok viu gotas que também cintilavam à luz do fogo nos olhos de Fa, que em seguida se juntou a Nil, urrando para o rio. A sensação de que Ha ainda estava presente, pelos seus muitos sinais, foi ficando tão forte em Lok que o deixou sem saber o que fazer. Correu até as duas, agarrou Nil pelo pulso e a virou de frente para ele.

"Não!"

Ela segurava o mais novo com tanta força que ele choramingava. A água continuava a cair do seu rosto. Ela fechou os olhos, abriu a boca e tornou a emitir um urro agudo e prolongado. Lok a sacudiu, furioso.

"Ha não se foi! Olhe —"

Correu de volta para a furna e apontou para o ramo de espinheiro, a pedra e a marca do corpo de Ha impressa no solo. Ha estava em toda parte. Lok falou com a velha.

"Eu tenho uma imagem, e vou encontrar Ha. Como é que Ha pode ter encontrado outro? Não existe outro no mundo —"

Fa começou a falar, ansiosa. Nil, fungando ruidosamente, acompanhava a troca.

"Se existe um outro, Ha foi embora com ele. Deixe Lok e Fa irem —"

Um gesto da velha a fez calar-se.

"Mal está muito doente e Ha se foi." Olhou pausadamente para cada um dos demais. "Agora só tem Lok."

"Eu vou encontrar Ha."

"...e Lok tem muitas palavras mas nenhuma imagem. Mal não melhora. Por isso, preciso falar."

Acocorou-se cerimoniosamente ao lado do estômago fumegante. Lok captou seu olhar e as imagens sumiram da sua cabeça. A velha começou a falar com autoridade, como Mal falaria se não estivesse doente.

"Sem ajuda, Mal morre. Fa precisa levar um presente para as mulheres de gelo e pedir a Oa por ele."

Fa se agachou ao lado dela.

"Que outro homem pode ser esse? Alguém que estava morto e está vivo? Alguém que voltou do ventre de Oa como pode ser o meu bebê que morreu na caverna à beira-mar?"

Nil fungava de novo.

"Deixe Lok ir encontrar Ha."

A velha repreendeu Nil.

"A mulher para Oa, e o homem para ter imagens. Deixe Lok falar."

Lok se viu tomado por um riso descabido. Estava na frente da fila, e não na outra ponta, brincando descuidado com Liku. Mas a atenção das três mulheres o incomodava. Lok baixou os olhos e coçou um dos pés com o outro. Girou o corpo devagar até ficar de costas para as três.

"Fale, Lok!"

Ele tentou fixar os olhos em algum ponto das sombras que o ajudasse a escapar dali, possibilitando-lhe ignorar as três. Enxergando só parcialmente, vislumbrou o ramo de espinheiro apoiado na pedra. No mesmo instante, sentiu a presença da essência única de Ha a seu lado na furna. Foi tomado de uma animação extrema. E começou a falar.

"Ha tem uma marca bem aqui, debaixo do olho, onde a vareta queimou. E o cheiro dele é — assim! E ele fala. Tem um tufo de pelos em cima do dedo maior do pé —"

Deu um salto, girando no ar.

"Ha encontrou um outro. Assim! E despenca do desfiladeiro — essa é uma imagem. Então o outro vem correndo. E grita para Mal: 'Ha caiu na água!'"

Fa olhou fixamente seu rosto.
"O outro não veio."
A velha a segurou pelo pulso.
"Então Ha não caiu. Vá depressa, Lok. Encontrar Ha e o outro."
Fa franziu o rosto.
"E o outro conhece Mal?"
Lok riu de novo.
"Todo mundo conhece Mal!"
Fa fez um gesto brusco para ele, pedindo que ficasse calado. Encostou os dedos nos dentes e os mordeu. Nil corria os olhos pelas mulheres sem entender do que falavam. Fa tirou os dedos da boca e apontou um deles para o rosto da velha.
"Uma imagem. Alguém é — outro. Não uma das pessoas. E diz para Ha: 'Venha! Aqui tem mais comida do que eu consigo comer sozinho.' E então Ha responde —"
A voz dela sumiu. Nil começou a choramingar.
"Onde está Ha?"
A velha respondeu.
"Ha se foi com o outro homem."
Lok segurou Nil e a sacudiu de leve.
"Eles trocaram palavras ou compartilharam uma imagem. Ha vai nos dizer, e eu vou atrás dele." Olhou para as mulheres. "As pessoas sempre se entendem."
As pessoas refletiram sobre as suas palavras e assentiram com as cabeças, concordando.

Liku acordou e sorriu em volta. A velha cumpria suas primeiras obrigações na furna. Ela e Fa conversavam aos murmúrios, comparavam pedaços de carne, sopesavam ossos e se aproximavam do estômago da corça conversando. Nil estava sentada ao lado da fogueira, lacrimosa e comendo com uma persistência mecânica e desolada. O mais novo se esgueirava lentamente pelo seu ombro. Equilibrou-se por um momento, olhou para o fogo e tornou a se enfiar debaixo dos cabelos da mãe. Então a velha lançou um olhar secreto a Lok que fez a imagem misturada de Ha com um outro deixar sua cabeça e o levou a levantar-se, equilibrando-se primeiro num pé só e depois no outro. Liku se aproximou do estômago da corça e queimou os dedos. A velha continuava olhando para Lok e finalmente Nil fungou, dirigindo-se a ele.

"Você tem alguma imagem de Ha? Uma imagem de verdade?"

A velha pegou o seu ramo de espinheiro e lhe entregou. Era uma mistura de fogo e luar, e os pés de Lok o levaram para fora da furna.

"Eu tenho uma imagem verdadeira."

Fa lhe deu alguma comida do estômago da corça, tão quente que ele ficou passando de uma mão para a outra. Olhou para as mulheres com ar de dúvida e tomou a direção da entrada do terraço. Longe da luz do fogo tudo estava negro e prateado, a ilha negra, as pedras e as árvores claramente destacadas do céu e o rio prateado com uma luz cintilante que corria de um lado para o outro ao longo da dobra da cachoeira. Na mesma hora, a noite ficou muito solitária e a imagem de Ha se recusava a reaparecer na sua cabeça. Olhou para a furna, à procura da imagem. Era uma abertura bruxuleante no paredão de pedra acima do terraço, com uma linha curva negra por baixo, onde o terreno se erguia e encobria o fogo. Via Fa e a velha agachadas lado a lado e, entre as duas, um monte de carne. Contornou o canto do terraço, perdeu-as de vista e o som da cachoeira cresceu e veio a seu encontro. Pousou seu ramo de espinheiro e se agachou para comer. A comida estava macia, quente e boa. Não sentia mais a dor desesperada da fome, só o sabor, de maneira que podia apreciar cada bocado em vez de simplesmente engolir tudo. Aproximou a comida do rosto e inspecionou a superfície pálida em que a luz da lua se refletia com mais lustro que na água. Esqueceu-se de Ha e da furna. Transformou-se na barriga de Lok. Sentado acima da cachoeira trovejante, tendo à sua frente as extensões opacas de floresta cortada de água, seu rosto reluzia de gordura e alegria serena. A noite estava mais fria que a da véspera, embora ele não fizesse comparações. Uma cintilação de diamante desprendia-se da nuvem de borrifos da cachoeira, produzida apenas pela claridade da lua, mas parecendo gelo. O vento tinha parado, e as únicas criaturas que se moviam eram as samambaias pendentes agitadas pela água. Ficou olhando para a ilha sem vê-la, concentrado no sabor agradável em sua língua, em sua deglutição ampla e ruidosa, e na tensão da sua pele.

Finalmente acabou de comer. Limpou o rosto com as mãos e seus dentes com uma das pontas do ramo de espinheiro. Lembrou-se novamente de Ha, da furna e da velha, e se levantou num arranco. Começou a usar seu olfato com toda a consciência, deitando-se de lado para farejar a pedra. Os cheiros eram muito complexos, e seu nariz não conseguia entendê-los bem. Sabia o motivo, e se abaixou debruçado até sentir o contato da água em seus lábios. Bebeu, depois limpou o gosto da boca. Subiu de volta e se agachou na pedra gasta. Tinha sido alisada pela chuva, mas a passagem estreita no canto do terraço tinha sido pisada pelas incontáveis passagens de homens como ele. Ficou algum tempo parado junto ao ronco monstruoso da cachoeira e concentrou-se em seu faro. Os cheiros formavam um desenho no espaço e no tempo. Aqui, junto ao seu ombro, estava o cheiro mais recente da mão de Nil na pedra. Logo por baixo toda uma legião de cheiros, o cheiro de cada uma das pessoas que tinham passado por ali na véspera, o cheiro de suor, o cheiro de leite e o cheiro azedo de Mal tomado pela dor. Lok separou e descartou cada um desses vestígios e fixou-se no último rastro de Ha. Cada cheiro era ligado a uma imagem mais nítida que a memória, uma espécie de presença viva mas abrandada, e Ha estava vivo de novo. Instalou a imagem de Ha em sua cabeça, decidido a mantê-la ali para não se esquecer.

Lok estava de pé mas curvado, com o ramo de espinheiro numa das mãos. Então ergueu o ramo devagar e o segurou com as duas mãos. Os nós dos dedos ficaram lívidos, e ele deu um passo cauteloso para trás. Havia outra coisa. Não se destacava quando as pessoas eram consideradas em conjunto, mas depois que ele separou e eliminou o cheiro de uma a uma esse outro permaneceu, um cheiro sem imagem. E, agora que o distinguia, estava mais forte perto do canto de entrada. Alguém tinha parado ali com a mão apoiada na pedra, examinando o terraço e a furna. Sem pensar, Lok entendeu a perplexidade no rosto de Nil. Começou a avançar ao longo do desfiladeiro, no início devagar, mas depois acelerando até começar a correr pela pedra. Uma confusão de imagens se sucedia em sua cabeça enquanto corria: aqui estava Nil, confusa e assustada, aqui o outro, e aqui chegava Ha, andando depressa —

Lok se virou e correu de volta. Na mesma plataforma de onde ele próprio quase tinha despencado de maneira tão inexplicável, o cheiro de Ha parava como se tivesse chegado ao fim do desfiladeiro.

Lok se debruçou e olhou para baixo. Viu as cavalinhas ondulando debaixo do brilho do rio. Sentiu os sons de pesar a ponto de irromper da sua garganta e cobriu a boca com a mão. As cavalinhas acenavam, a maré de prata coleante do rio contornava a margem escura da ilha. Ocorreu-lhe uma imagem de Ha se debatendo na água, arrastado pela correnteza na direção do mar. Lok começou a farejar a pedra, seguindo para baixo o cheiro de Ha e do outro, na direção da floresta. Passou pelos arbustos onde Ha encontrou as bagas para Liku, bagas murchas, e ali Ha continuava vivo, colhido pela moita. A palma de sua mão deslizou ao longo dos ramos, colhendo as bagas. Continuava vivo na cabeça de Lok, mas andando para trás pelo tempo na direção da fonte, a partida do mar para lá. Lok desceu aos saltos a encosta entre as pedras até chegar às árvores da floresta. O luar tão claro no rio ali era interrompido pelo contorno de brotos altos e galhos imóveis. Os troncos das ávores produziam barras grossas de escuridão, mas enquanto Lok caminhava entre elas a lua o envolvia numa teia de luz. Aqui está Ha, animado. Aqui ele andou na direção do rio. Ali, junto à pilha abandonada de lenha, fica o local onde Nil esperou com toda a paciência, até seus pés deixarem as marcas em relevo que agora se destacavam negras numa poça de luz. Aqui ela partiu em busca de Ha, intrigada, preocupada. Os rastros misturados corriam de volta pelas pedras, subindo na direção do desfiladeiro.

Lok se lembrou de Ha no rio. Começou a correr, o mais perto da margem que podia. Chegou à clareira onde se erguia a árvore morta e correu até a beira da água. Plantas altas cresciam na água e pendiam sobre ela. Os talos que resistiam à correnteza tornavam visível o movimento das águas, fazendo surgir o luar em meio às sombras. Lok começou a chamar.

"Ha! Cadê você?"

O rio não respondeu. Lok chamou de novo, e ficou esperando enquanto a imagem de Ha se tornava menos nítida até desaparecer, o que o fez entender que Ha se fora. Então ouviu um grito vindo da ilha. Lok gritou de volta, pulando sem sair do lugar. Mas enquanto pulava começou a sentir que não tinha sido a voz de Ha. Era uma voz diferente: não a voz de uma pessoa. Era a voz de um outro. De repente, sentiu uma animação tremenda. Era desesperadamente importante que ele finalmente visse aquele homem cujo cheiro e cuja voz já conhecia. Correu sem rumo em torno da clareira, gritando o mais alto possível. Então o cheiro do outro revelou-se a ele na terra úmida e ele seguiu o rastro para longe do rio na direção da encosta que subia a montanha. Seguia o cheiro com o corpo dobrado, às vezes iluminado de passagem pela lua. O cheiro descrevia uma curva, afastando-se do rio por baixo das árvores, chegando às pedras espalhadas entre plantas baixas. Aqui havia perigo possível, gatos ou lobos ou até as raposas maiores, vermelhas como o próprio Lok, que a fome da primavera deixava mais ferozes. Mas o rastro do outro era simples, nem mesmo cruzado pelo cheiro de algum animal. Subia até a furna mas evitava a trilha, preferindo seguir as valas secas de enxurrada ao caminho mais íngreme das encostas de pedra. O outro tinha parado aqui e ali, feito pausas inexplicavelmente demoradas, com os pés virados para baixo. Uma vez, num trecho em que o caminho ficava mais fácil e inclinado, o outro deu mais passos para trás que os dedos de uma das mãos. Depois se virou de novo e começou a correr pela vala seca, e seus pés levantavam a terra, ou melhor, faziam a terra voar para fora dos pontos onde calcavam o chão. Fez uma nova pausa, escalou uma das margens da vala e ficou algum tempo parado na borda. Construiu-se na cabeça de Lok uma imagem do homem, não por dedução racional mas porque em todo lugar era o que o cheiro lhe ordenava. Assim como o cheiro de um gato evocava nele a astúcia furtiva do gato e um rugido de gato; assim como a visão de Mal subindo trôpego a encosta levava as pessoas a imitá-lo, aquele cheiro transformava Lok na coisa que passara ali antes dele. Começava a conhecer o outro sem entender de que modo. O Lok-Outro agachou-se à beira do desfiladeiro e olhou para a montanha do outro lado das pedras. Precipitou-se à frente e começou a correr com as pernas e as costas curvadas. Escondeu-se esperando na sombra de um penedo, com os dentes à mostra. Avançava com toda a cautela; pôs-se de quatro, avançou rastejando devagar e olhou, do alto do despenhadeiro, para a garganta que o rio cortava.

    Estava no alto da encosta, acima da furna. A laje de pedra que a cobria não lhe permitiu ver nenhuma das pessoas; a partir da área que ela cobria, porém, um semicírculo de luz acobreada se espalhava pelo terraço, cada vez mais esmaecida, até ficar indistinguível do luar. Um pouco de fumaça se erguia no ar, dissipando-se na garganta entre as montanhas. O Lok-Outro começou a descer a parede de pedra bem devagar, de saliência em saliência. Ao se aproximar da laje que cobria a furna, começou a descer ainda mais devagar, com o corpo todo encostado na pedra. Adiantou-se de rastros um pouco mais, debruçou-se na beira da laje e olhou para baixo. Na mesma hora seus olhos foram ofuscados por uma labareda da fogueira; voltou a ser só Lok, em casa com as pessoas, e o outro se foi. Lok ficou ali parado, fitando confusamente a terra e as pedras, o terraço salutar e reconfortante. Ouviu a voz de Fa logo abaixo de si. Eram palavras estranhas, sem significado para ele. Fa apareceu carregando alguma coisa e se afastou depressa pelo terraço até a sugestão vertiginosa de uma trilha que subia até as mulheres de gelo. A velha apareceu, acompanhou-a com os olhos, depois voltou para baixo da laje de pedra. Lok ouviu o barulho de lenha sendo arrastada, e em seguida um jorro de centelhas se ergueu no ar, passando bem à sua frente, e a luz do fogo se espalhou mais e começou a dançar.

Lok sentou-se na pedra, depois se levantou devagar. Sua cabeça estava vazia. Não lhe ocorria imagem alguma. No terraço, mais adiante, Fa tinha deixado a área plana de pedra e terra e começava a escalar. A velha saiu da furna, correu até o rio e voltou com as mãos em concha cheias de água. Passou tão perto que Lok conseguiu ver as gotas que caíam dos seus dedos, e as chamas gêmeas refletidas nos seus olhos. Ela passou debaixo da laje de pedra e ele entendeu que não o tinha visto. Na mesma hora, ela não tê-lo visto deixou Lok com medo. A velha sabia tanta coisa; ainda assim, não tinha visto Lok. Ele estava excluído, não era mais uma das pessoas; como se aquela sua comunhão com o outro o tivesse transformado numa pessoa diferente dos demais, que não conseguiam mais vê-lo. Não tinha palavras para formular esses pensamentos, mas sentia essa diferença e essa invisibilidade como um vento frio na sua pele. O outro tinha afetado os fios que o ligavam a Fa, Mal, Liku e o resto das pessoas. E esses fios não eram apenas o que conferia beleza à vida, mas sua própria substância. Caso se rompessem, o homem morreria. Na mesma hora, Lok sentiu uma voragem de olhar nos olhos de outra pessoa e ser reconhecido. Virou-se para descer depressa pelas saliências e chegar logo à furna; mas lá estava de novo o cheiro do outro. Não mais uma parte incômoda de Lok, sua estranheza e seu vigor o atraíam. Seguiu o rastro pelas saliências que se distribuíam pelo paredão pouco acima do terraço, até ele o conduzir ao ponto onde o terraço ia se afinando à beira do rio e o caminho para as mulheres de gelo se elevava acima dele.

As pedras esparsas que marcavam a ponta de cá da ilha emergiam da água a poucos homens de distância. O cheiro conduzia até a beira da água, e Lok foi atrás. Parou, estremecendo de leve à beira da solidão da água e olhando para a pedra mais próxima. Uma imagem começou a se formar em sua cabeça do salto que teria ultrapassado aquela distância para fazer o outro pousar na pedra, e em seguida, de salto em salto por sobre as águas mortíferas, até a ilha escura. A luz da lua se refletia na superfície das pedras, revelando seus contornos. Enquanto Lok observava, uma das pedras mais distantes começou a mudar de forma. Num de seus flancos, um pequeno calombo se alongou e depois desapareceu depressa. A parte do alto da pedra inchou, a base da corcova se adelgaçou e ela tornou a alongar-se, antes de ter sua altura reduzida à metade. E em seguida sumiu.

Lok ficou parado, deixando que as imagens se sucedessem em sua cabeça. A primeira era a imagem de um urso das cavernas que certa vez tinha visto pondo-se de pé em cima de uma pedra e emitindo um rugido que parecia o som do mar. Era mais ou menos tudo o que sabia sobre o urso, porque depois daquele rugido as pessoas tinham corrido quase um dia inteiro. Essa outra coisa, essa coisa preta que mudava de forma, tinha alguma coisa dos gestos lentos do urso. Apertou os olhos e fitou novamente a pedra para ver se tornava a mudar. Havia uma bétula em particular que crescia bem mais alto que as demais da ilha, e agora ela se destacava contra o céu encharcado de luar. Estava muito grossa na base, grossa além da conta e, enquanto Lok a olhava, ficou impossivelmente grossa. Parecia haver uma bolha de sombra que se coagulava em torno do tronco, como uma gota de sangue numa vara. A bolha se alongou, engrossou de novo, tornou a se alongar. Subia o tronco da árvore com a deliberação de uma preguiça e parou no alto, bem acima da ilha e da cachoeira. Lok gritou o mais alto que podia; mas ou a criatura era surda ou o ronco possante da cachoeira apagou as palavras com que respondia.

"Cadê Ha?"

A criatura nem se mexeu. Um vento fraco percorreu a garganta entre as montanhas e o topo da bétula balançou, o arco que descrevia mais amplo e mais lento devido ao peso escuro que se aferrava a seus ramos mais altos. Os pelos do corpo de Lok se eriçaram, e ele foi tomado pelo mesmo tipo de desconforto da encosta da montanha. Sentiu falta da proteção de seres humanos, mas a memória de não ter sido visto pela velha não o deixava voltar para a furna. Assim, ficou ali parado enquanto aquele calombo escuro descia pelo tronco da árvore e sumia em meio às sombras anônimas que eram parte desta ponta da ilha. Em seguida o calombo tornou a aparecer, mudando de forma no alto da pedra mais distante. Em pânico, Lok saiu correndo pela encosta da montanha acima, à luz da lua. Antes que pudesse ver qualquer imagem clara em sua cabeça, já percorria o esboço de trilha por onde Fa tinha enveredado. Parou quando chegou à altura de uma árvore acima das águas do rio e olhou para baixo. A criatura ainda ficou visível por um instante, pulando de pedra em pedra. Lok estremeceu e continuou escalando.

Aquela parede de pedra nunca ficava mais fácil; subia sempre, cada vez mais íngreme e em certos trechos totalmente a prumo. Lok chegou a uma espécie de fenda no paredão, de onde uma água caía e mergulhava na garganta entre as montanhas. Era uma água tão fria que o respingo de uma gota em seu rosto causou-lhe dor. Sentiu o cheiro de Fa e de carne na pedra, e escalou a entrada da fenda. A abertura continuava até o alto, onde se avistava uma fatia de céu enluarado. A pedra estava escorregadia por causa da água, e tentou livrar-se dele. Mas o rastro do cheiro de Fa o conduzia em frente. Quando chegou à altura onde se via o céu, descobriu que a fenda se transformava numa abertura bem mais larga, que parecia conduzir direto para o interior da montanha. Olhou para baixo e o rio aparecia como um fio no fundo da garganta, e todas as formas estavam mudadas. Queria Fa mais do que nunca, e enveredou pela abertura adentro. Às suas costas, do outro lado da garganta, as montanhas eram pontas reluzentes de gelo. Ouviu Fa só um pouco à frente e gritou o nome dela. Ela voltou depressa pela abertura, saltando as pedras em que a água se chocava. Alguns blocos de pedra rangiam sob seus pés e o som repercutia nas paredes da abertura, criando a impressão sonora de um grupo grande de pessoas. Então Fa chegou perto dele, o rosto convulsionado pela raiva e pelo medo.

"Cale a boca!"

Lok não ouviu. Balbuciava sem parar.

"Eu vi o outro. Ha caiu no rio. O outro veio e ficou olhando para a furna."

Fa o segurou pelo braço. Apertava o fardo contra seu peito.

"Cale a boca! Ou Oa vai fazer as mulheres de gelo ouvirem, e elas despencam!"

"Deixe eu ficar com você!"

"Você é um homem. Tem o terror. Volte!"

"Não vou ver nem ouvir nada. Fico atrás de você. Deixe eu vir."

O ronco da cachoeira tinha se reduzido a um suspiro, lembrando o som do mar a uma grande distância, mas com tempo ruim. As palavras que os dois diziam levantaram voo como um bando de aves que descreviam círculos distantes e se multiplicavam por meios misteriosos. As paredes de pedra do fundo da abertura estavam cantando. Fa tapou a boca de Lok com a mão e ficaram os dois parados assim enquanto aquelas aves se afastaram até só se ouvir o som da água que corria a seus pés e o suspiro da cachoeira. Fa se virou e começou a escalar a abertura, e Lok a seguia de perto. Fa parou e mandou-o voltar com gestos enérgicos, mas quando prosseguiu Lok continuava atrás dela. Então Fa parou de novo e começou a andar de um lado para o outro entre as paredes de pedra, movendo a boca em silêncio e mostrando os dentes para Lok, mas ele se recusava a deixá-la. O caminho de volta o levava direto ao Lok-Outro e àquela solidão indizível. Ao fim de algum tempo, Fa desistiu e resolveu ignorá-lo. Retomou a escalada da abertura e Lok a acompanhou, batendo os dentes de frio.

Porque ali, finalmente, não havia mais água correndo a seus pés. Em lugar dela, blocos sólidos de gelo se agarravam com firmeza aos penhascos; e, debaixo de cada pedra, no lado onde o sol não batia, erguia-se uma barreira de neve acumulada. Lok tornou a sentir toda a infelicidade do inverno e o terror das mulheres de gelo, e por isso seguia Fa muito de perto, como se ela fosse o calor de uma fogueira. O céu era uma faixa estreita acima de sua cabeça, gélido e todo perfurado de estrelas em meio aos borrões de esboços de nuvem que capturavam o luar. Agora, Lok viu que o gelo se prendia às escarpas daquela abertura como ramos de hera, largo na base e, à medida que subia, subdividindo-se em mil ramos cada vez mais finos, ostentando folhas de um branco cintilante. Havia gelo debaixo dos seus pés, que primeiro arderam muito e depois ficaram entorpecidos. Em pouco tempo já se apoiava também nas mãos, que ficaram dormentes como os pés. As ancas de Fa balançavam diante dele, que seguia logo atrás. A abertura se alargou, admitindo a entrada de mais luz, e Lok viu que tinham um paredão vertical de pedra bem à sua frente. Do lado esquerdo, uma linha de um preto mais intenso descia pela parede. Fa avançou de gatinhas na direção dessa linha e desapareceu dentro dela. Lok a seguiu. Estava numa passagem tão estreita que encostava dos dois lados com os cotovelos. E então chegou ao outro lado.

A luz deu de cheio nele. Abaixou-se e cobriu os dois olhos com as mãos. Piscando muito e olhando para baixo, viu pedras que cintilavam, blocos de gelo e sombras de um azul profundo. Via os pés de Fa à sua frente, embranquecidos, cobertos de um pó brilhante, e a sombra dela mudando de forma no gelo e nas pedras. Começou mirar em frente à altura dos olhos e viu as nuvens da respiração dos dois pendendo à volta de suas cabeças como a névoa de borrifos da cachoeira. Ficou parado onde estava, Fa meio encoberta pelo nevoeiro de seu próprio alento.

O lugar era imenso e aberto. As paredes eram de pedra; e por toda parte os ramos da hera de gelo subiam até se espalharem por todo o teto de pedra. No ponto do chão do santuário do qual partiam, tinham a grossura da base do tronco de um velho carvalho. Os ramos altos desapareciam em cavernas de gelo. Lok ficou parado e acompanhou Fa com os olhos enquanto ela subia na direção da extremidade mais alta do santuário. Fa se acocorou nas pedras e ergueu seu fardo de carne. Não se ouvia som algum, nem mesmo o rumor da cachoeira.

Fa começou a falar num tom pouco mais alto que um sussurro. Num primeiro momento Lok ainda distinguiu palavras isoladas, "Oa" e "Mal": mas as paredes rejeitavam as palavras, que ricocheteavam na pedra e eram lançadas de novo. A parede de pedra e a hera gigante de gelo diziam "Oa", e a parede atrás de Lok entoava "Oa Oa Oa". Depois todas pararam de emitir palavras separadas e apenas cantavam "O" e "A" ao mesmo tempo. O som foi subindo como a água na maré alta, uniforme como a água, e se transformou num "A" sonoro que cercou Lok e o submergiu. "Doente, doente", disse a parede do fundo do santuário; "Mal", responderam as pedras atrás dele, e o ar continuava entoando a cheia infindável e cada vez mais alta de "Oa". Todos os pelos de Lok se arrepiaram. Formou o nome "Oa" com os lábios. Olhou para cima e viu as mulheres de gelo. As cavernas onde os ramos de hera mergulhavam eram seus ventres. Suas coxas e suas barrigas emergiam da parede de pedra acima deles. Destacavam-se a tal ponto da parede que o céu era mais estreito que o piso do santuário. Os corpos estavam ligados, arqueados para trás e inclinados para fora, e suas cabeças em ponta refulgiam à luz da lua. Lok viu que o ventre de cada uma era como uma caverna, azul e terrível, destacado da pedra. E os talos da hera eram a água que vertiam, escorrendo entre a pedra e o gelo. A enchente de som chegava à altura dos seus joelhos.

"Aaaa", cantava o paredão de pedra, "Aaaa —"

Lok estava deitado com a cara no gelo. Embora a geada cintilasse em seus pelos, suava pelo corpo todo. Sentia o leito da abertura deslocando-se de lado. Fa sacudia seu braço.

"Venha!"

A sensação que tinha na barriga era de que havia comido grama e estava a ponto de passar mal. Não enxergava nada além de luzes verdes que se deslocavam com uma persistência impiedosa por um vácuo totalmente negro. O som do santuário se alojara em sua cabeça como o som do mar no fundo de uma concha. Os lábios de Fa se moviam junto a seu ouvido.

"Antes que elas vejam você."

Ele se lembrou das mulheres de gelo. Mantinha os olhos baixos para não ver a luz terrível, e começou a rastejar para fora. Seu corpo era uma coisa morta, que não conseguia operar. Foi tropeçando atrás de Fa até conseguirem sair pela fenda na pedra e verem a abertura que descia à sua frente, e a abertura terminava em mais uma fenda. Lok passou correndo por Fa e começou a descer do modo que podia. Caía e rolava, tropeçava, saltando desajeitado em meio à neve e às pedras. Então parou, fraco e alquebrado, choramingando como Nil. Fa se aproximou. Abraçou-o e deixou que ele se apoiasse nela, os olhos fixos no fio de água que se lançava pela abertura. Fa falava baixinho no seu ouvido.

"É Oa demais para um homem."

Ele se virou para ela e encaixou a cabeça entre os seus seios.

"Fiquei com medo."

Passaram algum tempo em silêncio. Mas o frio estava neles, e seus corpos se afastaram, tremendo.

Menos tomados de pânico, mas ainda tolhidos pelo frio, começaram a baixar hesitantes pela encosta cada vez mais íngreme onde o som da cachoeira tornou a se erguer até alcançá-los. O que suscitou em Lok imagens da furna. E começou a explicar para Fa.

"O outro está na ilha. Salta muito bem. E esteve na montanha. Veio até a laje em cima da furna e de lá olhou para baixo."

"Onde está Ha?"

"Caiu na água."

Ela exalou uma nuvem para trás, e Lok ouviu a voz dela vindo de lá.

"Nenhuma pessoa cai na água. Ha está na ilha."

Passou algum tempo em silêncio, enquanto Lok fazia o possível para pensar em Ha pulando até a pedra por cima da água. Uma imagem que não conseguiu ver. Fa tornou a falar.

"O outro deve ser uma mulher."

"O cheiro é de homem."

"Então deve haver outra mulher. Um homem não pode sair do ventre de um outro. Talvez tenha havido uma mulher, e outra mulher, e depois outra mulher. Sozinha."

Lok digeriu as palavras dela. Enquanto houvesse mulheres, havia vida. Mas de que serviam os homens, além de farejar rastros e ter imagens? Confirmado em sua humildade, não quis dizer a Fa que tinha visto o outro ou que tinha olhado para a velha e percebido que estava invisível. Até as imagens e a ideia de falar sumiram da sua cabeça, porque tinham chegado à parte vertical do caminho. Desceram em silêncio, e o ronco da água chegava até os dois. Só quando chegaram ao terraço e avançavam depressa na direção da furna foi que Lok se lembrou de que tinha saído à procura de Ha e voltava sem ele. Como se os terrores do santuário ainda os perseguissem, os dois começaram a correr.

Mas Mal não era o novo homem que esperavam encontrar. Estava estirado no chão, e sua respiração estava tão fraca que seu peito mal se mexia. Viram que seu rosto estava de um verde-escuro, reluzente de suor. A velha mantinha o fogo muito alto, e Liku tinha se afastado. Comia mais fígado, devagar e com uma expressão muito séria, enquanto observava Mal. As duas mulheres estavam agachadas, uma de cada lado, Nil debruçada, enxugando o suor da testa dele com os seus cabelos. Parecia não haver lugar naquela furna para as notícias de Lok acerca do outro. Quando ouviu a história, Nil ergueu os olhos, não viu Ha e se debruçou para enxugar de novo a testa do velho. A velha dava tapinhas em seu ombro.

"Fique bem e forte, velho. Fa levou uma oferenda a Oa por você."

A essas palavras, Lok lembrou-se do terror que sentira ao pé das mulheres de gelo. Abriu a boca para falar mas Fa tinha compartilhado sua imagem e cobriu seus lábios com a mão. A velha não percebeu nada. E tirou mais um pedaço de comida do saco fumegante.

"Agora sente-se e coma."

Lok falou com ele.

"Ha se foi. Tem outras pessoas no mundo." Nil se levantou e Lok percebeu que ia gritar seu pesar, mas a velha disse a mesma coisa que Fa.

"Cale a boca!"

Ela e Fa ergueram Mal com todo o cuidado até deixá-lo sentado, apoiado nos braços das duas, a cabeça pendendo no peito de Fa. A velha enfiou o pedaço de comida entre os seus lábios, mas eles não o aceitaram. Mal estava falando.

"Não abram a minha cabeça e os meus ossos. Só iam encontrar fraqueza."

Lok olhou para cada uma das mulheres à sua volta, de boca aberta. Deixou escapar uma risada involuntária. E disse a Mal.

"Mas tem um outro. E Ha se foi."

A velha ergueu os olhos.

"Vá buscar água."

Lok correu até o rio e voltou trazendo as duas mãos cheias. Derramou a água devagar no rosto de Mal. O mais novo apareceu, bocejando no ombro de Nil, desceu do outro lado e começou a mamar. Viam que Mal tentava dizer mais alguma coisa.

"Me levem para a terra quente perto do fogo."

Em meio ao barulho da cachoeira, fez-se um grande silêncio. Até Liku parou de comer e ficou parada olhando. As mulheres não se mexiam, mas não tiravam os olhos do rosto de Mal. O silêncio tomou conta de Lok, transformou-se em água que brotou de repente nos seus olhos. Então Fa e a velha deitaram Mal de lado com toda a gentileza. Encostaram os ossos descarnados dos seus joelhos no peito, acomodaram os pés bem junto ao corpo, soergueram sua cabeça e a apoiaram em suas duas mãos. Mal estava muito perto do fogo e seus olhos contemplavam as chamas. Os pelos em suas sobrancelhas começaram a se encrespar mas Mal não dava sinal de ter percebido. A velha pegou uma lasca de madeira e riscou a terra em torno do seu corpo. Depois o levantaram e o levaram para um lado com o mesmo silêncio solene.

A velha escolheu uma pedra chata, que entregou a Lok.

"Cave!"

A lua tinha atravessado o céu até o lado onde o sol se punha na garganta entre as montanhas, mas sua luz mal se percebia na terra devido ao brilho avermelhado do fogo. Liku recomeçou a comer. Fez a volta por trás dos adultos e sentou-se na pedra ao fundo da furna. A terra estava dura, e Lok precisou apoiar todo o peso do seu corpo na pedra antes de conseguir começar a cavar. A velha lhe entregou um fragmento em ponta de um osso da corça e ele descobriu que, com o osso, era bem mais fácil romper a superfície. Por baixo, a terra estava mais macia. A camada superior parecia uma laje de pedra, mas logo abaixo se desmanchava em suas mãos e dava para puxá-la com a pedra. E continuou cavando, enquanto a lua se deslocava no céu. Surgiu em sua cabeça a imagem de Mal, mais jovem e mais forte, fazendo o mesmo, mas do outro lado da fogueira. A argila em que o fogo se assentava era um círculo em relevo de um dos lados do buraco irregular que estava cavando. Logo chegou a outra fogueira abaixo dela, e em seguida mais uma. Uma pequena encosta de argila queimada se erguia debaixo da terra. Cada fogueira parecia mais fina que a que ficava acima dela, até que, mais fundo o buraco, as camadas apareciam duras como pedra e não muito mais grossas que casca de bétula. O mais novo acabou de mamar, bocejou e desceu para o chão. Apoiou-se na perna de Mal, levantou-se, debruçado para a frente, e fitou o fogo sem piscar, com os olhos brilhantes. Em seguida deixou-se cair sentado, contornou Mal e investigou a área que Lok escavava. Perdeu o equilíbrio à beira do buraco e, choramingando, debateu-se na terra macia ao lado das mãos de Lok. Saiu do buraco engatinhando com a bunda para cima, voltou para junto de Nil e agachou-se no colo dela.

Lok sentou-se, ofegante. A transpiração escorria do seu corpo. A velha tocou seu braço.

"Cave! Só tem Lok!"

Cansado, ele voltou para o buraco. Puxou um osso antigo para fora e o atirou longe, à luz da lua. Fez mais força com a pedra, em seguida caiu para a frente.

"Não consigo."

Então, embora nunca tivesse acontecido, as mulheres pegaram pedras e cavaram também. Liku assistia sem dizer nada enquanto aprofundavam o buraco cada vez mais escuro. Mal começava a tremer. A coluna de bases de fogueira empilhadas ficava mais estreita à medida que cavavam. Sua raiz ficava muito mais abaixo, em profundezas esquecidas do chão da furna. À medida que aparecia cada camada de argila, a terra ficava mais fácil de cavar. Começavam a ter dificuldade em sustentar na vertical as bordas do buraco. Depararam-se com ossos ressecados e sem cheiro, ossos divorciados da vida tanto tempo antes que não significavam mais nada para eles e eram postos de lado, ossos de pernas, costelas, crânios partidos e abertos. Havia pedras também, algumas delas com bordas cortantes ou pontas perfurantes, e as usaram por algum tempo enquanto serviram, mas não se preocuparam em guardar. A terra escavada se acumulou numa pirâmide ao lado do buraco, e pequenas avalanches de grãos escuros escorriam de volta para o fundo conforme mais terra era removida aos punhados. Ossos se espalhavam por cima da pirâmide. Liku brincava distraída com os crânios. Então Lok recobrou as forças e voltou a cavar também, aprofundando o buraco mais depressa. A velha reavivou o fogo, e a manhã se acinzentava para além das chamas.

Finalmente o buraco estava pronto. As mulheres jogaram mais água no rosto de Mal. Agora ele era só pele e ossos. Sua boca estava muito aberta, como para morder o ar que agora não conseguia mais inspirar. As pessoas se ajoelharam em semicírculo à sua volta. A velha os congregou com os olhos.

"Quando Mal era forte encontrava muita comida."

Liku se agachou encostada na pedra ao fundo da furna, segurando a pequena Oa bem apertada contra o peito. O mais novo dormia debaixo da pelagem de Nil. Os dedos de Mal se moviam a esmo, e sua boca se abria e fechava. Fa e a velha soergueram a parte superior do seu corpo, amparando sua cabeça. A velha falou baixinho em seu ouvido.

"Oa está quente. Durma."

Os movimentos do corpo de Mal se tornaram espasmódicos. Sua cabeça rolou para o lado, apoiada no peito da velha, e parou.

Nil começou a entoar seu lamento fúnebre. O som encheu a furna, pulsou através do rio na direção da ilha. A velha deitou Mal de lado e dobrou seus joelhos, encostando-os no peito. Ela e Fa ergueram o corpo de Mal e o baixaram ao fundo do buraco. A velha arrumou suas mãos debaixo do rosto e dispôs seus membros na horizontal. Endireitou o corpo e não havia expressão nenhuma em seu rosto. Foi até uma prateleira de pedra e escolheu um dos pernis da corça. Ajoelhou-se e depôs a carne no fundo do buraco, ao lado do rosto de Mal.

"Para você, Mal, quando sentir fome."

Convocou os demais com os olhos, e todos a seguiram até a beira do rio, deixando Liku com a pequena Oa. A velha encheu de água as mãos em concha, e os outros também mergulharam as mãos no rio. Ela voltou à furna e derramou a água no rosto de Mal.

"Beba quando sentir sede."

Uma a uma, as pessoas derramaram um fio de água no rosto pálido e morto. Todos repetiam as palavras da velha. Lok foi o último, e, quando sua água se derramava, um sentimento forte por Mal tomou conta dele. Foi pegar uma segunda oferenda de água.

"Beba, Mal, quando sentir sede."

A velha pegou punhados de terra e os lançou na cabeça de Mal. A última das pessoas foi Liku, muito tímida, e fez o que os olhos lhe recomendavam. Em seguida, voltou para o fundo da furna. A um sinal da velha, Lok começou a empurrar a pirâmide de terra para dentro do buraco. A terra caía com um zunido suave, e em pouco tempo não se distinguiam mais as formas de Mal. Lok calcou a terra com as mãos e os pés. A velha viu a forma se alterar e desaparecer sem expressão no rosto. A terra foi subindo, encheu o buraco e continuou a subir até que, no local onde antes havia Mal, erguia-se agora um montículo no chão da furna. E alguma terra ainda sobrava. Lok empurrou a terra para longe, e depois pisoteou a terra do montículo com toda a força.

A velha se acocorou ao lado da terra recém-pisada e ficou esperando até que todos estivessem olhando para ela.

E falou:

"Oa recebeu Mal no seu ventre."

Cinco

Depois de um tempo de silêncio, as pessoas comeram. Começaram a sentir que o cansaço se acumulava em seus corpos como uma névoa úmida. Havia um vazio de Ha e Mal na furna. A fogueira ainda ardia e a comida era boa; mas uma exaustão desgostosa abateu-se sobre eles. Um a um, enrodilharam-se no espaço entre a fogueira e a pedra, e adormeceram. A velha foi até o vão na pedra e trouxe mais lenha. Alimentou o fogo até fazê-lo rugir como a cachoeira. Reuniu o que restava de comida e arrumou tudo a salvo de problemas, nos vãos das paredes de pedra. Em seguida, acocorou-se ao lado do montículo de terra onde Mal tinha existido e olhou na direção do rio.

As pessoas não costumavam sonhar muito, mas à medida que a luz da alvorada foi clareando viram-se assolados por uma legião de espectros do outro lugar. Com o canto do olho, a velha percebeu como estavam confusos, nervosos e atormentados. Nil falava. A mão esquerda de Lok escarafunchava um punhado de terra solta. Todos proferiam palavras murmuradas, exclamações inarticuladas de prazer e medo. A velha não fez nada além de continuar a contemplar fixamente uma imagem que tinha. Aves começaram a gritar e as andorinhas chegaram, começando a ciscar no terraço. De repente, Lok estendeu uma das mãos e tocou sua coxa.

Quando a água do rio já cintilava, a velha se levantou e trouxe um pouco de lenha dos vãos na pedra. A fogueira festejou a chegada da lenha com um estalo ruidoso. A velha se mantinha perto do fogo, com os olhos baixos.

"Agora, parece o fogo que saiu voando e devorou todas as árvores."

A mão de Lok estava perto demais da fogueira. A velha se debruçou para a frente e deslocou a mão de volta para junto do rosto dele. Lok rolou no chão e deu um grito.

Lok estava correndo. Vinha perseguido pelo cheiro do outro, e não conseguia escapar. Era noite, o cheiro tinha garras e presas de gato. Ele estava na ilha, onde nunca tinha pisado. A cachoeira roncava bem perto, de um lado e do outro. Lok corria pelo barranco da margem, sabendo que dali a pouco cairia de exaustão e o outro o alcançaria. Caiu, e houve uma luta interminável. Mas os fios que o ligavam às outras pessoas continuavam presentes. Atraídas pelo seu desespero elas chegavam, caminhando, correndo com facilidade por cima das águas, compelidas pela necessidade. O outro sumiu e Lok se viu rodeado pelas pessoas. Não conseguia vê-las com clareza devido à escuridão, mas distinguia cada uma delas. Elas se aproximaram, cada vez mais perto, não como teriam chegado à furna, reconhecendo que estavam em casa e dispondo de todo o espaço; aglomeraram-se até ficar grudadas em Lok, corpo com corpo. E compartilharam um único corpo como compartilhavam imagens. Lok estava em segurança.

Liku despertou. A pequena Oa tinha caído do seu ombro e ela pegou de volta. Bocejou, olhou para a velha e disse que estava com fome. A velha foi até um dos vãos na pedra e trouxe o resto do fígado para Liku. O mais novo brincava com os cabelos de Nil. Puxou os cabelos, balançou-se neles, e ela acordou e recomeçou a choramingar. Fa acordou e sentou-se, Lok rolou de novo no chão e quase foi parar na fogueira. E pulou para longe do fogo, balbuciando. Viu os outros e começou a falar desnecessariamente com eles.

"Eu estava dormindo."

As pessoas desceram até a água, beberam e se aliviaram. Quando voltaram, tinham a sensação de que havia muito a conversar na furna e deixaram dois lugares vazios, como se um dia os antigos ocupantes pudessem voltar. Nil dava de mamar ao mais novo e penteava os cabelos com os dedos.

A velha desviou os olhos da fogueira e falou para todos.

"Agora tem Lok."

Ele fixou nela um olhar sem expressão. Fa baixou a cabeça. A velha aproximou-se dele, puxou-o com firmeza pela mão e o levou até um lado. Era o lugar de Mal. Fez Lok sentar-se e apoiar as costas na pedra, encaixando as nádegas nas depressões rasas que Mal tinha criado na terra. A estranheza foi demais para Lok. Olhou de lado para o rio, de volta para as pessoas, e riu. Havia olhos a toda a volta, todos esperando por ele. Agora estava na frente da fila e não atrás, e na mesma hora todas as imagens sumiram da sua cabeça. O sangue quente lhe subiu ao rosto, e cobriu os olhos com as mãos. Por entre os dedos, olhou para as mulheres, para Liku, depois para o montículo onde o corpo de Mal estava enterrado. Desejava urgentemente conversar com Mal, só ficar em silêncio à frente de Mal enquanto este lhe dizia o que fazer. Mas voz nenhuma se erguia do montículo de terra, nem imagem alguma. E Lok se concentrou na primeira imagem que lhe veio à cabeça.

"Eu sonhei. O outro vinha atrás de mim. Depois ficamos todos juntos."

Nil levou o menor de todos ao seio.

"Eu sonhei. Ha se deitava comigo e com Fa. Lok se deitava com Fa e comigo."

Ela começou a choramingar. A velha fez um gesto que lhe meteu medo e a fez calar-se.

"O homem para ter imagens. A mulher para Oa. Ha e Mal se foram. Agora tem Lok."

A voz de Lok saiu fina, como a de Liku.

"Hoje vamos procurar comida."

A velha esperou, impiedosamente. Ainda havia comida armazenada nos vãos da pedra, embora não restasse muito. Quem iria sair à cata de alimento quando ninguém estava com fome e ainda havia comida de sobra?

Fa se inclinou para a frente, ainda acocorada. Enquanto ela falava, parte da confusão se dissipou na cabeça de Lok. Ele não ouviu o que Fa disse.

"Eu tenho uma imagem. O outro está procurando comida e as pessoas também —"

Ela fitou a velha nos olhos, num rasgo de atrevimento.

"Então as pessoas passam fome."

Nil esfregou as costas na pedra.

"Que imagem ruim."

A velha gritou mais alto que as outras.

"Agora tem Lok!"

Lok se lembrou. Tirou as mãos do rosto.

"Eu vi o outro. Ele está na ilha. Pula de pedra em pedra. Sobe nas árvores. É escuro. Muda de forma como um urso na entrada da caverna."

As pessoas procuraram a ilha com olhos. Estava ensolarada e envolta num nevoeiro de folhas verdes. Lok convocou sua atenção de volta.

"E eu segui o rastro dele pelo cheiro. Ele esteve ali" — e apontou para a laje que cobria a furna, ao que as outras olharam para cima — "e ficou parado, olhando para nós. Ele é igual a um gato e diferente dos gatos. E ele também é igual, igual —"

As imagens lhe fugiram da cabeça por algum tempo. Coçou debaixo da boca. Havia tantas coisas que precisavam ser ditas. Queria poder perguntar a Mal como se fazia para ligar uma imagem a outra imagem, para que a última de muitas saísse da primeira.

"Pode ser que Ha não esteja no rio. Talvez esteja na ilha com o outro. Ha saltava muito longe."

As pessoas olharam por cima do terraço para o ponto onde as pedras soltas da ponta da ilha chegavam perto da margem do rio. Nil tirou o mais novo do peito e o deixou sair engatinhando pela terra. Água caía dos seus olhos.

"É uma boa imagem."

"Vou falar com o outro. Como ele pode estar na ilha o tempo todo? Vou sair procurando um novo rastro."

Fa bateu na boca com a palma da mão.

"Talvez ele tenha nascido da ilha. Como de uma mulher. Ou da cachoeira."

"Essa imagem eu não vejo."

Agora Lok descobria como era fácil dizer palavras aos outros, quando eram levadas em conta. Nem precisava haver uma imagem junto com as palavras.

"Fa vai procurar algum rastro, e Nil e Liku e o mais novo —"

A velha não o interrompeu. Em vez disso, pegou um galho grande e o atirou na fogueira. Lok deu um grito, levantou-se de um salto e depois se calou. A velha falou por ele.

"Lok não quer que Liku vá. Não tem nenhum homem. Melhor irem Fa e Lok. É isso que Lok diz."

Ele olhou para a velha, admirado, mas os olhos dela não revelavam nada. Lok começou a abanar a cabeça.

"Isso", disse ele. "Isso mesmo."

Fa e Lok correram juntos até o final do terraço.

"Não conte para a velha que você viu as mulheres de gelo."

"Quando eu desci pelas pedras seguindo a pista do outro ela não me viu."

Ele se lembrou do rosto da velha. "Mas quem sabe o que ela vê ou deixa de ver?"

"Não conte para ela."

Ele tentou explicar.

"Eu vi o outro. Ele e eu, nós descemos rastejando a parede de pedra da montanha e ficamos espiando as pessoas."

Fa parou e eles fitaram o espaço aberto entre a pedra da ilha e o terraço. Ela apontou.

"Mesmo Ha, será que conseguia pular tanto?"

Lok ponderou a distância. As águas, agitadas pelo confinamento entre as pedras, rodopiavam e lançavam esteiras de espuma reluzente rio abaixo. A correnteza fazia brotar corcovas na superfície verde. Lok começou a representar com gestos suas imagens.

"Com o cheiro do outro eu sou outro. Ando agachado sem ser visto como um gato. Ávido e assustado. E sou forte."

Interrompeu sua mímica, passou à frente de Fa correndo e

virou-se de frente para ela. "Agora eu sou Ha e o outro. Eu sou forte."

"Essa imagem eu não vejo."

"O outro está na ilha —"

Ele abriu os braços o mais que podia. E os bateu nos flancos, como asas. Fa sorriu e depois começou a rir. Lok ria também, com um deleite cada vez maior por ser aprovado. Correu em volta do terraço, grasnando como um pato, e Fa ria dele. Estava quase correndo de volta para a furna, batendo as asas para mostrar sua brincadeira para as pessoas, quando se lembrou. Derrapou no chão e parou.

"Agora só tem Lok."

"Encontre o outro, Lok, e fale com ele."

Isso lhe trouxe a memória do cheiro, e Lok começou a percorrer a pedra, farejando. Não tinha chovido, e o cheiro era muito tênue. Lembrou-se da mistura de cheiros no desfiladeiro, acima da cachoeira.

"Venha."

Correram de volta pelo terraço, passando diante da furna. Liku gritou para eles e levantou a pequena Oa. Lok se esgueirou pela passagem de entrada no terraço e sentiu o toque do corpo de Fa em suas costas.

"O tronco matou Mal."

Virou-se para trás e fitou Fa, agitando as orelhas de surpresa.

"O tronco que não estava lá. Ele matou Mal."

Ele abriu a boca, pronto para discutir, mas ela o empurrou.

"Não pare."

Não tiveram como deixar de ver os sinais imediatos do outro. Sua fumaça se elevava do centro da ilha. Havia muitas árvores na ilha, algumas delas inclinadas para fora até mergulhar seus galhos na água, e as pessoas não tinham como ver a margem. E o mato era fechado entre as árvores, crescendo numa profusão inviolada, de modo que o solo pedregoso ficava totalmente escondido por todas as folhas que conseguia segurar. A fumaça subia numa espiral densa que se espalhava até se dissipar. Não havia qualquer dúvida. O outro tinha uma fogueira e devia usar troncos tão pesados e úmidos que as pessoas jamais conseguiriam levantar. Fa e Lok ficaram olhando para aquela fumaça e não lhes ocorria imagem alguma que pudessem compartilhar. Fumaça subia na ilha, havia outro homem na ilha. Nada na vida lhes servia como ponto de referência.

Finalmente Fa parou de olhar, e Lok viu que ela tremia.

"Por quê?"

"Estou com medo."

Ele pensou a respeito.

"Vou descer até a floresta. É o lugar mais perto da fumaça."

"Não quero ir."

"Volte para a furna. Agora tem Lok."

Fa tornou a olhar para a ilha. E então, subitamente, se esgueirou de volta contornando a entrada do terraço e desapareceu.

Lok desceu correndo o desfiladeiro através das imagens das pessoas, até chegar ao lugar onde a floresta começava. Aqui, o rio só se avistava ocasionalmente, porque as touceiras não só escondiam o barranco da margem como a água ainda tinha subido, cobrindo a base de muitas delas. Onde o terreno era mais baixo, incursões da água afogavam a relva. As árvores cresciam em terreno mais alto, e os movimentos dos pés de Lok manifestavam tanto seu horror da água quanto seu desejo de ver o homem novo ou as pessoas novas. Quanto mais se aproximava do trecho da margem que dava para a fumaça, mais aumentava sua agitação. Agora se atreveu a entrar na água até os tornozelos, aos calafrios e pulando de pé em pé. Quando descobriu que não conseguia ver o rio nem se aproximar mais, cerrou os dentes, virou para a direita e avançou chapinhando. O fundo era de lodo, do qual brotavam as pontas descoradas de bulbos. Normalmente seus pés os arrancariam e entregariam às suas mãos, mas agora eram apenas uma firmeza precária em que apoiava a pele trêmula. Um teto de ramos empanados de brotos se estendia entre ele e o rio. Começou a se segurar nas braçadas de galhos de arbustos que, mesmo curvados, suportavam seu peso, e acabou pendurado neles, dominado pelo terror de se ver tão inclinado para a frente, de cabeça para baixo. Na verdade, aqueles galhos repletos de seiva não tinham como aguentar seu peso, a menos que ele abrisse muito os braços e as pernas, esticando-se todo em meio aos brotos e os espinhos. E nesse momento Lok viu a água logo abaixo do seu rosto, não uma camada rasa de água cobrindo a lama escura, mas águas profundas, em que os caules dos arbustos mergulhavam a perder de vista. Pendia cada vez mais baixo, e os galhos a que estava preso começavam a lhe escapar; viu-se fitando de muito perto a superfície luminosa, deu um grito e, numa espécie de levitação aflita, conseguiu recuar para o lodo desagradável mas seguro. Ali, não havia passagem até o rio para uma pessoa, só para os agitados frangos-d'água. Continuou apressado rio abaixo, retornando para a floresta onde o terreno era mais firme, e chegou à clareira ao lado da árvore morta. Desceu até o barranco baixo junto ao qual a água passava aos rodopios: mas na margem oposta do rio a fumaça brotava no meio de um mistério de árvores e mata fechada. Ocorreu-lhe a imagem do outro subindo no tronco da bétula e olhando para o lado de cá. Correu pela trilha onde o cheiro das pessoas ainda pairava atenuado até chegar ao lado da água parada, mas o tronco novo para atravessá-la tinha desaparecido. A árvore em que ele tinha balançado Liku ainda se erguia do outro lado da água. Olhou em volta e escolheu uma faia tão alta que dava a impressão de agarrar as nuvens com seus ramos. Pendurou-se num galho e subiu depressa por ele. O tronco se bipartia, e água de chuva se acumulava na forquilha. Subiu pelo ramo mais grosso, usando as mãos e os pés, até sentir o balanço ameaçador de toda a árvore devido ao vento e ao seu próprio peso. Os brotos de folhas ainda não estavam bem abertos, mas já eram verdes e milhares, e turvavam a visão como lágrimas nos olhos, o que deixava Lok impaciente. Galgou ainda mais até chegar à copa da árvore, e então começou a torcer e partir os ramos entre ele e a ilha. E agora conseguiu olhar para baixo por uma abertura que mudava de forma a cada momento, com o balanço ou a oscilação das folhas infindáveis. E a abertura continha uma parte da ilha.

Folhas brotavam também por toda a ilha, aos borbotões, uma enxurrada de vapor verde-claro. Espalhavam-se ao longo de toda a margem, e as árvores maiores mais além eram como tufos que se erguiam na vertical e se juntavam à enchente. Todo esse verde contrastava apenas com o preto dos troncos e dos galhos, e não se via terra. Mas havia um olho brilhante no ponto onde o fogo ardia na base da verdadeira fumaça, um olho que cintilava e piscava para ele com o deslocamento dos galhos que tinha à sua frente. Concentrando-se no fogo, finalmente enxergou uma extensão de terra a seu lado, muito escura e mais firme que a terra próxima ao lado de cá do rio. Devia estar cheia de bulbos, nozes caídas, larvas e cogumelos. Não há dúvida de que ali havia boa comida para o outro.

O fogo piscou. Lok piscou de volta. O fogo piscou não por causa dos galhos, mas porque alguém tinha se postado à frente dele, alguém tão escuro como os galhos.

Lok sacudiu a copa da faia.

"Olá, homem!"

O fogo piscou duas vezes. Então Lok entendeu de repente, pelo movimento, que havia mais de uma pessoa. Foi novamente tomado pela animação irresistível do cheiro. E sacudia a copa da árvore como se quisesse arrancá-la.

"Olá, pessoas novas!"

Uma grande força apoderou-se de Lok. Podia atravessar voando a água invisível entre ele e os outros. Atreveu-se a uma acrobacia desesperada nos ramos finos da copa da faia, gritando o mais alto que podia.

"Pessoas novas! Pessoas novas!"

E então imobilizou-se nos ramos balouçantes. As pessoas novas tinham ouvido a sua voz. Pelo piscar do fogo e pela agitação da mata densa, viu que iam aparecer. O fogo tornou a piscar, mas uma trilha em meio à enchente verde começou a descrever um zigue-zague, descendo na direção do rio. Lok ouvia o estalo dos galhos. E se debruçou para a frente.

E então mais nada. O verde parou de se mexer, ou só pulsava mansamente ao vento. O fogo cintilava.

Tão quieto estava Lok que começou a ouvir o ronco da cachoeira, ininterrupto e ensurdecedor. O laço que prendia sua mente às pessoas novas começou a se afrouxar. Outras imagens lhe vieram à cabeça.

"Pessoas novas! Cadê Ha?"

Uma faixa de verde se agitou junto à beira do rio. Lok olhou com atenção. Acompanhou as sugestões dos ramos finos na direção do tronco principal e apertou a pele das cavidades dos seus olhos. Um antebraço, ou talvez a parte superior de um braço, destacava-se do outro lado do ramo, e era escuro e peludo. A faixa verde tornou a se agitar e o braço escuro desapareceu. Lok piscou os olhos para livrá-los da água. Uma nova imagem de Ha na ilha lhe ocorreu, Ha com um urso, Ha em perigo.

"Ha! Cadê você?"

Na margem oposta, a mata balançava e se contorcia. Um sulco de movimento apareceu no meio dos arbustos, deslocando-se apressado de volta da margem para as árvores. O fogo tornou a piscar. Então as chamas sumiram e uma grande nuvem de fumaça branca jorrou para cima em meio ao verde, sua base se adelgaçou, desapareceu, e a nuvem branca levantou voo devagar, enrolando-se em si mesma. Lok se inclinou de lado, em vão, para tentar enxergar além das árvores e da mata. Foi tomado pela urgência. Desceu a faia de galho em galho até conseguir enxergar a árvore seguinte rio abaixo. Pulou para um dos seus galhos, segurou-se a ele e seguiu como um esquilo, saltando de árvore em árvore. Então escalou outro tronco, arrancando alguns dos seus ramos, e olhou para baixo.

O ronco da cachoeira ouvia-se agora um pouco abafado, mas Lok avistou as colunas de borrifos de água. Pairavam sobre a ponta de cima da ilha, encobrindo as árvores de lá. Correu os olhos pela ilha, descendo até o ponto onde os arbustos se agitavam e o fogo piscava. Conseguia ver, embora sem muita clareza, uma clareira em meio às árvores. O cheiro forte do fogo morto ainda persistia ali, dispersando-se devagar. Não havia ninguém à vista, mas divisava o ponto onde ramos dos arbustos tinham sido partidos e uma trilha de terra pisada se abria entre a margem e a clareira. No ponto em que a trilha desembocava na clareira, troncos de árvores imensos e mortos tinham-se reunido, com sinais evidentes de muitos anos sem vida. Examinou aqueles troncos, com a boca aberta e uma das mãos espalmada sobre o topo da cabeça. Por que aquelas pessoas teriam trazido toda aquela comida — distinguia claramente os cogumelos claros do outro lado do rio — ainda presa à madeira inútil? Era gente sem imagens na cabeça. Então viu um borrão sujo na terra, no ponto onde ficava a fogueira, e que ela tinha sido armada com outros troncos do mesmo tamanho. Sentiu-se inundado por um medo brusco, um medo tão absoluto e sem razão quanto o de Mal ao ver em sonho o fogo queimando a floresta. E como ele era uma das pessoas, ligado a elas por mil fios invisíveis, seu medo foi pelas pessoas. Começou a tremer. Seus lábios se crisparam, descobrindo os dentes, e não conseguia enxergar com clareza. Ouviu sua própria voz, gritando em meio ao barulho ensurdecedor que ressoava em seus ouvidos.

"Ha! Cadê você? Cadê você?"

Uma pessoa de pernas grossas atravessou a clareira numa corrida desajeitada e desapareceu. O fogo continuava morto, a mata foi varrida por uma rajada de vento de algum ponto rio abaixo, e depois se acalmou.

Desesperado:
"Cadê você?"

Os ouvidos de Lok falavam com ele.
"?"

Tão preocupado estava ele com a ilha que tinha passado algum tempo sem dar atenção aos seus ouvidos. Continuava balançando mansamente, agarrado à copa da árvore, enquanto a cachoeira rosnava para ele e a clareira da ilha seguia deserta. E então ele ouviu. Havia pessoas se aproximando, não do outro lado da água, mas do mesmo lado que ele, a uma certa distância. Vinham descendo da furna, percorrendo as pedras a passos descuidados. Ouviu sua fala, que o fez rir. Aqueles sons criavam em sua cabeça uma imagem de formas entrelaçadas, finas, complexas, volúveis e engraçadas, lembrando não a curva longa do grito de um falcão, mas um emaranhado de algas na praia depois de uma tempestade, insondável como as águas do mar. O som de risada avançava em meio às árvores, na direção do rio. O mesmo tipo de som de risada começou a se ouvir vindo da ilha, cruzando as águas do rio de um lado para o outro. Lok meio despencou e meio desceu da árvore, e enveredou pela trilha, que percorreu às carreiras, atravessando o cheiro mais antigo das pessoas. O som de risada estava junto à margem do rio. Lok chegou ao lugar em que o tronco estendido atravessava antes a água. Precisou subir numa árvore, saltar de um galho para outro e pular no chão para continuar na trilha. Então, em meio ao som de risada do lado de cá do rio, Liku começou a gritar. Não gritava de raiva, medo ou dor, mas com o pânico terrível e fora de controle que o avanço lento de uma cobra poderia provocar. Lok disparou, com os pelos arrepiados. A necessidade de chegar à origem daqueles gritos o fez sair da trilha, e ele acabou na mata. Aqueles gritos o dilaceravam por dentro. Não pareciam os gritos de Fa quando teve o bebê que morreu, nem o lamento fúnebre de Nil quando Mal foi enterrado; era como o som que um cavalo produz quando o gato crava as presas curvas em seu pescoço e se pendura ali, bebendo o seu sangue. Lok também começara a gritar sem perceber, em sua luta contra os espinhos. E seus sentidos lhe diziam, a partir daqueles gritos, que ocorria com Liku o que não podia acontecer a homem nenhum ou mulher nenhuma. Ela se afastava pelas águas do rio.

  Lok ainda se debatia com o mato quando os gritos pararam. Agora tornou a ouvir o som de risada, e o mais novo miando. Desprendeu-se do mato e se viu em terreno aberto, na clareira da árvore morta. A área ao redor do tronco tinha um cheiro forte, cheiro do outro, de Liku e de medo. Do lado oposto da água, viu uma grande comoção, ondas de verde que se curvavam, se abaixavam e sibilavam. Captou um vislumbre da cabeça vermelha de Liku, e do mais novo estendido num ombro escuro e peludo. Começou a pular, gritando:

"Liku! Liku!"

As ondas verdes se fecharam e as pessoas na ilha desapareceram. Lok corria de um lado para o outro pela margem do rio, ao pé da árvore morta com seu ninho de hera no alto. Estava tão próximo da água que os torrões de terra levantados por seus pés caíam com barulho na correnteza do rio.

"Liku! Liku!"

Os arbustos tornaram a se agitar. Lok apoiou-se na árvore e olhou. Uma cabeça e um peito emergiram na outra margem, semiocultos. Coisas brancas de osso apareciam em meio às folhas e aos cabelos. O homem tinha coisas brancas de osso acima dos olhos e debaixo da boca, o que deixava seu rosto mais comprido do que devia ser. O homem se postou de lado em meio aos arbustos e olhou fixo para Lok por cima do ombro. Uma vara se ergueu na vertical, com um pedaço de osso no meio. Lok ficou olhando para a vara e aquele pedaço de osso, e para os olhos pequenos nas coisas de osso no alto daquele rosto. Lok entendeu de repente que o homem estendia a vara para ele, mas nem ele nem Lok tinham como alcançar a outra margem do rio. Lok até acharia aquilo engraçado, não fosse o eco dos gritos de Liku em sua cabeça. A vara começou a ficar mais curta nas duas pontas. E então voltou ao comprimento de antes.

A árvore morta adquiriu voz junto aos ouvidos de Lok.

"Clop!"

As orelhas de Lok se agitaram e ele se virou para a árvore. Bem perto do seu rosto uma vareta tinha brotado do tronco: uma vareta que tinha o cheiro do outro, e de ganso, e das frutas amargas que o estômago de Lok dizia que não devia comer. A vareta tinha um osso branco na ponta. O osso tinha fisgas, com uma pasta escura e pegajosa grudada nas curvas. O nariz de Lok examinou aquilo e não gostou. Farejou ao longo de toda a vareta. As folhas eram penas vermelhas e lembraram um ganso a Lok, que se sentiu perdido no meio de uma grande agitação e de um espanto absoluto. Gritou para o verde do outro lado da água cintilante, em resposta ouviu o choro de Liku, mas não conseguiu captar as palavras que ela dizia, bruscamente interrompidas como se alguém tivesse tapado a sua boca com a mão. Correu até a beira da água e voltou. Dos dois lados da margem do rio as plantas cresciam abundantes dentro da água; avançavam rio adentro até que, num ponto mais distante, algumas das folhas já se abriam debaixo d'água, e as plantas cresciam inclinadas.

O eco da voz de Liku em sua cabeça o fez enveredar, trêmulo, por esse perigoso caminho das plantas na direção da ilha. Saiu correndo na direção delas, visando o ponto onde normalmente teriam as raízes presas em terra firme, mas seus pés viram-se imersos na água. Atirou-se para a frente e agarrou-se aos ramos dos arbustos com as mãos e os pés. E gritava:

"Estou indo!"

Meio na horizontal, meio de rastros, os dentes o tempo todo à mostra com o medo que sentia, avançou por cima do rio. Via a água se espalhando para todos os lados, misteriosa e trespassada pelos caules escuros e curvados. Não havia lugar que aguentasse todo o seu peso. Precisava não só espalhá-lo por seus membros e por todo o corpo, como estar sempre em dois lugares ao mesmo tempo, avançando, avançando cada vez que os ramos dos arbustos cediam. A água debaixo dele ficava mais escura. Ondulações apareciam na superfície atrás de cada caule, onde as folhas de relva capturadas tremulavam de través em meio a clarões aleatórios do sol. Chegou aos últimos arbustos mais altos semiafogados nas águas do rio e viu-se pairando acima do próprio leito do rio. Por um instante, avistou uma extensão de água e depois a ilha. Vislumbrou as altas colunas de água borrifada que ladeavam a cachoeira, as pedras da queda-d'água. E então, como tinha parado de se mover, os ramos começaram a ceder sob o seu peso. Pendiam para fora e para baixo, e logo sua cabeça estava abaixo do nível dos seus pés. Baixava cada vez mais, balbuciando, e a água ia subindo, trazendo com ela uma cara de Lok. A luz tremulava por cima da cara de Lok, mas ele via os dentes com clareza. Abaixo dos dentes, uma cavalinha se deslocava para trás e para a frente, percorrendo a cada movimento mais que a altura de um homem. Mas todo o resto, abaixo dos dentes e da correnteza, era escuro e remoto. Um vento soprou ao longo do rio, e os arbustos oscilaram levemente de um lado para o outro. As mãos e os pés de Lok mantinham-se aferrados aos ramos por conta própria, e todos os músculos de seu corpo se transformaram em nós. Já não pensava mais nas pessoas antigas ou nas pessoas novas. Sua única experiência era ser Lok, de cabeça para baixo pouco acima de águas profundas, sustentado por um fino caule.

Nunca antes Lok tinha estado tão perto do meio das águas. Uma película cobria tudo, e debaixo daquela membrana fragmentos de terra escura subiam rumo à superfície, giravam em torno de si mesmos, flutuavam em círculos ou afundavam e perdiam-se de vista. Viu pedras no fundo, emitindo um tênue brilho verde e ondulando debaixo d'água. A intervalos regulares, a cavalinha as eclipsava e novamente as descobria. O vento cessou; os arbustos oscilavam para cima e para baixo, ritmicamente como a cavalinha submersa, fazendo a membrana lustrosa se aproximar e distanciar-se do rosto de Lok. As imagens tinham sumido da sua cabeça. Mesmo o medo era só um embotamento, como o incômodo da fome. Cada mão e pé se agarrava implacável a um punhado de ramos, e os dentes se arreganhavam na água.

A cavalinha estava ficando mais curta. A ponta verde se contraía rio acima. Uma sombra escura vinha consumindo a outra ponta. A sombra se transformou numa coisa de forma complexa, descrevendo movimentos vagarosos que pareciam de sonho. Como os fragmentos de terra escura, rodopiava, mas não a esmo. Passou perto da raiz da cavalinha, mudando a direção do talo da planta, girando sobre si mesma, e veio seguindo a cavalinha acima na direção de Lok. Agitava um pouco os braços, e os olhos exibiam o mesmo brilho fosco das pedras. Giravam junto com o corpo, fitando a superfície, depois a vastidão das águas profundas e o fundo oculto, sem qualquer sinal de vida ou especulação. Uma tira de planta aquática passou por cima do rosto e os olhos não piscaram. O corpo girava com um movimento homogêneo e pesado como o do próprio rio, até ficar de costas para Lok, sempre subindo ao longo do talo da cavalinha. A cabeça foi virando na direção dele com uma lentidão de sonho, subindo na água, e aproximou-se do seu rosto.

 Lok sempre tivera uma admiração reverente e profunda pela velha, embora ela fosse sua mãe. Ela vivia perto demais da grande Oa, no coração e na cabeça, para que um homem pudesse olhá-la sem medo. Sabia tantas coisas, tinha vivido tanto tempo, sentia coisas que ele só podia tentar adivinhar: era a mulher. Embora envolvesse a todos em sua compreensão e compaixão, ostentava às vezes no que fazia uma quietude distante que reduzia os demais à humildade e ao desconcerto. Por isso eles a amavam e respeitavam sem medo, e baixavam os olhos em sua presença. Mas agora Lok a fitava cara a cara, olho no olho, muito de perto. Ela ignorava os ferimentos do próprio corpo, tinha a boca aberta e a língua à mostra, e os fragmentos lentos de terra entravam e saíam de lá como se aquela boca não passasse de um buraco qualquer na pedra. Seus olhos percorreram os ramos dos arbustos acima da água, o rosto de Lok, e olharam através dele sem vê-lo, antes de rolar para longe e desaparecer.

Seis

Os pés de Lok se desprenderam dos arbustos. Escorregaram para baixo e ele ficou pendurado pelos braços, mergulhado na água até a cintura. Levantou os joelhos o quanto pôde, com os pelos eriçados. Nem gritava mais. E o terror da água era só um pano de fundo. Girou o corpo, dando meia-volta, pendurou-se em outros galhos e assim continuou, batendo os pés em meio às plantas e à água, até o barranco da margem. Postou-se de costas para o rio, tremendo como Mal. Com os dentes à mostra, mantinha os braços erguidos e tensos como se ainda pendesse acima da água. Olhava para cima, virando a cabeça de um lado para o outro. Atrás dele, os sons de risada recomeçaram. Pouco a pouco foram capturando sua atenção, embora a postura de seu corpo persistisse, os dentes ainda arreganhados pela tensão. Os sons de risada eram muitos, como se as pessoas novas tivessem enlouquecido, e uma delas falava mais alto que todas as outras; uma voz de homem, aos gritos. As outras vozes se calaram e o homem continuou gritando. Uma mulher riu, em tom agudo e excitado. Depois, silêncio.

O sol pontilhava de pintas brilhantes o mato baixo e a terra úmida e marrom. A intervalos, uma brisa perambulava rio acima e mudava de leve a posição das folhas claras e recentes, deslocando e redistribuindo os pontos de luz. O latido seco de uma raposa ouviu-se entre as pedras. Um casal de pombos-bravos discutia interminavelmente a construção do ninho.

Lentamente, Lok foi baixando a cabeça e os braços. Não mostrava mais os dentes. Deu um passo à frente e fez meia-volta. Então começou a correr rio abaixo, não a toda velocidade, mas mantendo-se o mais perto que podia da água.

Vasculhava atento a mata das margens, começou a andar, parou. Seus olhos perderam o foco e seus dentes reapareceram. Ficou parado, com as mãos apoiadas no galho pendente de uma faia, sem olhar para nada. Examinou o galho, que segurava com as mãos. Começou a fazê-lo balançar, para trás e para a frente, para trás e para a frente, cada vez mais depressa. O vasto leque de ramos da ponta do galho roçava o topo dos arbustos, Lok se arrojava ofegante para trás e para a frente, e o suor lhe escorria pelas pernas junto com a água do rio. Soltou o galho, soluçando, e endireitou o corpo com os braços caídos e a cabeça pendente, os dentes cerrados como se cada nervo de seu corpo estivesse em chamas. Os pombos-bravos continuavam a conversar, e os pontos de sol se espalhavam pela sua pele.

Afastou-se da faia e retomou a trilha, hesitou, parou, depois começou a correr. Emergiu na clareira ao lado da árvore morta e o sol iluminava o tufo de penas vermelhas. Olhou na direção da ilha, viu movimento no meio das plantas, outra dessas varetas apareceu rodopiando por cima do rio e sumiu na floresta atrás dele. Teve a impressão confusa de que alguém tentava lhe dar algum presente. Teria respondido com um sorriso para o homem de cara de osso, mas não se via ninguém e a clareira ainda reverberava com o eco tênue e torturante dos gritos de Liku. Arrancou a vareta da árvore e recomeçou a correr. Chegou ao caminho que subia a encosta, levando ao terraço, e procurou o cheiro do outro e de Liku; então seguiu a trilha do cheiro para trás no tempo, no rumo da furna. Corria tão depressa, apoiando o corpo nos nós dos dedos das mãos, que se não fosse a flecha que levava na mão esquerda daria a impressão de galopar com quatro patas. Atravessou a vareta na boca, prendendo-a com os dentes, e passou a usar as duas mãos, meio correndo e meio escalando a encosta. Quando chegou perto da entrada para o terraço, avistou a ilha do alto. Um dos homens de cara de osso estava visível do peito para cima, o resto do corpo encoberto pelo mato. As pessoas novas nunca tinham se mostrado àquela distância em plena luz do dia, e agora o rosto lembrava a Lok a mancha branca do traseiro de um cervo. Fumaça se erguia por trás do homem novo em meio às árvores, mas azul e transparente. As imagens na cabeça de Lok eram muito confusas e numerosas demais — pior do que não ter imagem nenhuma. Tirou a vareta dos dentes. Não sabia o que gritou.

"Estou chegando com Fa!"

Passou correndo pela entrada e chegou ao terraço, viu que ninguém estava por lá e sentiu essa ausência como um frio que vinha da furna, onde antes ficava a fogueira. Subiu depressa a rampa de terra e parou, olhando para a furna. A fogueira tinha sido espalhada, e a única pessoa que sobrava ali era Mal, debaixo de seu montículo de terra. Mas havia uma abundância de cheiros e sinais. Ouviu um som acima da furna, saltou para fora do círculo de cinzas e Fa vinha descendo pelas saliências. Ela também o viu e um voou para o outro. Ela tremia e o apertava com os dois braços. E os dois falavam aos arrancos ao mesmo tempo.

"Foi o homem de cara de osso que me deu. Subi o morro correndo. Liku gritou do outro lado da água."

"Quando você desceu a pedra. Estou subindo nas pedras porque estou com medo. Apareceram homens na furna."

Calaram-se, agarrados e trêmulos. O aglomerado de imagens misturadas que se sucediam nas cabeças dos dois os deixava exaustos. Trocaram um olhar de desamparo, e Lok, em sua agitação, virava a cabeça de um lado para o outro.

"O fogo morreu."

Foram até a fogueira, sempre abraçados. Fa se agachou e revirou as pontas carbonizadas de galhos secos. Entregaram-se ao peso do hábito. Acocoraram-se cada qual no seu lugar e, mudos, ficaram contemplando a água e o fio prateado por onde ela descia do alto dos penhascos. O sol da tarde entrava oblíquo pela furna, mas não se confrontava mais com uma luz rubra e bruxuleante. Finalmente, Fa se moveu e falou.

"A imagem é assim. Estou olhando de cima. Os homens chegam e eu me escondo. Quando eu me escondo, vejo a velha indo ao encontro deles."

"Ela estava na água. Olhando para mim de dentro da água. Eu estava de cabeça para baixo."

Trocaram um novo olhar de desamparo.

"Eu desço para o terraço quando os homens vão embora. Levando Liku e o menor de todos."

O ar à volta de Lok ressoava com os fantasmas dos gritos.

"Liku gritou do outro lado do rio. Ela está na ilha."

"Não vejo essa imagem."

E Lok também não via. Abriu muito os braços e arreganhou os dentes para a lembrança dos gritos.

"Essa vareta veio da ilha para mim."

Fa examinou a vareta em detalhe, da ponta de osso com suas fisgas até as penas vermelhas e o entalhe reto na outra extremidade. Voltou para as fisgas e franziu o rosto para a gosma escura. As imagens de Lok estavam um pouco mais ordenadas.

"Liku está na ilha com as outras pessoas."

"As pessoas novas."

"Eles jogaram esta vareta do outro lado do rio, e ela se enfiou na árvore morta."

"?"

Lok tentou fazê-la ver uma imagem junto com ele, mas sua cabeça estava cansada demais e ele desistiu.

"Venha!"

Seguiram o cheiro do sangue até a beira do rio. Havia sangue na pedra ao lado da água, também, e um pouco de leite. Fa apertou a cabeça com as mãos e deu palavras às suas imagens.

"Mataram Nil e jogaram na água. E a velha também."

"Levaram Liku e o mais novo."

Então compartilharam uma imagem que era um propósito. Atravessaram o terraço correndo lado a lado. Ao chegarem à estreita passagem de entrada, Fa hesitou, mas, quando Lok seguiu adiante, ela o acompanhou e os dois pararam na pedra, olhando para a ilha do alto. Ainda se via a rala fumaça azulada que se espalhava à luz do entardecer; mas dali a pouco a sombra das montanhas iria alcançar a floresta. Imagens se concatenavam na cabeça de Lok. Viu-se virando para trás no desfiladeiro para falar com a velha porque tinha sentido o cheiro de fogo sem que ela estivesse lá. Mas era apenas uma complicação a mais num dia repleto de novidades, e deixou essa imagem de lado. O mato se agitava na margem da ilha. Fa agarrou Lok pelo pulso e os dois se encolheram, encostados na pedra. Tremeram nervosos por um bom tempo.

Em seguida, as duas pessoas se transformaram apenas em olhos que enxergavam e absorviam tudo sem pensar. Um tronco surgiu debaixo das plantas da margem, boiando na água, e uma de suas extremidades apontou para o meio do rio. Era escuro, liso e oco. Um dos homens de cara de osso vinha dentro dele, na ponta em movimento. Os ramos que escondiam a outra ponta se abaularam; e logo o tronco apareceu inteiro, desembaraçado do mato, boiando, com um homem em cada ponta. O tronco apontava para a cachoeira e um pouco para a margem oposta. A correnteza começou a arrastá-lo rio abaixo. Os dois homens brandiram varas que terminavam em largas folhas marrons, que cravaram na água. O tronco, sem balançar, ficou parado, com o rio correndo por baixo dele. Tiras de espuma branca e torvelinhos de folhagem desprendiam-se das folhas marrons e prosseguiam rio abaixo. O tronco começou a andar de lado, no meio de dois trechos de água profunda e intransponível. As pessoas viam claramente que os dois homens olhavam para o barranco da margem ao lado da árvore morta, vasculhando o mato dos dois lados da clareira, através dos buracos em suas máscaras de osso.

O homem à frente do tronco largou sua vara e pegou uma outra, encurvada. Trazia um feixe de penas vermelhas perto da cintura. Segurava a vara curva pelo meio, como tinha feito quando a vareta voou através do rio na direção de Lok. O tronco encostou de lado no barranco, o homem da frente saltou para fora e foi encoberto pela mata. O tronco ficou onde estava, e de tempos em tempos o homem de trás enfiava na água sua folha marrom. Logo ficaria coberto pela sombra da cachoeira. Lok e Fa viram como os cabelos da sua cabeça cresciam acima do osso. Formavam um emaranhado volumoso, como um ninho de corvo numa árvore alta, e cada vez que ele puxava a folha seus cabelos balançavam e estremeciam.

Fa tremia também.

"Ele vem para o terraço?"

Mas então o primeiro homem apareceu. A ponta do tronco se afastou do barranco, ficando encoberta, e quando reapareceu, o primeiro homem estava novamente sentado, trazendo na mão outra vareta com penas vermelhas na ponta. O tronco se virou mais, apontando para a cachoeira, e os dois homens mergulharam suas folhas na água ao mesmo tempo. O tronco começou a deslocar-se de lado para águas profundas.

Lok começou a balbuciar.

"Liku atravessou o rio no tronco. Onde é que esses troncos crescem? Agora Liku vai voltar no tronco, e vamos ficar todos juntos."

Apontou para os dois homens no tronco.

"As varetas são deles."

O tronco estava voltando para a ilha. Empurrava as plantas da margem com o focinho, como um rato-d'água examinando alguma coisa de comer. O homem na ponta da frente se levantou com cuidado. Afastou os galhos das moitas e avançou, puxando a si mesmo e ao tronco. A outra ponta descreveu uma curva lenta, apontando rio abaixo, depois se arrastou para a frente até ficar encoberta pelos galhos pendentes, o que fez o homem de trás se abaixar e pousar sua vara.

De repente, Fa agarrrou o braço direito de Lok e o sacudiu. Olhava fixo em seu rosto.

"Devolva a vareta!"

Lok compartilhou parte do medo no rosto dela. Por trás de Fa, o sol fez uma faixa de sombra se estender da dobra da cachoeira até a ponta da ilha. Meio encoberta pelo ombro direito de Fa, uma tora de madeira se ergueu até quase a vertical e despencou em silêncio na cachoeira. Lok ergueu e examinou a vareta.

"Jogue. Já."

Ele fez um gesto brusco com a cabeça.

"Não! Não! As pessoas novas jogaram a vareta para mim."

Fa deu dois passos para trás na pedra, e depois voltou. Lançou um olhar rápido à furna fria, depois na direção da ilha. Segurou Lok pelos ombros e o sacudiu com força.

"As pessoas novas têm muitas imagens. E eu também tenho muitas imagens."

Lok riu, desconcertado.

"O homem para ter imagens. A mulher para Oa."

Os dedos dela se cravaram na carne dos seus ombros. A julgar pelo seu rosto, sentia ódio de Lok.

E falou, furiosa:

"O que o mais novo vai fazer sem o leite de Nil? Quem vai buscar comida para Liku?"

Lok coçou os pelos debaixo de sua boca aberta. Fa largou seus ombros e esperou um pouco. Lok continuava a coçar, um vazio latejando em sua mente. Fa levantou o queixo num arranco, duas vezes.

"Lok não tem imagem nenhuma na cabeça."

Fez um ar muito solene, e quem surgiu foi a grande Oa, não para ser vista, mas perceptível como uma nuvem em torno de Fa. Lok sentiu-se encolher. Agarrou nervosamente a vareta com as duas mãos, olhando para o outro lado. Agora que a floresta estava na sombra, enxergava o olho do fogo das pessoas novas, piscando para ele. Fa se dirigiu à sua têmpora.

"Faça o que estou dizendo. Não é você que diz: 'Fa, faça assim.' Eu é que vou dizer: 'Lok, faça assim.' Eu tenho muitas imagens."

Lok encolheu um pouco mais, lançou um olhar rápido para ela e depois fitou a fogueira distante.

"Jogue a vareta."

Ele ergueu o braço direito num arco amplo e atirou a vareta no ar, com as penas para a frente. As penas travaram o voo da vareta, a haste girou no ar, a vareta pairou um momento à luz do sol, depois a ponta virou para baixo e a vareta inteira penetrou nas sombras com a suavidade de um falcão que se precipita sobre a presa, caiu e sumiu na água.

Ouviu Fa produzir um som sufocado, uma espécie de soluço seco: em seguida, ela o abraçou e encostou a cabeça em seu pescoço; ria, soluçava e tremia como se tivesse logrado um triunfo difícil. Agora era Fa sem tanto de Oa, e ele a abraçou para reconfortá-la. O sol chegou ao fundo da garganta entre as montanhas e o rio pegou fogo, de tal modo que a dobra da cachoeira ardia em chamas brilhantes como a ponta de galhos no fogo. Troncos escuros deslizavam rio abaixo, negros contra as águas flamejantes. Alguns eram árvores inteiras, cujas raízes se comportavam como estranhas criaturas marinhas. Uma delas girava enquanto se aproximava da cachoeira bem abaixo deles; erguia alto seus galhos e raízes, que resistiram um pouco antes da queda. Pendeu por um instante no beiral da cachoeira; a água em fogo produziu um cume alto de luz por cima de sua copa e então a árvore despencou no ar, sumindo sem ruído como a vareta dos outros.

Lok falou por cima do ombro de Fa.

"A velha estava na água."

Depois, Fa empurrou Lok para longe de si.

"Venha!"

Ele a seguiu e contornou a passagem da entrada rumo à luz homogênea do terraço, e seus corpos produziam meadas paralelas de sombras enquanto caminhavam, de maneira que cada braço levantado parecia erguer um peso compridíssimo de sombra. Por hábito, subiram a rampa na direção da furna, mas lá não havia conforto. Os vãos continuavam lá, olhos negros na pedra, e entre eles o pilar agora iluminado de vermelho. Os galhos e as cinzas eram terra. Fa sentou-se no chão ao lado do fogo e contraiu o rosto na direção da ilha. Lok ficou esperando enquanto ela apertava o alto da cabeça com as mãos, mas não conseguiu compartilhar as imagens dela. Lembrou-se da carne guardada nos vãos.

"Comida."

Fa não disse nada em resposta, e Lok, um tanto embaraçado, como se ainda precisasse desafiar o olhar da velha, avançou às apalpadelas até um dos vãos nas pedras. Cheirou a carne e trouxe o suficiente para ele e Fa. Enquanto voltava, ouviu os latidos das hienas nas pedras, acima da furna. Fa aceitou a carne sem olhar para Lok e começou a comer, ainda concentrada em suas imagens.

Depois que começou a comer, Lok se lembrou da sua fome. Arrancava tiras longas de músculo do osso e as enfiava na boca. A carne tinha muita força.

Fa balbuciava sem clareza.

"Jogamos pedras nos amarelos."

"?"

"A vareta."

Voltaram a comer em silêncio enquanto as hienas ganiam e ladravam. Os ouvidos de Lok lhe disseram que estavam famintas, e seu faro lhe assegurou que estavam sós. Abriu o osso à procura da medula, depois pegou uma vareta ainda não queimada na fogueira morta e a enfiou o mais que podia no oco. Teve uma imagem súbita de Lok enfiando um galho numa fenda atrás de mel. E foi invadido por um sentimento que era como o avanço do mar, afogando sua satisfação com a comida, anulando até a companhia de Fa. Agachou-se, com a vareta ainda presa no oco do osso, enquanto aquele sentimento o atravessava e o cobria. Vinha de lugar nenhum, como as águas do rio, e como o rio não podia ser contido. Lok era um tronco na enxurrada, um animal afogado de que as águas fazem o que querem. Levantou a cabeça repetindo o gesto de Nil, e o lamento fúnebre irrompeu de dentro dele enquanto a luz do sol se enviesava ainda mais para cima na garganta entre as montanhas e a escuridão se espalhava como uma enchente. Então encostou-se em Fa, que o abraçou.

A lua já tinha surgido quando fizeram algum movimento. Fa se levantou, apertou os olhos na direção da lua e depois contemplou a ilha. Desceu até o rio, bebeu água e ficou lá, ajoelhada. Lok postou-se a seu lado.

"Fa."

Ela fez um gesto com a mão, mandando que ele não a incomodasse, e continuou olhando para a água. Então ela se levantou e saiu correndo ao longo do terraço.

"O tronco! O tronco!"

Lok corria atrás dela, mas sem entender. Ela apontava para uma tora fina que vinha descendo o rio na direção deles, girando sobre si mesma enquanto avançava. Fa caiu de joelhos e agarrou uma lasca comprida que se projetava da ponta mais grossa. O giro do tronco a puxou com força. Lok viu Fa escorregar na pedra e se atirou para a frente para segurar seus pés. Conseguiu agarrá-la pelo joelho; e então os dois puxaram com toda a força na direção da margem, enquanto a outra ponta do tronco descrevia um círculo. Fa tinha prendido uma das mãos nos cabelos de Lok e puxava sem piedade; os olhos dele se encheram de água, que transbordava e escorria para a sua boca. A outra ponta chegou à margem, e agora o tronco boiava encostado no terraço, quase sem puxá-los. Fa disse, por cima de suas costas.

"Tive a imagem de nós dois atravessando para a ilha no tronco."

Os cabelos de Lok se arrepiaram.

"Mas as pessoas não podem cair da cachoeira, como um tronco!"

"Cale a boca!"

Ofegou durante um tempo, e depois recuperou o fôlego.

"Na outra ponta do terraço, podemos estender o tronco até encostar nas pedras." Exalou uma grande baforada de ar.

"Na trilha, as pessoas atravessam a água correndo em cima de um tronco."

Então Lok ficou com medo.

"Não podemos passar por cima da cachoeira!"

Fa explicou de novo, pacientemente.

Rebocaram o tronco rio acima até a outra ponta do terraço. Foi um trabalho difícil e cheio de sobressaltos, porque a margem do terraço variava de altura e tinha um contorno irregular, com muitas projeções e reentrâncias. Precisavam aprender à medida que avançavam: e o tempo todo a correnteza puxava o tronco, às vezes de leve mas às vezes com uma força repentina, como se alguém estivesse tentando roubar sua comida. O tronco não estava morto como a lenha que costumavam usar. Às vezes se contorcia nas mãos deles e os galhos partidos da ponta mais fina se agitavam na pedra como pernas. Muito antes de chegarem à outra ponta do terraço, Lok já não sabia mais por que estavam puxando o tronco. Só se lembrava do crescimento repentino de Fa e da onda de infelicidade que o tinha afogado. Enquanto forcejava com o tronco, tomado pelo medo da água, sua infelicidade reduziu-se ao ponto de poder ser examinada, e Lok não gostou. A infelicidade estava ligada às pessoas e às estranhas novidades.

"Liku vai estar com fome."

Fa não disse nada.

Quando chegaram com o tronco à extremidade do terraço, a lua era a única luz que tinham. A garganta estava azul e branca, e o leito do rio, todo rendado de prata.

"Segure a ponta."

Enquanto Lok segurava, Fa empurrou a outra ponta para longe de si rio adentro, mas a correnteza a trouxe de volta. Então ela passou um longo tempo agachada com as mãos apoiadas na cabeça, enquanto Lok esperava num silêncio obediente. Bocejou abrindo muito a boca, lambeu os lábios e fitou a escarpa azul e vertical do outro lado da garganta. Não havia terraço do outro lado do rio, só um precipício que caía em águas profundas. Lok tornou a bocejar e levantou as duas mãos para enxugar os olhos. Ficou algum tempo piscando para a noite, examinando a lua e coçando debaixo do lábio.

Fa gritou:

"O tronco!"

Ele estendeu a vista para além dos seus pés, mas o tronco tinha ido embora; olhou para um lado, para o outro e de relance para cima; então viu o tronco deslizando ao lado de Fa e já se afastando da margem, enviesado. Fa saiu correndo pela pedra e agarrou um dos galhos que pareciam patas. O tronco a arrastou um pouco antes de parar, e então a ponta que Lok tinha largado começou a descrever um arco para longe deles. Lok estendeu os braços para agarrá-lo, mas o tronco estava fora do seu alcance. Fa balbuciava e gritava com ele, furiosa. Lok, intimidado, recuava diante dela. E repetia "O tronco, o tronco..." sem saber o que dizia. A maré de infelicidade tinha baixado, mas continuava presente.

A outra ponta do tronco se chocou com o rabo da ilha. A água do rio continuou a empurrá-lo de lado e o tronco completou a curva, rangendo contra a margem, arrancando das mãos de Fa o galho que ela ainda segurava. O galho saiu arranhando o terraço rio abaixo, curvou-se e depois se desprendeu numa chicotada, tornando a dobrar-se antes de se partir com um estalo prolongado. E o tronco ficou retido no rio de través, com a parte mais grossa batendo na pedra, pam, pam, pam; a água barrada escorria por cima do meio do tronco, enquanto a copa ficou presa na borda irregular do terraço. O meio do tronco, quase da largura de Lok, curvava-se ainda assim sob a pressão da água, pois seu comprimento era maior que várias alturas de um homem.

Fa se aproximou de Lok e fitou seu rosto com ar de dúvida. Lok se lembrou da raiva dela ao achar que o tronco estava escapando. E deu um tapinha ansioso no ombro dela.

"Tenho muitas imagens."

Ela o fitou em silêncio. Depois sorriu e deu-lhe uns tapinhas de volta. Apoiou as duas mãos nas coxas e bateu com elas de leve, rindo para Lok, que também bateu nas coxas, rindo com ela. A lua estava tão clara que duas sombras cinza-azuladas replicavam cada gesto a seus pés.

Uma hiena ganiu nas proximidades da furna. Lok e Fa saíram correndo terraço acima na direção do som. Sem trocar uma palavra, suas imagens eram uma só. Quando chegaram perto a ponto de enxergar as hienas, cada um dos dois levava pedras nas duas mãos, e avançavam bem afastados um do outro. Começaram juntos a rosnar e a gritar, e as silhuetas de orelha em ponta fugiram pedra acima de viés, sorrateiras, cinzentas, com quatro olhos que eram fagulhas verdes.

Fa tirou o resto da comida do vão da pedra e as hienas seguiram os dois rosnando quando correram de volta pelo terraço na direção do rio. Assim que chegaram ao tronco, estavam comendo mecanicamente. Então Lok tirou o osso da boca.

"É para Liku."

O tronco não estava sozinho. Outro tronco menor se estendia ao lado dele, chocando-se contra o primeiro e rangendo enquanto a água escorria por cima dos dois. Fa avançou à luz da lua e pousou um pé na ponta do tronco encostada na margem. Em seguida recuou e fez uma careta ao contato com a água. Afastou-se pelo terraço, olhou rio abaixo para o brilho da dobra da cachoeira e saiu correndo. Hesitou, refugou, parou. Um galho grande, girando na água, juntou-se aos dois troncos. Fa ensaiou de novo a travessia, com uma corrida mais curta, mas parou balbuciando coisas sem nexo contra a água ofuscante. Desatou a correr em círculos junto aos troncos, sem propriamente dizer nada, mas emitindo sons cada vez mais ferozes e desesperados. Era mais uma coisa nova e meteu medo em Lok, que recuava aos poucos terraço acima. Mas então ele se lembrou de suas próprias momices antes do outro tronco na floresta e forçou-se a rir de Fa, embora ela não levasse ninguém às costas. Fa correu e mostrou os dentes bem perto do rosto de Lok como se quisesse mordê-lo, emitindo um som estranho pela boca. O corpo de Lok deu um salto para trás.

Fa se calou, agarrada a ele e tremendo muito, e formaram uma sombra única nas pedras. E murmurou para ele, numa voz que não tinha nada de Oa:

"Passe primeiro você pelo tronco."

Lok se afastou. Agora que não se ouvia mais som algum, a infelicidade tinha voltado. Olhou para o tronco, constatou que havia o lado de fora e o lado de dentro de Lok, e que o de fora era melhor. Segurou com os dentes a carne para Liku. Ela não estava nas suas costas e, com os tremores de Fa e o rio em movimento, não sentiu a menor vontade de fazer graça. Examinou o tronco de ponta a ponta, notou uma protuberância larga no ponto onde antes havia uma bifurcação, e recuou terraço acima. Avaliou a distância, inclinou o corpo para a frente e partiu correndo. O tronco escorregava debaixo dos seus pés. O tronco tremia como Fa e se deslocava de lado contra a corrente, o que fez Lok se inclinar para a direita de modo a se equilibrar. E inexplicavelmente ele começou a cair. Seu pé se apoiou com todo o peso no outro tronco, que afundou, levando Lok a tropeçar. Com um impulso da perna esquerda, Lok endireitou o corpo; a água que passava por cima dos troncos chegou aos seus joelhos, mais forte que um vento poderoso, fria como as mulheres de gelo. Lok deu um salto desesperado, tropeçou mais uma vez, pulou de novo e então se abraçou à pedra com os braços erguidos, agarrado ao alto da pedra, o rosto apertado contra a carne de Liku. Seus pés foram subindo pela pedra, um para longe do outro, até Lok sentir a virilha a ponto de arrebentar. Alçou-se dolorosamente ao topo da pedra, virou-se e olhou para Fa. Descobriu que um som vinha saindo da sua boca apesar de toda a carne, agudo e constante como o som de Nil quando tinha atravessado o tronco na floresta. Calou-se, respirando aos arrancos. E mais um tronco veio juntar-se à pilha. Estendeu-se de lado, chocando-se de leve contra os outros, e o jorro da água que passava por cima de todos converteu-se em espuma e manchas claras reluzentes. Fa experimentou o tronco novo com os pés. E atravessou a água com todo o cuidado, as pernas afastadas, um pé em cada tronco. Chegou à pedra em que estava Lok e subiu até o seu lado. E gritou para ele, por cima do ronco das águas:

"Não fiz barulho nenhum."

Lok endireitou o corpo e tentou fingir que a pedra não estava se deslocando rio acima levando os dois com ela. Fa avaliou o salto e pousou ágil na pedra seguinte. Ele saltou atrás dela, a cabeça vazia de tanto estrépito e novidade. Saltaram e escalaram até chegarem a uma pedra com plantas no topo, e ali Fa se estendeu no chão e enfiou os dedos na terra, enquanto Lok esperava paciente, as mãos cheias de carne. Estavam na ilha, e dos dois lados deles se estendia a dobra veloz da cachoeira, cintilando como os relâmpagos de verão. E havia ainda um som novo, a voz da cachoeira principal que ficava do outro lado da ilha, agora mais próxima do que nunca. Não havia como competir com ela. Encobria até os vestígios que a cachoeira menor ainda deixava de suas vozes.

Fa se sentou. Depois avançou até olhar de cima a canela da ilha, e Lok se aproximou. O pé era espalhado e, à altura do calcanhar, as lufadas de fumaça de água aumentavam de volume, deixando apenas uma passagem estreita até a base. Lok se acocorou e olhou para baixo.

Hera e raízes, cicatrizes de terra exposta e pedras de bordas afiadas — o paredão se inclinava para fora, de modo que o topo, com sua plumagem de bétulas, erguia-se bem acima do resto da ilha. As pedras caídas ainda se amontoavam na base do precipício, e suas formas escuras, sempre molhadas, contrastavam com os lampejos acinzentados das folhas e da pedra do penhasco. As árvores do topo ainda tinham vida, embora precária depois que as pedras tinham arrancado a maior parte das raízes. As que restaram se aferravam às fendas do penhasco, contorciam-se paredão abaixo ou terminavam, absurdamente, em pleno ar úmido. A água se projetava à frente e caía dos dois lados do penhasco, produzindo espuma e clarões, e a terra firme trepidava. A lua, quase cheia, erguia-se alta bem à frente do precipício, e a fogueira cintilava no ponto mais distante da ilha.

Nenhum dos dois fez comentário algum sobre a altura vertiginosa. Debruçaram-se e examinaram a face do penhasco à procura de um caminho. Fa se deixou escorregar da beira do precipício, sua sombra azul mais visível que seu corpo, e começou a descer agarrando com pés e mãos as raízes das árvores e os talos de hera. Lok vinha atrás, de novo com a carne entre os dentes, apertando os olhos, sempre que podia, na direção da claridade da fogueira. Sentia um forte impulso de sair correndo na direção do fogo, como se perto dele fosse encontrar algum remédio para aquela infelicidade. E não eram só Liku e o mais novo. As outras pessoas, com as muitas imagens que tinham, eram como a água: causavam horror aos homens e, ao mesmo tempo, constituíam um atrativo e um desafio. Lok tinha uma consciência obscura dessa atração que não se definia, e se distraiu. Logo se descobriu pendendo da ponta de uma grossa raiz partida, rodeado pelo fulgor selvagem e cavernoso da água. A raiz balançava com seu peso, fazendo a carne bater no peito de Lok. Precisou dar um salto de lado para voltar ao emaranhado de raízes e hera e poder continuar atrás de Fa.

Ela seguia na frente, deixando a área pedregosa e ingressando na floresta da ilha. Havia pouco ali que se pudesse chamar de trilha. As outras pessoas tinham deixado seu cheiro em arbustos amassados, e só. Fa seguia o rastro sem pensar. Sabia que na outra ponta devia estar a fogueira, mas, para explicar por quê, precisaria parar e pelejar com suas imagens, as mãos apertando o alto da cabeça. Muitas aves faziam ninho na ilha e detestavam a presença das pessoas, o que fez Fa e Lok avançarem com muito cuidado. Pararam de dar atenção direta ao cheiro diferente, cuidando de caminhar pela floresta com o mínimo possível de barulho e alteração. Compartilhavam imagens o tempo todo. Na escuridão quase total da floresta cerrada, enxergavam com visão noturna; desviavam-se do invisível, afastavam os ramos enredados de hera, desfaziam meadas de galhos de espinheiro e avançavam de lado. Em pouco tempo, começaram a ouvir as pessoas novas.

E também avistaram a fogueira; ou melhor, o reflexo do fogo, e um bruxuleio. A claridade deixava o resto da ilha numa escuridão impenetrável e toldava sua visão noturna, o que os fez avançar mais devagar. A fogueira estava muito maior do que antes, e a mancha de luz que emitia aparecia rodeada de uma franja de folhas recém-brotadas de um verde claro e luminoso, como se houvesse algum sol a iluminá-las por detrás. As pessoas produziam um som ritmado que lembrava um coração pulsando. Fa seguia à frente de Lok, transformada numa forma densamente negra.

As árvores eram altas naquela ponta da ilha, e no centro a mata era mais rala, deixando mais espaço. Lok acompanhou Fa até os dois pararem com os joelhos dobrados e os dedos dos pés flexionados, prontos para a fuga, atrás de um arbusto quase à beira da luz do fogo. Divisavam um bom trecho da clareira que as pessoas novas tinham escolhido. Era um excesso de coisas a ver. Para começar, ali as árvores se tinham reorganizado. Inclinadas, tinham entrelaçado seus galhos, produzindo cavernas escuras dos dois lados da fogueira. As pessoas novas estavam sentadas no chão entre Lok e a luz, e não havia duas cabeças com o mesmo feitio. Uma tinha chifres que cresciam para os lados, outra tinha a ponta fina como um pinheiro, outras eram redondas e imensas. Além da fogueira, Lok viu as pontas das toras que formavam uma pilha à espera de serem usadas como lenha, e apesar de todo o seu peso pareciam mover-se na luz.

Então, inacreditavelmente, um cervo no cio bramiu ao lado das toras. O som era áspero e furioso, impregnado de dor e desejo. Era a voz do maior de todos os cervos, e o mundo era pequeno demais para ele. Fa e Lok seguraram-se um no outro e ficaram olhando para as toras, sem imagem nenhuma na cabeça. As pessoas novas se curvaram, o que modificou suas formas e ocultou suas cabeças. O cervo apareceu. Deslocava-se com agilidade equilibrado nas patas traseiras, e as patas dianteiras se estendiam para os lados. A cabeça, com a coroa da galhada, erguia-se em meio à folhagem das árvores, e ele olhava para cima, para além das pessoas novas, para além de Fa e Lok, oscilando de um lado para o outro. O cervo começou a se virar, e viram que sua cauda pendia morta, batendo em pernas claras e sem pelos. Ele tinha mãos.

Numa das cavernas, ouviram o miado do mais novo. Lok começou a pular no mesmo lugar atrás do arbusto.

"Liku!"

Fa o agarrou pela boca e o obrigou a se calar. O cervo parou de dançar. Ouviram a voz de Liku.

"Estou aqui, Lok. Estou aqui!"

Ergueu-se uma algazarra súbita, um clamor do som que lembrava risadas, gritos de aves que volteavam e mergulhavam no ar, todas as vozes berrando, um grito agudo de mulher. O fogo emitiu um chiado brusco, e uma lufada de vapor branco se elevou da fogueira enquanto sua luz se apagava. As pessoas novas se entrecruzavam, correndo de um lado para o outro. Havia raiva e medo.

"Liku!"

O cervo oscilava violentamente à luz mortiça. Fa puxava Lok e sussurrava alguma coisa para ele. As pessoas vinham na direção dos dois trazendo varas, curvas e retas.

"Depressa!"

Um homem golpeava com violência o arbusto à direita deles. Lok preparou o braço para o arremesso.

"A comida é para Liku!"

E jogou a carne na clareira. A comida caiu amontoada aos pés do cervo. Lok só teve o tempo de ver o cervo debruçar-se sobre ela em meio ao vapor antes de sair tropeçando, puxado por Fa. A algazarra das pessoas novas foi se assentando numa série de gritos de intenção mais clara: perguntas e respostas, e ordens. Tições com a ponta em chamas percorriam a clareira, provocando a irrupção e o desaparecimento súbitos de leques de folhagem primaveril. Lok abaixou a cabeça e correu apertando os pés contra a terra macia. Ouviu um sopro sonoro pouco acima da sua cabeça, como se alguém inspirasse depressa antes de prender a respiração. Fa e Lok corriam em zigue-zague em meio aos arbustos e reduziram um pouco a velocidade. Começaram a operar o milagre de engenho dos seus sentidos para desviar-se de espinheiros e ramos pendentes; mas dessa vez Lok captava o desespero ofegante de Fa à sua frente. Continuaram correndo, e o clarão das tochas os seguia debaixo das árvores. Ouviram as pessoas novas trocando chamados e fazendo muito barulho no meio do mato. Então uma voz isolada deu um grito mais alto. O estardalhaço na mata parou.

Fa escalava com dificuldade as pedras molhadas.

"Depressa! Depressa!"

Lok mal conseguia escutar suas palavras devido ao trovejar das meadas cintilantes de água. Ele a seguia obediente, espantado com a velocidade dela, mas sem qualquer outra imagem na cabeça além da cena despropositada da dança do cervo.

Fa deu um arranco e atingiu o alto do penhasco, deitando-se sobre a sua própria sombra. Lok ficou esperando. E ela ofegou para ele.

"Cadê os outros?"

Lok começou a esquadrinhar a ilha que se estendia abaixo dos dois, mas Fa o interrompeu.

"Eles também estão escalando a pedra?"

À meia altura do penhasco, uma raiz ainda balançava devagar devido ao puxão que Fa lhe dera, mas o resto estava imóvel, de face para a lua.

"Não!"

Ficaram algum tempo calados. Lok percebeu de novo o barulho da água, e a partir de então o ronco ficou tão forte que ele não conseguia mais se fazer ouvir. Perguntou-se de passagem se teriam compartilhado imagens ou falado com a boca, e então examinou o sentimento de opressão presente em sua cabeça e em seu corpo. Não havia dúvida possível. Aquele sentimento era ligado a Liku. Bocejou, esfregou as cavidades dos olhos com os dedos e lambeu os lábios. Fa se pôs de pé.

"Venha!"

Saíram trotando por entre as bétulas do topo da ilha, depois pulando de pedra em pedra. O tronco tinha acumulado mais outros que agora se estendiam lado a lado bem unidos, mais numerosos que os dedos de uma das mãos, e neles se enredava tudo o que passava boiando daquele lado do rio. A água esguichava no meio dos troncos e aflorava para cobri-los aqui e ali. Era um caminho tão largo quanto a trilha através da floresta. Chegaram facilmente ao terraço e lá finalmente pararam, sem palavras.

Ouviram um som de garras vindo da furna. Correram até lá e as hienas cinzentas fugiram apressadas.

A lua brilhava direto no interior da furna, e até os vãos na pedra estavam iluminados. A única mancha escura era o buraco onde Mal fora sepultado. Lok e Fa se ajoelharam e empurraram a terra de volta para o buraco, jogando cinzas e ossos por cima da parte do corpo que agora enxergavam. A terra não se elevava mais numa corcova, mas chegou só ao nível da fogueira armada sobre todas as outras. Ainda sem dizer nada, empurraram uma pedra para cima da cova, garantindo a segurança de Mal.

Fa balbuciou.

"Como vão alimentar o mais novo sem leite?"

Então os dois se abraçaram, peito contra peito. As pedras à volta deles eram como quaisquer outras pedras; a luz do fogo não vivia mais nelas. Pressionaram seus corpos um contra o outro, muito agarrados, à procura de um centro, e caíram no chão, sempre abraçados frente a frente. O fogo se acendeu nos seus corpos, e partiram decididos em seu encalço.

Sete

Fa empurrou Lok para o lado. Levantaram-se juntos e correram os olhos em torno da furna. O ar descolorido da alvorada derramava-se à volta deles. Fa foi até um dos vãos na pedra e voltou com um osso quase nu, além das poucas lascas de carne que as hienas não tinham alcançado. As pessoas voltavam a ser ruivas, de um vermelho acobreado e cor de terra, em lugar do azul e do cinza da noite. Não diziam nada, limitando-se a catar a comida que havia e compartilhar aquelas migalhas com uma apaixonada piedade mútua. Em seguida, limparam as mãos nas coxas, desceram até a beira do rio e beberam água. Depois, ainda sem dizer nada ou compartilhar imagem nenhuma, viraram à esquerda e foram até a passagem estreita que dava para o paredão de pedra.

Fa parou.

"Eu não quero ver."

Juntos, os dois deram meia-volta, postando-se de frente para a furna deserta.

"Eu vou buscar fogo quando ele cair do céu ou brotar no meio das urzes."

Lok parou para remoer a imagem do fogo. Não havia mais nada em sua cabeça, de resto vazia, e só era perceptível dentro dele o sentimento irresistível como a maré, profundo e constante. Começou a caminhar na direção dos troncos, na extremidade oposta do terraço. Fa o segurou pelo pulso.

"Não vamos voltar para a ilha."

Lok olhou para ela, com as mãos para cima.

"Precisamos encontrar comida para Liku. Para ela voltar forte."

Fa lançou-lhe um olhar profundo, e havia coisas no rosto dela que Lok não tinha como entender. Ele deu um passo de lado, encolheu os ombros, fez um gesto. Parou e ficou esperando, ansioso.

"Não!"

Ela o segurou pelo pulso, e o puxava. Ele resistia, balbuciando sem parar. Nem sabia o que dizia. Fa parou de puxar seu pulso e tornou a encará-lo.

"Você vai ser morto."

Pausa. Lok olhou para ela, depois para a ilha. Coçou a bochecha esquerda. Fa se aproximou dele.

"Eu vou ter filhos que não vão morrer na caverna da beira do mar. E vamos ter uma fogueira."

"Liku vai ter filhos quando virar mulher."

Fa soltou o pulso de Lok.

"Escute. Não fale. As pessoas novas pegaram o tronco e Mal morreu. Ha estava no penhasco e um homem novo estava no penhasco. Ha morreu. As pessoas novas subiram até a furna. Nil e a velha morreram."

O dia estava muito mais claro atrás dela. Uma faixa vermelha surgiu no céu acima de sua cabeça. Fa cresceu aos olhos de Lok. Ela era a mulher. Lok sacudiu a cabeça para ela, em sinal de humildade. As palavras de Fa tinham feito subir a maré de sentimento dentro dele.

"Quando as pessoas novas trouxerem Liku de volta eu vou ficar contente."

Fa emitiu um som agudo e raivoso, deu um passo na direção da água e outro de volta. E pegou Lok pelos ombros.

"Como é que eles vão dar leite para o mais novo? Um cervo por acaso dá leite? E se não trouxerem Liku de volta?"

Ele respondeu em tom humilde, com a cabeça vazia.

"Não vejo essa imagem."

Furiosa, ela se afastou, deu-lhe as costas e ficou parada com uma das mãos apoiada na parede da passagem estreita que dava para o penhasco. Lok percebeu seus pelos arrepiados, e que os músculos dos ombros dela se contraíam em espasmos. Fa estava curvada, inclinada para a frente, a mão direita no joelho esquerdo. Ele a ouviu balbuciar, ainda de costas.

"Você tem menos imagens que o mais novo."

Lok encostou a base das palmas das mãos nos olhos e os apertou com força; fagulhas de luz espoucaram neles, como no rio.

"Não teve noite."

Era verdade. Onde devia ter havido uma noite, só uma área cinzenta. Além dos seus ouvidos e do seu faro, o Lok de dentro também tinha ficado acordado depois que ele e Fa se deitaram juntos, acompanhando as variações daquele sentimento que lhe lembrava a maré. Seu crânio tinha sido invadido por uma nuvem dos penachos brancos que algumas plantas rasteiras soltavam no ar no meio do outono; as sementes aladas se concentravam em seu nariz, fazendo-o bocejar e espirrar. Descobriu os olhos e piscou para o ponto onde Fa tinha estado. Agora ela estava encostada do lado de cá da pedra, olhando para o rio. E fez-lhe um sinal com a mão.

O tronco oco estava de novo na água, perto da ilha, trazendo os mesmos dois caras-de-osso sentados nas duas pontas. Estavam cavando a água, e o tronco percorria o rio de través. Quando chegou perto do barranco da margem e do mato denso, alinhou-se com a correnteza e os dois homens pararam de cavar. Examinavam atentamente a clareira perto da água onde ficava a árvore morta. Lok viu quando um deles se virou e falou com o outro.

Fa encostou em sua mão.

"Estão procurando alguma coisa."

O tronco continuou a deslizar rio abaixo, levado pela correnteza, enquanto o sol se erguia. As partes mais remotas do rio que conseguiam avistar irromperam em chamas, e por algum tempo a floresta dos dois lados ficou escura por contraste. A atração indefinível das pessoas novas expulsou as nuvens de penachos brancos que pairavam na cabeça de Lok. Ele esqueceu de piscar os olhos.

O tronco oco estava menor e deslizava para longe da cachoeira. Quando ficava de través, o homem da ponta de trás tornava a cavar a água e o tronco se alinhava com o olhar de Lok. O tempo todo, os dois homens percorriam a margem com os olhos.

Fa murmurou.

"Tem outro tronco."

Os arbustos na margem da ilha se agitaram. Uma abertura surgiu entre eles e, agora que sabia para onde olhar, Lok viu surgir a ponta de outro tronco escondido. Um homem enfiou a cabeça e os ombros entre as folhas verdes e gesticulou raivoso com um dos braços. Os dois homens no tronco começaram a cavar depressa até trazê-lo de volta ao ponto de onde o homem acenava, do outro lado do rio, mas na altura da árvore morta. Agora não olhavam mais para a árvore e sim para o homem, balançando a cabeça para ele. O tronco levou os dois até junto dele e enfiou o focinho debaixo das plantas da margem.

A curiosidade foi mais forte, e Lok começou a correr para o caminho novo que levava até a ilha, tão agitado que Fa compartilhou sua imagem. Tornou a alcançá-lo e o agarrou com força.

"Não! Não!"

Lok começou a balbuciar. Fa gritou com ele.

"Estou dizendo que não!"

E apontou para a furna.

"O que você disse? Fa tem muitas imagens —"

Finalmente Lok se calou e ficou esperando por ela, que falou em tom solene.

"Nós vamos descer e entrar na floresta. Atrás de comida. E espiar o que eles fazem do outro lado do rio."

Desceram correndo a vertente oposta à que levava para o rio, sempre mantendo as pedras entre eles e as pessoas novas. Na orla da floresta havia comida; bulbos que exibiam uma nova ponta verde, larvas e brotos, cogumelos, o forro macio de certos tipos de casca de árvore. A carne da corça ainda estava dentro deles, e não tinham o que as pessoas entendiam como fome. Comeriam onde houvesse comida; mas também poderiam passar o resto do dia em jejum sem qualquer problema, e ainda o dia seguinte, se necessário. Por isso não havia urgência em sua busca, e logo o fascínio exercido pelas pessoas novas tornou a atraí-los para os arbustos à beira do rio. Ficaram ali parados, com os dedos dos pés enterrados no limo, escutando o vozerio das pessoas novas em meio ao rumor da cachoeira. Uma mosca precoce zumbiu junto ao nariz de Lok. O ar estava quente e o sol brilhava suave, o que o fez bocejar de novo. Em seguida, ouviu os sons de ave que as pessoas novas produziam em suas conversas, além de uma série de outros sons inexplicados, batidas e rangidos. Fa se esgueirou até a beira da clareira em torno da árvore morta e se estendeu no chão.

Não dava para ver nada do outro lado do rio, mas as pancadas e os rangidos continuavam.

"Fa. Suba no tronco morto, para ver."

Ela se virou e olhou para ele com ar de dúvida. Na mesma hora Lok percebeu que ela ia responder que não, propondo que se afastassem das pessoas novas e abrissem um bom tempo entre eles e Liku; e essa certeza lhe foi insuportável. Avançou de gatinhas e escalou depressa o lado oposto da árvore morta. Em pouco tempo atravessava a cabeleira de folhas de hera, sujas e escuras, com seu cheiro azedo. Mal tinha chegado ao último galho, no topo da árvore, a cabeça de Fa irrompeu atrás dele.

O topo da árvore estava desocupado, como uma casca de noz. A madeira branca e macia cedia e se curvava ao peso deles, e a comida era abundante. A hera se espalhava para cima e para baixo num emaranhado escuro, e a impressão que tinham era de estar sentados dentro de um arbusto junto ao chão. As árvores à volta deles eram mais altas, mas viam céu aberto na direção do rio e das faixas de verde na ilha. Afastando as folhas com cuidado, como se catasse ovos, Lok descobriu que conseguia abrir uma fenda pouco maior que a faixa do rosto em que ficavam seus olhos; e embora as bordas da fenda se agitassem um pouco, conseguia avistar o rio e a margem oposta, que lhe aparecia mais clara devido ao tom escuro das folhas em torno da fenda — como se encostasse as duas mãos em concha e olhasse por entre elas. À sua esquerda Fa também se acomodava para observar, e a largura da área desimpedida por trás da hera até lhe permitia apoiar os cotovelos num galho. O sentimento opressivo baixou dentro de Lok, como sempre que ele observava as pessoas novas. E ele se acomodou da melhor maneira possível. Mas num dado momento se esqueceu de tudo mais e ficou totalmente imóvel.

O tronco oco deslizava para fora do mato, na margem da ilha. Os dois homens cavavam a água com cuidado, mudando o rumo do tronco. Não apontava para Lok e Fa, mas rio acima, embora tivesse começado a atravessar o rio na direção deles. Havia muitas coisas novas acomodadas no oco do tronco; formas que lembravam pedras e peles bojudas. Além de varas de muitos tipos, galhos compridos e retos sem folhas nem ramos e ramos ainda presos a uma folhagem fenecida. O tronco oco se aproximou da clareira.

E finalmente viram as pessoas novas cara a cara, à luz do sol. Eram de uma estranheza incompreensível. Tinham cabelos negros que cresciam da maneira mais surpreendente. O cara-de-osso sentado na ponta dianteira do tronco tinha uma cabeleira que subia em ponta na forma de um pinheiro, fazendo com que sua cabeça, já longa além da conta, se estendesse como se alguém a tivesse puxado para cima sem dó nem piedade. Os cabelos do outro cara-de-osso formavam uma grande copa que se espalhava para todos os lados, como a hera no topo da árvore morta.

Ambos tinham uma pelagem densa que crescia em seus corpos em torno da cintura, da barriga e da parte superior da perna, e essas partes deles eram bem mais grossas do que o resto. Ainda assim, não era para os seus corpos que Lok olhava; concentrava-se na área ao redor dos olhos. Havia uma extensão de osso branco logo abaixo deles; no lugar onde deveria haver narinas largas, seus rostos exibiam pequenas aberturas estreitas e, entre as duas, uma protuberância de osso. Debaixo dela ficava outra fenda maior, acima da boca, e era dali que saíam suas vozes ondulantes. Um tufo de pelos pretos brotava abaixo dessa fenda. Os olhos do rosto que se mostrava em meio a tanto osso eram escuros e atentos. Acima deles, sobrancelhas pretas ainda mais finas que a boca ou as narinas descreviam uma curva que subia e se afastava do centro do rosto, dando aos homens um ar ameaçador de vespa. Fileiras de dentes e conchas do mar pendiam dos seus pescoços, cobrindo uma extensão de pelos curtos e cinzentos. Acima das sobrancelhas, o osso subia quase na vertical antes de virar para trás e desaparecer debaixo dos cabelos. Quando o tronco chegou ainda mais perto, Lok pôde ver que aquela cor não era um branco lustroso, de osso, e sim um tom mais opaco. Era antes a cor dos cogumelos maiores, as orelhas, que as pessoas comiam, com uma textura que também lembrava a deles. As pernas e os braços eram muito finos, e as juntas pareciam nós num graveto.

Agora que Lok olhava de cima para dentro do tronco, viu que sua largura era muito maior; na verdade, que eram os dois troncos ocos flutuando lado a lado. O segundo tronco trazia mais fardos e objetos estranhos, e um homem deitado de lado no meio deles. Seu corpo e seu esqueleto eram iguais aos dos outros, mas seus cabelos cresciam como uma massa de pontas finas e brilhantes, na aparência tão duras quanto os espinhos da casca de uma castanha. Mexia numa das varetas de ponta afiada, e trazia a vara curva estendida ao seu lado.

Os troncos encostaram enviesados na margem. O homem da ponta de trás — Cabeça-de-Pinheiro, para Lok — disse algo em voz baixa. Copa-de-Árvore pousou sua folha de madeira e agarrou-se à relva do barranco. Casca-de-Castanha pegou a vara curva e sua vareta e passou por cima dos troncos, agachando-se na terra. Lok e Fa estavam quase diretamente acima dele. Sentiram seu cheiro individual, um cheiro de mar, de carne, assustador e atraente. Estava tão próximo que a qualquer momento poderia sentir o cheiro deles, pois estava exatamente debaixo dos dois, o que fez Lok inibir seu próprio cheiro com um medo súbito, embora sem saber o que fazia. Reduziu sua respiração até deixá-la apenas superficial, produzindo menos movimento que o das folhas de hera.

Casca-de-Castanha ficou parado ao pé da árvore, em meio aos desenhos de luz e sombra. Trazia a vareta atravessada na vara curva. Olhou dos dois lados da árvore morta, examinou o chão e tornou a olhar para a floresta. Falou de lado para os outros no barco, com a sua fenda; uma fala abafada lembrando um gorjeio; a brancura em seu rosto estremeceu.

Lok sentiu o choque de um homem que tenta segurar-se num galho inexistente. E entendeu, com uma sensação de quem se vê de pernas para o ar, que não era osso por cima de um rosto como o de Mal, de Fa ou de Lok. Aquilo era pele.

Copa-de-Árvore e Cabeça-de-Pinheiro tinham feito alguma coisa com tiras de pele para prender os troncos nos arbustos da margem. Desceram do tronco e saíram correndo até desaparecer. Em seguida, ouviu-se o som de alguém que batia em madeira com uma pedra. Casca-de-Castanha também se afastou, mais devagar, deixando o alcance das vistas de Lok.

Agora, só restavam os troncos de interessante. Eram muito lisos e lustrosos por dentro, onde se via a madeira exposta, e do lado de fora tinham manchas compridas que lembravam a brancura numa pedra depois que o mar recua e ela seca ao sol. As bordas eram arredondadas, mais baixas nos lugares onde se apoiavam as mãos dos caras-de-osso. Os objetos dentro dos troncos tinham formas diversas, numa quantidade grande demais para ser enumerada. Havia pedras redondas, varas, peles; havia fardos maiores do que Lok; havia desenhos de um vermelho vivo, ossos que tinham assumido formas vivas e as pontas das folhas marrons, no lugar onde os homens as seguravam, tinham a forma de peixes castanhos. Havia muitos cheiros, muitas perguntas e nenhuma resposta. Lok continuou olhando sem ver, a imagem se desmanchou e tornou a se formar. Do outro lado da água, não havia movimento na ilha.

Fa deu-lhe um toque na mão. Tinha se virado para o outro lado da árvore. Lok a imitou com cuidado e abriram fendas na folhagem para espiar o que acontecia na clareira.

E o que conheciam já tinha sido alterado. A extensão de arbustos e água estagnada à esquerda da clareira continuava igual, assim como o charco impenetrável à sua direita. Mas no lugar em que a trilha que atravessava a floresta encontrava a clareira, os espinheiros agora cresciam muito juntos. Só uma abertura restava entre as plantas, e enquanto observavam viram Cabeça-de-Pinheiro passar pela abertura com mais uma moita de espinheiro no ombro. O talo estava branco, e em ponta. Na floresta atrás dele, o som do abate persistia.

Fa emanava medo. Não era uma imagem compartilhada, mas uma sensação geral, um cheiro azedo, um silêncio mortal e uma vigilância agônica, uma imobilidade e uma atenção retesada que começaram a evocar um estado idêntico em Lok. Agora, mais claramente do que nunca antes, havia dois Loks, um fora e outro dentro. O de dentro poderia passar o resto da vida só olhando tudo. Mas o de fora, que respirava, ouvia, sentia cheiros e estava sempre acordado, era persistente e envolvia o primeiro como uma segunda pele. Obrigava Lok a tomar consciência do seu medo, da sensação de perigo que antecedia até a compreensão da imagem pelo seu cérebro. Sentia mais medo do que nunca na vida, mais do que quando tinha se agachado atrás de uma pedra ao lado de Ha enquanto um gato andava de um lado para o outro vigiando a presa cujo sangue tinha bebido, olhando para os dois e cogitando se eles valeriam a pena.

A boca de Fa se aproximou da orelha de Lok.

"Estamos presos aqui."

As moitas de espinheiro se multiplicavam. Formavam uma barreira densa no ponto em que o caminho para a clareira era mais fácil; mas agora surgiam mais, duas outras fileiras no lado que dava para a água estagnada e para o charco. A clareira era um semicírculo que só se abria para as águas do rio. Os três caras-de-osso passaram pela última abertura com mais ramos de espinheiro, que usaram para fechar a passagem atrás deles.

Fa sussurrou no ouvido de Lok.

"Eles sabem que estamos aqui. Não querem que a gente vá embora."

Ainda assim, os caras-de-osso continuavam a ignorá-los. Copa-de-Árvore e Cabeça-de-Pinheiro voltaram, e os troncos no rio se entrechocaram. Casca-de-Castanha começou a percorrer devagar o contorno da linha dos ramos de espinheiro, mantendo-se de frente para a floresta. A vara curva que levava nas mãos tinha sempre uma vareta atravessada. Os ramos de espinheiro chegavam à altura do seu peito, e quando um touro mugiu ao longe, na planície, ele se imobilizou com o rosto erguido e a vara um pouco menos curvada. Os pombos-bravos tinham retomado sua conversa, o sol olhava para baixo penetrando o topo da árvore morta, esquentando as duas pessoas com seu hálito.

Alguém cavou a água com muito barulho, e os troncos se chocaram de novo. Ouviram pancadas na madeira, coisas arrastadas e muita conversa gorjeada; então outros dois homens apareceram na clareira, saindo da sombra da árvore. O primeiro era igual aos outros. Seu cabelo subia formando um penacho no alto de sua cabeça, espalhando-se em seguida para os lados, balançando quando ele andava. Penacho seguiu direto para a barreira de espinhos e começou a vigiar a floresta. Também trazia uma vara curva e uma vareta.

O segundo homem era diferente dos demais. Era mais largo e mais baixo. Tinha mais pelos no corpo e os cabelos da sua cabeça eram lisos, como que untados de gordura. Os cabelos eram presos, formando uma bola em sua nuca. Não tinha nenhum pelo na parte da frente da cabeça, o que deixava exposta toda aquela extensão de osso que, assustadora em sua palidez fungoide, espalhava-se até o topo das suas orelhas. Agora, pela primeira vez, Lok via as orelhas dos homens novos. Eram pequenas e muito coladas nas laterais dos seus crânios.

Penacho e Casca-de-Castanha se agacharam. Catavam folhas e pedaços de grama nas pegadas que Fa e Lok tinham deixado. Penacho olhou para cima e disse:

"Tuami."

Casca-de-Castanha apontou para as várias pegadas com a mão estendida. Penacho falou para o homem largo.

"Tuami!"

O homem largo virou-se para eles, desviando sua atenção da pilha de pedras e gravetos com que estava entretido. Emitiu um gorjeio rápido, inesperadamente delicado, e os dois lhe responderam. Fa sussurrou no ouvido de Lok.

"É o nome dele..."

Tuami e os outros se debruçavam sobre as pegadas, assentindo com a cabeça. No trecho onde o solo era mais duro, nas proximidades da árvore, as pegadas ficavam invisíveis e, quando Lok imaginou que os homens fossem usar os narizes para farejar o chão, em vez disso eles endireitaram o corpo e se puseram de pé. Tuami começou a rir. Apontava para a cachoeira, rindo e gorjeando. Então parou, bateu a palma de uma das mãos na outra com ruído, disse uma palavra e retornou à sua pilha de pedras e gravetos.

Como se uma única palavra tivesse transformado toda a clareira, os homens novos ficaram mais relaxados. Embora Casca-de-Castanha e Penacho continuassem vigiando a floresta, agora estavam de pé, cada um de um dos lados da clareira, olhando por cima da barreira de espinhos sem curvar as suas varas. Cabeça-de-Pinheiro não mexeu em nenhum dos fardos por algum tempo; pôs uma das mãos no ombro, soltou uma aba de couro e saiu para fora da sua pele. Isto provocou em Lok uma dor semelhante à visão de uma farpa debaixo da unha de um homem; mas então ele viu que Cabeça-de--Pinheiro não se incomodava, e na verdade ficara mais satisfeito, fresco e confortável em sua própria pele branca. Agora estava nu como Lok, só trazendo um pedaço de pele de cervo circundando a cintura fina e contendo as suas partes.

Em seguida Lok conseguiu distinguir duas outras coisas. As pessoas novas se moviam de um jeito que ele nunca tinha visto. Equilibravam-se no alto das pernas esticadas e tinham uma cintura de vespa, tão fina que, andando, seus corpos balançavam para a frente e para trás. Não caminhavam olhando para o chão, mas direto em frente. E não estavam apenas à míngua. A fome, Lok sabia identificar, mas aquelas pessoas estavam perto da morte. A carne mal se via cobrindo seus ossos, como ocorrera com Mal. Embora seus corpos tivessem a elegância flexível de ramos novos, seus movimentos eram vagarosos como num sonho. Caminhavam eretos e deviam estar mortos. Era como se fossem sustentados por alguma coisa, invisível para Lok, que mantinha suas cabeças em pé e os impelia em frente num avanço lento e irresistível. Lok só sabia que, se ficasse tão magro como eles, já estaria morto.

Penacho tinha estendido sua pele no chão ao pé da árvore morta, e forcejava para erguer um fardo maior. Casca-

-de-Castanha chegou apressado para ajudá-lo, e os dois juntos levantaram o peso. Lok viu seus rostos franzidos quando riram um para o outro, e uma lufada repentina de afeto pelos dois empurrou ainda mais para o fundo o sentimento de opressão presente no seu corpo. Viu claramente como dividiam a carga, chegou a sentir nos próprios braços a resistência e o esforço feito. Tuami voltou. Tirou sua pele, espreguiçou-se, coçou o corpo e ajoelhou-se no chão. Varreu com a mão as folhas acumuladas até deixar à mostra o solo castanho. Tinha uma vareta pequena na mão direita e disse alguma coisa aos outros homens. Todos balançaram muito a cabeça, concordando. Os troncos se entrechocaram e um som de vozes se ergueu junto à água. Os homens da clareira pararam de conversar. Penacho e Casca-de-Castanha retomaram seus postos junto à barreira de espinhos.

Então um homem novo apareceu. Era alto e menos magro do que os outros. Os cabelos debaixo da sua boca e no alto da sua cabeça eram brancos e cinzentos, como os de Mal. Tinha a cabeleira encaracolada, na forma de uma nuvem, e abaixo dela trazia um dente grande de gato pendurado em cada orelha. Lok e Fa não viram seu rosto, pois estava de costas para eles. Em suas cabeças, referiram-se a ele como o velho. E ele estava parado, olhando de cima para Tuami, e sua voz áspera ralhava e arremetia.

Tuami fez mais riscos no chão. Os outros se aproximaram; e de repente Lok e Fa compartilharam a imagem da velha traçando uma linha ao redor do corpo de Mal. Os olhos de Fa cintilaram e ela fez um gesto mínimo de espetar um dos dedos para baixo. Os homens que não estavam de vigia se reuniram em torno de Tuami e ficaram conversando entre si e com o velho. Não gesticulavam muito nem dançavam para se explicar, como Lok e Fa teriam feito, mas seus lábios finos produziam borbulhas e batidas de asas. O velho fez um movimento com o braço e se debruçou na direção de Tuami, a quem disse alguma coisa.

Tuami girou a cabeça de um lado para o outro. O velho se afastou um pouco e sentou-se ao lado dos outros, enquanto só Penacho continuava de vigia. Fa e Lok acompanhavam Tuami, do outro lado das cabeleiras enfileiradas. Ele se levantou e andou até o outro lado da trilha, e agora os dois conseguiam ver seu rosto. Havia duas linhas verticais entre suas sobrancelhas, e a ponta de sua língua acompanhava o traçado da linha que riscava no chão. A fileira de cabeças recomeçou a gorjear. Um homem pegou alguns gravetos e os quebrou. Segurou-os na mão e cada um dos outros pegou um para si.

Tuami se levantou, foi até um fardo e tirou de lá uma sacola de couro. Havia pedras e paus, e outras coisas que dispôs ao longo das marcas traçadas na terra. Em seguida, acocorou-se na frente dos homens, entre eles e o chão batido da trilha. Na mesma hora os homens começaram a produzir um som com a boca. Batiam as mãos uma na outra, e o barulho se erguia como pancadas secas. O som se espalhava em volutas mas conservava sempre a mesma forma, como as protuberâncias redondas ao pé da cachoeira, que eram água em movimento mas permaneciam sempre iguais, paradas no mesmo lugar. A cabeça de Lok começou a ser tomada pela cachoeira, como se tivesse passado tempo demais olhando para ela e isto o pusesse para dormir. A tensão de sua pele havia relaxado um pouco depois que tinha visto as pessoas novas gostando umas das outras. Agora uma nuvem de penachos brancos ressurgiu pairando na sua cabeça, enquanto as vozes e o som de palmadas continuavam.

O bramido impressionante de um cervo no cio soou bem debaixo da árvore. A nuvem de penachos brancos se dissipou na cabeça de Lok. Os homens estavam curvados e quase varriam o chão com as suas cabeleiras. O cervo dos cervos entrou dançando na clareira. Contornou a fileira de cabeças, dançou até o outro lado das marcas no chão, virou-se e ficou parado. Tornou a bramir. Em seguida fez-se silêncio na clareira, enquanto os pombos-bravos prosseguiam em sua conversa.

Tuami entrou em grande atividade. Jogava coisas em cima das marcas riscadas no chão. Debruçava-se, com movimentos imponentes. Agora via-se cor na terra nua, a cor de folhas no outono, de frutas vermelhas, além do branco da geada e o preto fosco que o fogo deixa na pedra. As cabeleiras dos homens continuavam encostadas no chão, e ninguém dizia nada.

Tuami sentou-se.

A pele esticada por cima do corpo de Lok gelou como no inverno. Outro cervo tinha surgido na clareira. Estava estendido onde antes ficavam as marcas, deitado de lado no chão; corria mas não saía do lugar, como as vozes das pessoas novas e a água ao pé da cachoeira. As cores eram as que exibia na época do acasalamento, mas estava muito gordo, e seu olhinho escuro captou o olho de Lok escondido no meio da hera. Lok sentiu-se descoberto e se encolheu no galho liso por onde tanta comida transitava, fazendo-lhe cócegas. Não quis mais olhar.

Fa segurou seu pulso e o puxou de volta para cima. Com medo, Lok aproximou os olhos das folhas e fitou de novo o cervo deitado; mas ficou bem escondido, porque agora os homens estavam de pé à sua frente. Cabeça-de-Pinheiro tinha um pedaço de madeira na mão esquerda, polido e com um galho ou pedaço de galho preso à outra ponta. Um dos dedos de Cabeça-de-Pinheiro estava estendido ao longo desse galho. Tuami estava de pé à sua frente, segurando a outra ponta da madeira. Cabeça-de-Pinheiro falava com o cervo de pé e com o cervo estendido no chão. Pelo seu tom, pedia alguma coisa. Tuami ergueu a mão direita no ar. O cervo bramiu. Tuami baixou a mão com força e uma pedra lustrosa mordeu a madeira. Cabeça-de-Pinheiro ficou parado por um ou dois instantes. Em seguida, removeu a mão com cuidado, deixando um dedo estendido na madeira lustrosa. Depois se virou e veio sentar-se com os outros. Seu rosto lembrava mais osso do que antes, e ele caminhava muito devagar, oscilando um pouco. Os outros homens levantaram as mãos e o ajudaram a acomodar-se entre eles. Ele não disse nada. Casca-de-Castanha pegou um pedaço de couro e amarrou sua mão, enquanto os dois cervos esperavam.

Tuami virou a coisa de madeira para baixo, e o dedo ainda ficou algum tempo grudado antes de cair com um som seco. Ficou estendido na cor arruivada do cervo, uma cor de raposa. Tuami tornou a sentar-se. Dois dos homens tinham passado os braços em volta de Cabeça-de-Pinheiro, que pendia para um dos lados. Fez-se um grande silêncio, e o som da cachoeira ficou mais próximo.

Casca-de-Castanha e Copa-de-Árvore se levantaram e chegaram perto do cervo deitado. Seguravam suas varas curvas numa das mãos e as varetas com penas vermelhas na outra. O cervo de pé agitou sua mão de homem como se os borrifasse com alguma coisa, depois estendeu o braço e tocou o rosto de cada um deles com uma folha de samambaia. Em seguida os dois se debruçaram sobre o cervo deitado no chão, estendendo os braços para ele e depois erguendo o cotovelo direito atrás de si. Então se ouviram dois estalidos secos em sequência, e as duas varetas apareceram cravadas no cervo, junto ao coração. Os dois se debruçaram, arrancaram as varetas e o cervo nem se mexeu. Os homens sentados ainda batiam as mãos uma na outra e produziam o som interminável de cascata, o que fez Lok bocejar e lamber os lábios. Casca-de-Castanha e Copa-de-Árvore ainda estavam de pé com suas varas. O cervo bramiu, os homens baixaram as cabeças até encostar os cabelos na terra. O cervo começou a dançar. Sua dança era um prolongamento das vozes. Aproximou-se da árvore morta, passou debaixo de seu tronco e sumiu das vistas de Fa e Lok, ao que as vozes dos outros cessaram. Atrás deles, entre a árvore morta e o rio, o cervo bramiu mais uma vez.

Tuami e Penacho correram até os espinheiros do outro lado do caminho e afastaram um deles. Postaram-se cada um de um lado da fenda aberta, e Lok viu que mantinham os olhos fechados. Casca-de-Castanha e Copa-de-Árvore deixaram a clareira devagar, com as varas curvas em riste. Passaram pela abertura, desapareceram silenciosamente na floresta e Tuami e Penacho deixaram que a barreira de espinhos voltasse a se fechar.

O sol tinha se deslocado, e o cervo produzido por Tuami emitia um cheiro forte à sombra da árvore morta.

Cabeça-de-Pinheiro estava sentado no chão ao pé da árvore, tremendo de leve. Os homens começaram a se mover muito devagar, na lentidão de sonho da fome. O velho emergiu da sombra da árvore morta e começou a falar com Tuami. Agora trazia os cabelos amarrados junto à cabeça, salpicados de manchas de sol. Deu alguns passos à frente e olhou para o cervo estendido no chão. Estendeu um dos pés e começou a esfregá-lo no corpo do cervo. O cervo não fez nada, deixando que o velho o cobrisse de terra. Dali a pouco não havia mais nada no solo além de manchas borradas de cor e uma cabeça com um olho miúdo. Tuami virou-se de costas, falando sozinho, foi até um dos fardos e remexeu o que continha. Tirou dele um espeto de osso, pesado e enrugado numa das pontas como a superfície de um dente e aguçado na outra até formar uma ponta rombuda. Ajoelhou-se e começou a raspar a ponta com uma pedrinha, com um som que Lok ouvia bem. O velho se aproximou dele, apontou para o osso, deu uma risada trovejante e fingiu que enfiava alguma coisa no peito. Tuami baixou a cabeça e continuou a raspar. O velho apontou para o rio, depois para a terra, e começou um longo discurso. Tuami enfiou o osso e a pedra no couro em torno da cintura, levantou-se e passou por baixo da árvore morta, desaparecendo de suas vistas.

O velho parou de falar. Sentou-se cuidadosamente num fardo perto do centro da clareira. A cabeça do cervo, com seu olho miúdo, estava a seus pés.

Fa falou no ouvido de Lok:

"Ele foi embora antes. Tem medo do outro cervo."

Lok teve uma imagem imediata e muito nítida do cervo de pé, dançando e bramindo. E abanou a cabeça, concordando com ela.

Oito

Fa virou-se com muito cuidado e mudou de posição. Lok, olhando de lado, viu-a passar a língua vermelha pelos lábios. Uma pausa uniu os dois e, por um momento, Lok viu duas Fas que se separavam, e só podiam ser reunidas com grande determinação. O interior da folhagem de hera estava repleto de coisas que voavam e cantavam fino, ou pousavam no corpo de Lok, fazendo sua pele estremecer. As sombras entre as faixas e as manchas de luz do sol se destacaram e aprofundaram até o brilho do sol atingir um outro nível. Frases isoladas de Mal ou da velha vinham à tona misturadas com imagens, confundindo-se com as vozes das pessoas novas até Lok nem saber quem dizia o quê. Não podia ser o velho ao pé da árvore quem falava com a voz de Mal sobre as terras de verão, onde o sol era quente como fogo e as frutas ficavam maduras o ano todo, e nem a furna podia estar misturada, como agora, com as barreiras de espinho e os fardos espalhados pela clareira. O sentimento que era tão desagradável tinha baixado ainda mais, alastrando-se como um charco. Lok já estava quase acostumado.

Sentiu uma dor no pulso. Abriu os olhos e olhou para baixo, irritado. Fa apertava seu pulso com tanta força que em volta da mão dela o inchaço latejava. E então, com toda a clareza, Lok ouviu um miado do mais novo. A fala gorjeada das pessoas novas, lembrando às vezes risadas agudas, atingiu um registro ainda mais alto, como se todos tivessem virado crianças. Fa, do alto da árvore, virou-se para olhar o rio. Por algum tempo, Lok permaneceu ofuscado pelo sol e aquela mistura das pessoas novas com uma espécie de devaneio. Então o mais novo tornou a miar, o que fez Lok se virar também para o rio.

Um dos dois troncos ocos estava chegando ao barranco da margem. Tuami vinha sentado na ponta de trás, cavando a água, e o resto do tronco estava cheio de gente. Eram mulheres, pois Lok divisava seus seios nus e murchos. Todas muito menores que os homens, cobriam o corpo com uma extensão menor de pelagem removível. Suas cabeleiras eram menos elaboradas e surpreendentes que as dos homens. Tinham os rostos enrugados e eram muito magras. Além de Tuami, dos fardos e das mulheres enrugadas, vinha sentada no barco uma criatura que capturou tanto o olhar de Lok que ele mal conseguia enxergar os outros. Era mais uma mulher e tinha em volta do corpo uma pelagem lustrosa que subia, dobrava-se e cobria cada um dos braços, formando uma espécie de capuz ou bolsa na altura de sua nuca. Seus cabelos negros reluziam e dispunham-se em torno do branco de osso de seu rosto como pétalas de flor. Tinha ombros e seios brancos, de um branco ainda mais impressionante por contraste, pois contra eles se debatia o mais novo, tentando afastar-se da água e subir pelo ombro dela para se enfiar naquela bolsa de pelo atrás de sua nuca. Ela ria, franzindo o rosto e abrindo a boca, o que permitia a Lok ver seus dentes brancos e estranhos. Era coisa demais para ver de uma vez só, e de novo Lok se reduziu a olhos que apenas registravam e mais tarde talvez pudessem rememorar o que agora ele não tinha como apreender. A mulher era mais gorda que as demais, como o velho era mais gordo que os outros homens; mas não era velha como ele e trazia sinais de leite nos bicos dos seios. O mais novo agarrava seus cabelos lustrosos e tentava subir pendurando-se neles, enquanto ela tentava puxá-lo para baixo; enquanto isso, com a cabeça de lado, virava o rosto para cima. Seu riso soava como o canto combinado de um bando de estorninhos. O tronco oco deixou a área revelada pela fenda por onde Lok observava o rio, e ele só ouviu o sussurro dos arbustos no barranco à beira da água.

Virou-se para Fa e viu o riso silencioso no rosto dela, que sacudia a cabeça. Fa o olhou de volta e ele viu seus olhos cheios d'água, tanta que a qualquer momento poderia transbordar. Ela parou de rir e franziu o rosto, como se sentisse a dor de um espinho comprido enterrado no flanco. Seus lábios se uniram, separaram-se e, embora ela não emitisse ar nenhum, ele percebeu a palavra que ela havia dito.

"Leite..."

O riso que ouviam se dissipou, desalojado por uma algaravia generalizada. Ouviam-se sons pesados de coisas erguidas do fundo do tronco oco e atiradas no barranco. Lok abriu outra fenda na hera e olhou para baixo. A seu lado, percebeu que Fa tinha feito o mesmo.

A mulher gorda tinha conseguido acalmar o mais novo. Estava de pé junto à água, dando-lhe o seio. As outras mulheres andavam de um lado para o outro, puxando ou abrindo os fardos com gestos e torções elegantes das mãos. Uma delas, Lok viu, era só uma criança, alta e magra, com uma pele de cervo atada em torno da cintura. Olhava para um fardo estendido no chão junto a seus pés. Outra mulher abria o saco que, Lok viu, se agitava convulsivamente. A boca do saco se abriu, e Liku tropeçou para fora, caindo de quatro. Em seguida, deu um salto. Lok viu que uma comprida tira de pele ia até o seu pescoço: quando ela pulou, a mulher pisou na tira e depois deu-lhe um puxão. Liku rodopiou no ar e desabou de costas com um baque. Os estorninhos tornaram a cantar. Liku segurou a tira e correu de volta na direção da mulher, depois se agachou debaixo da árvore morta. Lok conseguia ver sua barriga redonda, e o jeito como ela segurava a pequena Oa contra o ventre. A mulher que tinha aberto o saco passou a tira comprida de couro em torno da árvore e torceu a ponta antes de se afastar. A mulher gorda se aproximou de Liku, o que permitiu a Lok divisar o topo lustroso de sua cabeça e a fina linha branca que repartia seus cabelos. Ela disse algo a Liku, ajoelhou-se e tornou a falar, rindo, com o mais novo ainda ao seio. Liku não respondeu, mas transferiu a pequena Oa do ventre para o peito. A mulher se levantou e foi embora.

A garota se aproximou, lenta de fome, e se agachou a mais ou menos um corpo de Liku. Não dizia nada, só olhava fixo para ela. Por algum tempo as duas meninas só se entreolharam. Liku se mexeu. Pegou alguma coisa na árvore e levou à boca. A garota a observava, e linhas retas surgiram entre as suas sobrancelhas. Ela abanou a cabeça. Lok e Fa trocaram um olhar e abanaram as cabeças, ansiosos. Liku pegou mais um cogumelo na árvore e estendeu para a garota, que deu um passo atrás. Em seguida avançou, estendeu a mão com cautela e pegou o alimento. Hesitou, depois levou o cogumelo à boca e começou a mastigar. Olhava ansiosa para os dois lados, na direção que as outras mulheres tinham tomado, depois engoliu. Liku lhe deu mais um pedaço de cogumelo, tão pequeno que só mesmo uma criança poderia comer. A garota engoliu de novo. Depois as duas ficaram quietas, olhando uma para a outra.

A garota apontou para a pequena Oa e perguntou alguma coisa, mas Liku não lhe deu resposta e por algum tempo permaneceram as duas em silêncio. Do alto da árvore, Lok e Fa podiam ver como a garota examinava Liku da cabeça aos pés, e talvez, embora não pudessem ver o rosto dela, Liku estivesse fazendo a mesma coisa. Liku pegou a pequena Oa no peito e a equilibrou no ombro. De repente a menina riu, mostrando os dentes; Liku também riu, e as duas riram juntas.

Lok e Fa riam também. O sentimento dentro de Lok tinha ficado quente e ensolarado. Sentiu vontade de dançar, não fosse o Lok de fora teimando em atentar para o perigo.

Fa encostou a cabeça na dele.

"Quando ficar escuro, pegamos Liku e corremos para longe."

A mulher gorda se aproximou da água. Espalhou suas peles e sentou-se, e viram que o menor de todos não estava mais com ela. As peles escorregaram de seus braços e ela ficou nua até a cintura, com os cabelos e a pele brilhando ao sol. Levou os braços à nuca, curvou a cabeça e começou a trabalhar na sua cabeleira. Logo as grandes pétalas se desfizeram, transformadas em serpentes negras que lhe caíam pelos ombros e os seios. Ela sacudiu a cabeça, como um cavalo, e as serpentes voaram para as suas costas, tornando a revelar seus seios. Tinha tirado da cabeça finos espinhos brancos, empilhados ao lado da água. Em seguida, pegou no colo um pedaço de osso que era dividido em vários dedos, como uma mão. Ergueu aquela mão e passou os dedos de osso pelos cabelos, várias e várias vezes, até seu cabelo não formar mais cobras, mas uma cascata de negrume lustroso com a linha branca e reta no topo da cabeça. Parou de mexer nos cabelos e ficou observando as duas meninas por algum tempo, dizendo-lhes alguma coisa de vez em quando. A garota magra catava gravetos no chão, que arrumava de pé, apoiando uns nas pontas dos outros. Liku, de quatro, observava aquilo sem dizer nada. A mulher gorda recomeçou a trabalhar nos cabelos; torcia e puxava, alisava, passava a mão de osso aqui e ali, inclinava e deslocava a cabeça; e o cabelo foi revelando outro desenho, que se amontoava no alto e depois formava uma espiral colada no crânio.

Lok ouviu a voz de Tuami. A mulher gorda agarrou suas peles e as pôs depressa nos ombros, escondendo a barriga e as ancas fartas e brancas. Seus seios mal apareciam, cercados pela pelagem. Olhava de esguelha para o pé da árvore, e Lok entendeu que se dirigia a Tuami. Palavras e muitas risadas.

O velho falou em voz alta na clareira, e agora que a atenção de Lok não se limitava mais apenas às crianças, percebia como eram variados aqueles novos sons. Lenha era rachada, uma fogueira estalava e as pessoas batiam em várias coisas. Não só o velho, mas outras pessoas também davam ordens com vozes agudas de ave. Lok bocejou satisfeito. Logo chegaria a noite, e uma fuga rápida no escuro com Liku em suas costas.

Tuami voltou ao pé da árvore e conversou com o velho. Cabeça-de-Pinheiro apareceu montado num tronco oco. Trazia uma pilha alta de lenha, e na água, atrás dele, deslizava um cardume de toras ainda maiores trazidas da clareira da ilha. Agora a sombra estava à sua frente, porque o sol já começara a declinar do ponto mais alto de sua travessia do céu. Cintilava na direção de Lok, refletido na esteira de espuma em torno dos troncos, o que o obrigava a piscar muito os olhos. Cabeça-de-Pinheiro aproximou a cabeça da mulher gorda e conversaram por um momento. Então o velho apareceu, bem abaixo de Lok, gesticulando muito e falando alto. A mulher gorda riu para ele com o queixo erguido, olhando de lado com o fulgor trêmulo dos reflexos da água desenhado em sua pele branca. O velho se afastou de novo.

As meninas estavam próximas uma da outra. A garota magra, debruçada sobre a caverna de gravetos, e Liku agachada perto dela, o mais longe do tronco da árvore morta que a tira de pele permitia. A garota magra segurava nas mãos a pequena Oa, que examinava curiosa por todos os lados. Disse algo a Liku e em seguida acomodou a pequena Oa com todo o cuidado na caverna de gravetos, deitada de costas. Liku fitava a menina magra com olhos cheios de adoração.

A mulher gorda se levantou, alisando as peles que usava. Trazia pendurada no pescoço alguma coisa cintilante e luminosa que agora se acomodava entre os dois seios. Lok viu que era um dos lindos seixos amarelos que as pessoas às vezes pegavam para brincar até cansar e jogá-los fora. A mulher gorda começou a andar, meneando os quadris, e sumiu das vistas deles na direção da clareira. Liku falava com a garota magra. Uma apontava para a outra.

"Liku!"

A garota magra riu com todo o rosto. E bateu as mãos.

"Liku! Liku!"

E apontou para o seu próprio peito.

"Tanakil."

Liku olhava para ela com ar solene.

"Liku."

A menina magra sacudia a cabeça, e Liku sacudia a cabeça.

"Tanakil."

Liku falou com muito cuidado.

"Tanakil."

A garota magra levantou-se de um salto, gritando, batendo palmas e rindo. Uma das mulheres enrugadas se aproximou e ficou olhando para Liku. Tanakil falou depressa com ela, apontou, assentindo com a cabeça, depois parou e falou com Liku com cuidado.

"Tanakil."

Liku franziu o rosto.

"Tanakil."

As três riram. Tanakil foi até a árvore morta, examinou-a, disse alguma coisa, pegou um pedaço do cogumelo amarelo que Liku lhe dera. E pôs na boca. A mulher enrugada gritou, fazendo Liku cair para trás. Depois bateu com força no ombro de Tanakil, gritando com ela. Tanakil enfiou depressa a mão na boca e tirou o cogumelo. A mulher deu um tapa que o fez sair voando da mão da garota e cair no rio. E gritou com Liku, que correu de volta para o tronco da árvore. A mulher se inclinou em sua direção, mantendo-se fora do seu alcance e produzindo ruídos ameaçadores.

"Ah!", dizia ela. "Ah!"

Virou-se para Tanakil, falando o tempo todo, e a empurrou com uma das mãos enquanto mantinha a outra apoiada no quadril. Empurrava e falava, mandando Tanakil de volta para a clareira. Tanakil saiu andando a contragosto, olhando para trás. E então desapareceu também das vistas de Lok e Fa. Liku se arrastou até a caverna de gravetos, pegou a pequena Oa e rastejou de volta até o tronco, com a pequena Oa junto ao peito. A mulher enrugada voltou e olhou para ela. Algumas das rugas se alisaram no seu rosto. Por algum tempo nenhuma das duas disse nada. Depois ela se abaixou, mantendo-se mais longe de Liku que o comprimento da tira de pele.

"Tanakil."

Liku não reagiu. A mulher pegou uma vara e a estendeu com cuidado para Liku. Liku aceitou a vareta com ar de dúvida, cheirou-a e depois a deixou cair no chão. A mulher tornou a falar.

"Tanakil?"

Liku não disse nada. Em seguida a mulher se afastou.

Fa tirou a mão que cobria a boca de Lok.

"Não fale com ela."

Franziu o rosto para ele. Os tremores na pele de Lok diminuíram, depois que a mulher se afastou de Liku. O Lok de fora sabia que precisava de cautela.

Vozes se levantaram na clareira. Lok e Fa viraram-se de novo para aquele lado. E viram grandes mudanças. Uma bela fogueira ardia com muita claridade bem no centro, e a fumaça densa subia reta até os céus. Cavernas tinham sido construídas dos dois lados da clareira, abrigos feitos com os galhos que as pessoas novas tinham trazido nos troncos ocos. A maior parte dos fardos havia desaparecido, e um bom espaço se abria ao redor da fogueira. As pessoas novas estavam reunidas ali, e todas falavam ao mesmo tempo. Estavam de frente para o velho, que lhes respondia. Estendiam os braços para ele, menos Tuami, que permanecia de pé a uma certa distância, como se pertencesse a outro povo. O velho sacudiu a cabeça, gritando. As pessoas todas se viraram para o centro, formando uma fileira cerrada de ombros e dorsos, trocando murmúrios. Em seguida voltaram a se virar aos gritos para o velho. Ele sacudiu a cabeça, deu-lhes as costas e se curvou para entrar na caverna da esquerda. As pessoas novas cercaram Tuami, sempre gritando. Ele ergueu uma das mãos, e todos se calaram. Apontou para a cabeça do cervo deitado no chão, em meio às pilhas de lenha separada para a fogueira. Indicou a floresta com a cabeça, enquanto as pessoas clamavam de novo. O velho saiu da caverna e ergueu uma das mãos, como Tuami tinha feito. Todos sossegaram por um instante.

O velho disse uma única palavra, em voz muito alta. Na mesma hora, as pessoas responderam com um grito. Até seus movimentos, normalmente vagarosos, ficaram um pouco mais acelerados. A mulher gorda emergiu da caverna trazendo um fardo diferente. Era a pele inteira de um animal, mas ondulava como se o animal fosse feito de água. As pessoas trouxeram pedaços ocos de madeira e os ergueram debaixo do animal, que começou a urinar dentro de cada um deles, enchendo a todos, pois Lok via o brilho da água acumulada na madeira. A mulher gorda se mostrava tão feliz com o animal quanto com o mais novo; e todas as pessoas ficaram felizes, até o velho, que ria mostrando os dentes. As pessoas se instalaram perto do fogo com seus pedaços de madeira, que carregavam com cuidado para não derramar, embora o rio tivesse água de sobra. Ajoelhavam-se ou foram sentando devagar, levando os pedaços de madeira aos lábios. Tuami se ajoelhou sorrindo, ao lado da mulher gorda, e o animal verteu água em sua boca. Fa e Lok se encolheram no alto da árvore, com o rosto franzido. Um caroço subia e descia na garganta de Lok. A comida da árvore rastejava por cima dele, e ele fez uma careta enquanto levava à boca uma depois da outra. Lambeu os lábios, fez uma careta e bocejou mais uma vez. Em seguida, olhou para Liku.

A garota magra tinha voltado. Tinha um cheiro diferente, azedo, mas estava animada. Começou a falar com Liku naquela língua aguda e gorjeada, e Liku se afastou um pouco do tronco da árvore. Tanakil olhou de esguelha para o ponto onde as pessoas estavam reunidas em volta do fogo, depois se aproximou aos poucos de Liku. Levou uma das mãos à tira de pele, no ponto onde rodeava o tronco, e começou a destorcê-la. A tira se soltou. Tanakil enrolou-a em volta do pulso, fazendo movimentos giratórios parecidos com o voo das andorinhas no céu de verão. Saiu andando em redor da árvore, e a tira vinha com ela. Disse algo a Liku, deu um puxão sem força na tira e as duas meninas saíram andando juntas.

Tanakil falava o tempo todo. Liku se mantinha perto dela e escutava com os dois ouvidos, pois Lok e Fa viam bem o movimento de suas orelhas. Lok precisou fazer outra abertura para ver aonde elas iam. Tanakil levou Liku para examinar um dos fardos.

Sonolento, Lok mudou de posição até conseguir enxergar a clareira. O velho andava de um lado para o outro, inquieto, puxando com uma das mãos os cabelos grisalhos que tinha debaixo da boca. As pessoas que não estavam de vigia ou cuidando da fogueira estavam estendidas, imóveis, como mortas. A mulher gorda tinha voltado para dentro de uma das cavernas.

O velho decidiu alguma coisa, o que Lok percebeu pelo modo como afastou a mão do rosto. Bateu as mãos com estrépito e começou a falar. Os homens deitados perto do fogo se levantaram de má vontade. O velho apontava para o rio e lhes dava alguma ordem. Os homens não disseram nada, depois balançaram muito as cabeças e começaram a falar. A voz do velho ficou enraivecida. Ele caminhou até a beira do rio, parou, falou por cima do ombro e apontou para os troncos ocos. Lentamente, os homens do sonho começaram a caminhar pelos tufos de relva e pela terra coberta de folhas. Falavam baixo consigo mesmos e uns com os outros. O velho começou a gritar como a mulher tinha gritado com Tanakil. Os homens do sonho chegaram ao barranco à beira do rio e ficaram olhando para os troncos ocos, sem fazer nem dizer nada. O cheiro azedo da bebida do animal ondulante chegou até Lok, lembrando-lhe a decomposição geral do outono. Tuami atravessou a clareira e se postou atrás dos outros.

    O velho falou bastante. Tuami, assentindo com a cabeça, afastou-se, e dali a poucos momentos Lok ouviu o som de madeira sendo cortada. Os dois outros homens soltaram as tiras de pele dos arbustos, pularam dentro d'água, empurraram a ponta traseira do primeiro tronco para o meio do rio e puxaram o outro para a margem. Postaram-se dos dois lados da ponta do tronco e começaram a erguê-la. Em seguida, debruçaram-se os dois sobre o interior do tronco, ofegando muito. O velho tornou a gritar, erguendo muito as duas mãos. Então apontou, e os homens tornaram a fazer força. Tuami apareceu com um pedaço cortado de tora reta. Os homens começaram a rasgar a terra macia do barranco. Lok virou-se em seu refúgio para poder olhar na direção de Liku. Viu que Tanakil lhe mostrava todo tipo de prodígios, uma fileira de conchas do mar presas a um fio e uma Oa tão realista que num primeiro momento Lok achou que estivesse só adormecida, ou talvez morta. Segurava a tira de pele na mão, mas frouxamente, pois Liku se mantinha próxima dela, olhando para cima como antes olhava para Lok quando ele a fazia balançar ou se debruçava sobre ela. As linhas retas da luz do sol começaram a ficar enviesadas, chegando à clareira da garganta entre as montanhas. O velho começou a gritar e, ao som da sua voz, as mulheres começaram a sair das cavernas, bocejando e arrastando os pés. O velho gritou de novo e elas se reuniram ao pé da árvore, conversando, como os homens antes delas.

Dali a pouco não havia mais ninguém à vista, além do vigia e das duas meninas.

Gritos de outro tipo começaram a soar entre a árvore e o rio. Lok se virou para ver o que estava acontecendo.

"A-ho! A-ho! A-ho!"

As novas pessoas, tanto os homens quanto as mulheres, inclinavam o corpo para trás. O tronco oco apontava para eles, o focinho apoiado no pedaço de tora trazido por Tuami. Lok sabia que aquela ponta era o focinho porque o tronco exibia um olho de cada lado, olhos que não tinha visto antes porque ficavam debaixo daquela coisa branca que agora tinha escurecido e fora quase totalmente removida pela água. As pessoas estavam ligadas ao tronco por tiras de pele. O velho dava a ordem e eles inclinavam o corpo para trás, arquejantes, desprendendo torrões do solo macio com seus pés. Moviam-se juntos aos arrancos, e o tronco os acompanhava, olhando para eles o tempo todo. Lok viu as rugas e o suor em seus rostos quando passaram debaixo da árvore e desapareceram mais uma vez. O velho veio atrás deles, e os gritos continuavam.

Tanakil e Liku voltaram para junto da árvore. Liku segurava o pulso de Tanakil com uma das mãos e a pequena Oa com a outra. Os gritos pararam e todas as pessoas reapareceram desanimadas, enfileirando-se de novo ao lado do rio. Tuami e Cabeça-de-Pinheiro entraram na água ao lado do segundo tronco. Tanakil se adiantou para ver, mas Liku afastou-se dela. Tanakil lhe explicou, mas Liku se recusava a chegar perto da água. Tanakil puxou a tira de pele. Liku cravou os pés e as mãos na terra. Então Tanakil começou a gritar com ela, como a mulher de cara enrugada. Pegou uma vara, começou a falar num tom mais seco e violento e começou novamente a puxar. Liku continuava resistindo, e Tanakil bateu em suas costas com a vara. Liku deu um grito e Tanakil, puxando, continuava a bater.

"A-ho! A-ho! A-ho!"

O segundo tronco oco estava com o focinho apoiado no barranco, mas dessa vez só subiu até esse ponto. Escorregou de volta, e as pessoas desabaram. O velhou gritava o mais alto que podia. Apontou furioso rio abaixo, depois para a cachoeira, depois para a floresta, com a voz sempre tomada pela raiva. As pessoas respondiam aos gritos. Tanakil parou de bater em Liku e ficou observando os adultos. O velho andava de um lado para o outro, empurrando as pessoas com o pé. Tuami estava de pé a um lado, olhando para ele sem dizer nada. Aos poucos as pessoas foram se levantando e tornaram a agarrar as tiras de pele. Tanakil se desinteressou, virou-se e se ajoelhou ao lado de Liku. Pegou umas pedrinhas, que jogava no ar e tentava aparar no dorso estreito da mão. Em pouco tempo, Liku estava de novo olhando para ela. O tronco oco escalou o barranco, balançou e se assentou em terra firme. As pessoas se inclinaram para trás e desapareceram de novo.

Lok olhou para Liku, feliz de ver sua barriga redonda e com o silêncio, agora que Tanakil tinha parado de usar sua vara. Pensou no mais novo bem abrigado no seio da mulher gorda e sorriu de lado para Fa. Fa lhe devolveu um sorriso torto. Não parecia tão feliz quanto ele. O sentimento de opressão dentro de Lok baixou mais até desaparecer como a geada numa pedra chata, quando tocada pelo calor de sol. Aquelas pessoas, dotadas de tantas coisas prodigiosas, não lhe pareciam mais a ameaça imediata de antes. Até o Lok de fora estava aplacado, menos atento a cada som e cada cheiro. Bocejou abrindo muito a boca e pressionou as cavidades dos olhos com as palmas das mãos. As nuvens de penachos brancos se espalhavam de novo, pairando lentas no ar, como no auge do verão quando o vento os desprendia das plantas na planície e o ar ficava tomado por aquelas errantes tiras brancas. Ouviu a voz de Fa, que sussurrava fora dele.

"Lembre que precisamos pegar os dois quando escurecer." Uma imagem ocorreu a Lok, da mulher gorda rindo e amamentando.

"E como você vai alimentar o menor?"

"Eu como as coisas por ele até certo ponto. E aí o leite talvez venha."

Ele pensou nas palavras dela. Fa tornou a falar.

"Agora as pessoas novas vão dormir."

Mas as pessoas novas ainda estavam longe de dormir. Faziam mais barulho do que nunca. Os dois troncos ocos se viam na clareira, apoiados em paus redondos e grossos. As pessoas, agrupadas em redor do trazido por último, gritavam com o velho. Ele apontava com firmeza para a floresta, produzindo gorjeios trêmulos e tortuosos. As pessoas abanavam as cabeças, desprenderam-se das tiras de pele e dirigiram-se para as cavernas. O velho sacudiu os punhos para o céu, no ponto onde o ar estava mais escuro, e esmurrou a própria cabeça; mas as pessoas seguiram caminhando com seu andar de sonho na direção da fogueira e das cavernas. Quando o velho ficou só ao lado dos troncos, acabou se calando. A escuridão vinha brotando debaixo das árvores, e a luz do sol desprendia-se da terra.

O velho andou muito lentamente até a beira do rio. Então parou e seu rosto não mostrava expressão alguma; em seguida, voltou depressa para a sua caverna e desapareceu dentro dela. Lok ouviu a voz da mulher gorda e então o velho saiu. Caminhava devagar na direção do rio, a passos regulares, e dessa vez não parou ao lado dos troncos ocos mas seguiu direto em frente. Passou debaixo da árvore e parou entre a árvore e o rio, olhando para as meninas.

Tanakil ensinava Liku a apanhar as pedrinhas no ar, esquecida da vara. Quando viu o velho ela se levantou, pôs as mãos para trás e esfregou um pé no outro. Liku imitou seus gestos o melhor que podia. O velho não disse nada por algum tempo. Depois fez um aceno brusco na direção da clareira e disse alguma coisa em tom áspero. Tanakil pegou a ponta da tira de pele e passou andando debaixo da árvore, com Liku atrás. Virando-se com cuidado na árvore, Lok viu quando as duas entraram numa das cavernas. Quando olhou de novo na direção do rio, o velho estava de pé, vertendo água da beira do barranco. O sol sumira das águas do rio, capturado agora pelas copas das árvores da margem oposta. Um grande rubor se erguia acima da cachoeira e da garganta entre as montanhas, e o som da água ficou muito alto. O velho voltou a se aproximar da árvore, postou-se debaixo dela e olhou cuidadosamente na direção da barreira de espinhos, onde o vigia estava postado. Então contornou a árvore e olhou de novo a toda a volta. Voltou e se encostou na árvore, de frente para o rio. Enfiou a mão dentro da pele de seu peito e tirou de lá um calombo. Lok sentiu o cheiro, olhou e reconheceu o que era. O velho comia a carne que Lok havia atirado para Liku. Ele e Fa escutavam os sons que ele produzia apoiado ao tronco de cabeça baixa, cortando a carne com os dentes, rasgando e mastigando o que abocanhava. Parecia tão entretido e concentrado quanto um besouro numa árvore morta.

Alguém se aproximava. Lok escutou, mas o velho, dominado pelos sons de suas próprias mandíbulas, não ouviu nada. O homem contornou a árvore, viu o velho, parou, deu um berro de fúria. Era Cabeça-de-Pinheiro. Correu de volta para a clareira, parou ao lado da fogueira e começou a gritar o mais alto que podia. Várias figuras emergiam do escuro das cavernas, tanto homens quanto mulheres. As trevas se espalhavam pela terra, e Cabeça-de-Pinheiro deu um pontapé na fogueira, provocando fagulhas e atiçando as chamas. O jorro de luz se opôs à escuridão que se alastrava debaixo do céu claro e fixo. O velho gritava ao lado dos troncos ocos; Cabeça-de-Pinheiro gritava de volta, apontando para ele, e a mulher gorda emergiu de uma das cavernas com o mais novo a se debater num dos ombros. Na mesma hora as pessoas avançaram. O velho deu um salto e subiu num dos troncos ocos, pegou uma das folhas de madeira e começou a sacudi-la no ar. A mulher gorda começou a gritar com os outros, e o vozerio era tamanho que aves bateram asas nas árvores. Agora a voz do velho dominava a noite. As pessoas sossegaram um pouco. Tuami, que não tinha falado nada, parado ao lado da mulher gorda, acabou dizendo alguma coisa que os outros começaram a repetir. As vozes se erguiam cada vez mais altas. O velho apontou para a cabeça do cervo no chão, ao lado da fogueira, mas a voz das pessoas, repetindo e repetindo a mesma coisa, parecia cada vez mais próxima. A mulher gorda refugiou-se na sua caverna e Lok viu as pessoas com os olhos fixos na sua entrada. E saiu de lá trazendo no ombro não o mais novo, mas o animal ondulante. Os outros responderam gritando e batendo as palmas das mãos. Afastaram-se depressa e voltaram com os pedaços ocos de madeira, ao que o animal no ombro da mulher voltou a verter água dentro deles. As pessoas beberam, e Lok podia ver como os ossos de suas gargantas subiam e desciam à luz do fogo. Com gestos, o velho os mandava de volta para as cavernas, mas ninguém obedecia. Aproximaram-se de novo da mulher gorda, querendo mais bebida. A mulher gorda não ria mais, olhando do velho para as pessoas e depois para Tuami, que sorria ao lado dela. A mulher gorda tentou levar o animal de volta para a caverna, mas Cabeça-de-Pinheiro e uma mulher não permitiram. O velho avançou e formou-se um tumulto. Tuami continuava parado ao lado da briga, que acompanhava como se tivesse desenhado as pessoas no ar com sua vareta. Mais gente se juntou ao nó. Todos giravam, ao som dos gritos da mulher gorda. O animal ondulante escorregou do seu ombro e desapareceu. Algumas pessoas se atiraram em cima dele. Lok ouviu um som de água jorrando e a pilha de pessoas baixou um pouco. Afastaram-se cambaleando e lá deixaram o animal estendido no chão, aplastrado como o cervo criado por Tuami, mas parecendo muito mais morto.

O velho teve um momento de grande valentia.

Lok bocejou. As coisas que via não faziam sentido. Abriu e fechou bruscamente os olhos. O velho tinha erguido os braços. Estava de frente para as pessoas, usando uma voz que lhes metia medo. Os outros recuaram um pouco. A mulher gorda se esgueirou de volta para uma das cavernas. Tuami desapareceu. A voz do velho ficou mais alta, depois ele terminou de falar e abaixou as mãos. Restaram o silêncio, o medo e o cheiro azedo do animal morto.

Por algum tempo ninguém disse nada, as pessoas imóveis e um pouco curvadas para trás. De repente, uma das mulheres avançou correndo. Gritou com o velho, esfregou a própria barriga, ergueu os seios para que ele os visse e cuspiu em sua direção. Todos se agitaram. Balançavam a cabeça e gritavam. O velho gritou mais alto do que todos, apontando para a cabeça do cervo. Então fez-se silêncio. Todos os olhares se dirigiram para o cervo deitado no centro da clareira, cujo olho ainda fitava Lok através da fenda na folhagem de hera.

Ouviu-se um barulho na floresta, fora da clareira. Aos poucos, todos acabaram por perceber. Alguém estava berrando. A barreira de espinhos estremeceu e se abriu; Casca-de--Castanha, com a perna esquerda reluzente de sangue, entrou mancando, apoiando-se em Copa-de-Árvore. Assim que viu a fogueira estendeu-se no chão, e uma das mulheres correu para ele. Copa-de-Árvore continuou andando até as pessoas.

As pálpebras de Lok se fecharam e tornaram a se abrir sobressaltadas. Por um momento de sonho, ele viu uma imagem em que contava aquilo tudo para Liku, tão incapaz quanto ele de compreender o que ocorria.

A mulher gorda apareceu ao lado da caverna, com o mais novo ao seio. Copa-de-Árvore perguntou alguma coisa. A resposta foi um grito. A mulher que tinha erguido o seio murcho apontou para o velho, para a árvore morta e depois para as pessoas. Casca-de-Castanha cuspiu na direção da cabeça de cervo e as pessoas recomeçaram a gritar, avançando. O velho levantou de novo as mãos e retomou o mesmo discurso exaltado e ameaçador, mas ninguém fez caso do que ele disse, e a resposta foram risadas. Casca-de-Castanha parou de pé ao lado da cabeça do cervo. Lok e Fa viram seus olhos cintilando à luz do fogo, como duas pedras. Fez menção de puxar uma vareta da cintura, segurando a vara curva com a outra mão. Ele e o velho se encaravam.

O velho deu um passo de lado, falando muito depressa. Aproximou-se da mulher gorda, estendeu as mãos para ela e tentou tomar-lhe o mais novo. Ela dobrou o corpo e mordeu uma das mãos dele, como faria qualquer mulher. O velho reagiu aos berros, dançando. Casca-de-Castanha atravessou a vareta na vara curva e puxou as penas vermelhas para trás. O velho parou de dançar e arremeteu em sua direção, as mãos espalmadas para a vareta. Parou muito perto de Casca de Castanha e cerrou todos os dedos de sua mão direita, menos o mais comprido de todos, que deslocou lentamente para um dos lados até apontar para uma das cavernas. Todos estavam muito calados. A mulher gorda soltou um riso agudo e se calou. Tuami vigiava as costas do velho, que correu os olhos por toda a clareira, fitando o ponto onde as trevas se aglomeravam debaixo das árvores e depois voltou a olhar para as pessoas. Ninguém disse nada.

Lok bocejou e recuou para o meio do topo da árvore, onde ficava protegido da visão das pessoas novas e todo o acampamento delas só lhe aparecia na forma de um bruxuleio refletido na copa das árvores. Olhou para Fa, mais acima, e a convidou a vir dormir do seu lado, mas ela não lhe deu atenção. Lok via o rosto de Fa e os olhos dela espiando através da hera, muito abertos, sem piscar. Tão concentrada estava que mesmo quando Lok encostou a mão em sua perna ela não fez nada e continuou a espiar. Ele viu a boca de Fa se abrir e sua respiração se acelerar. Ela apertou com tanta força a madeira podre do tronco morto que parte do galho cedeu e se desfez em polpa úmida. Apesar de toda a sua exaustão, Lok ficou curioso e um pouco alarmado. Teve a imagem de uma das pessoas subindo na árvore, por isso voltou ao seu posto anterior, começando a afastar as folhas para criar uma fenda. Fa lançou-lhe um breve olhar de lado e seu rosto era o de alguém que vivesse um pesadelo horrendo. Segurou o pulso de Lok e o forçou a descer. Em seguida, agarrou-se aos seus ombros e enterrou o rosto em seu peito. Lok rodeou as costas dela com o braço, e o Lok de fora sentiu um prazer morno naquele contato. Mas Fa não estava com a menor vontade de brincar. Ajoelhou-se de novo, puxou-o para junto dela e apertou a cabeça dele contra o peito enquanto olhava para baixo por entre as folhas; seu coração pulsava urgente junto ao rosto de Lok, que tentou enxergar o que lhe causava tanto medo. Mas quando fez menção de soltar-se, ela o manteve preso, e a única coisa que ele conseguia ver era o canto do queixo de Fa e os olhos dela de vigia, abertos, para sempre abertos.

Os penachos brancos voltaram, e o corpo de Fa estava quente. Lok se entregou ao sono, sabendo que ela o acordaria quando as pessoas fossem dormir e os dois pudessem fugir com as crianças. Aconchegou-se a ela, bem abraçado, encostando o rosto naquele coração que batia forte com os braços apertados à sua volta, e os penachos brancos, num enxame que pairava espalhando-se na escuridão, converteram-se num mundo inteiro exausto de sono.

Nove

Lok acordou se debatendo contra os braços que o seguravam deitado, braços que rodeavam seus ombros e a mão que sufocava seu rosto. Falou e balbuciou com os lábios colados àqueles dedos, quase chegando a mordê-los devido ao hábito recém-adquirido do terror. O rosto de Fa estava muito próximo ao dele, e ela o segurava com firmeza enquanto ele se debatia em meio às folhas e aos galhos inflamáveis.

"Calado!"

Falou mais alto que em qualquer outro momento no alto da árvore, numa voz mais forte que a comum, como se as pessoas novas não estivessem a toda a volta deles. Lok parou de se debater e despertou por completo, percebendo como a luz se deslocava entre as folhas escuras, produzindo pontos saltitantes na escuridão em que estavam. As estrelas eram muitas acima da árvore, e em contraste pareciam pequenas e esbatidas. O suor escorria pelo rosto de Fa e a pele do seu corpo, nos pontos em que se encostava nele, estava molhada. Assim que Lok tomou conhecimento da presença dela, ouviu também os sons das pessoas novas, ruidosas como uma alcateia de lobos atrás da presa. Gritavam, riam, tagarelavam com sua fala gorjeada, e as chamas da fogueira saltavam enlouquecidas junto com eles. Lok se virou e enfiou os dedos entre as folhas para ver o que estava acontecendo.

A clareira estava cheia de luz do fogo. As pessoas trouxeram para terra as toras maiores que tinham atravessado a água do rio atrás de Cabeça-de-Pinheiro, e as empilharam de pé, encostadas umas nas outras, por cima do fogo. Não havia nada de quente ou reconfortante nessa fogueira — era como a cachoeira, como um gato. As chamas jorravam do alto da pilha de lenha como que pressionadas de baixo para cima; vermelhas, amarelas e brancas, lançavam para o alto fagulhas que sumiam em instantes. O topo das chamas, o ponto em que começavam a perder o brilho, chegava à mesma altura onde estava Lok, e a fumaça azulada em volta delas era quase invisível. Da pilha de toras com seu chafariz de chamas, a luz se lançava por toda a clareira, não uma luz quente mas cruel e cegante, vermelha quase ao branco. Aquela luz pulsava como um coração, de maneira que até as árvores em torno da clareira, com suas folhas enrodilhadas, pareciam deslocar-se de lado aos solavancos, como os espaços entre as folhas de hera.

As pessoas novas pareciam o fogo, feitas de amarelo e branco, pois tinham abandonado suas peles e usavam apenas a amarra de pele em torno das cinturas e das partes. Pulavam de lado no mesmo ritmo das árvores e traziam os cabelos soltos ou desalinhados, o que tornava difícil para Lok perceber as diferenças entre os homens. A mulher gorda estava apoiada num dos troncos ocos com as mãos nos quadris, nua da cintura para cima, o corpo amarelo e branco. Tinha a cabeça atirada para trás, o pescoço estendido, a boca aberta, e ria, os cabelos soltos pendendo para dentro do tronco oco. Tuami estava agachado a seu lado, o rosto encostado no pulso esquerdo dela; e começou a se mover, não só para a frente e para trás em arrancos que acompanhavam a luz do fogo, mas também para cima, sua boca rastejando, seus dedos em ação, subindo na direção do ombro nu da mulher como se devorasse a sua carne. O velho estava estendido no outro tronco oco, um pé para fora de cada lado. Tinha na mão uma coisa redonda de pedra que de tempos em tempos levava à boca, cantando alto nos intervalos. Os outros homens e mulheres se espalhavam pela clareira. Também seguravam pedras redondas como a dele, e então Lok percebeu que estavam bebendo o que continham, e seu nariz captou o cheiro da bebida. Era mais doce e mais forte que a outra água, lembrava o fogo e a cachoeira. Era uma água de abelhas, cheirando a mel, cera e decomposição, que atraía e repelia, metia medo e estimulava, como as próprias pessoas novas. Outras pedras com furos no alto podiam ser vistas mais perto da fogueira, e pareciam exalar aquele aroma com uma intensidade especial. Então Lok viu que as pessoas, assim que terminavam sua bebida, vinham buscar as pedras próximas do fogo para beber mais. A menina Tanakil estava deitada em frente a uma das cavernas, estendida de costas, como morta. Um homem e uma mulher engalfinhados beijavam-se e se arranhavam, e outro homem rastejava em volta do fogo como uma mariposa de asa queimada. Girava e girava, de quatro, enquanto os demais o ignoravam e continuavam a fazer muito barulho.

Tuami tinha chegado ao pescoço da mulher gorda. Fazia-lhe elogios e ela ria, abanando a cabeça e apertando o ombro dele com a mão. O velho cantava e as pessoas se engalfinhavam, o homem de quatro girava em torno da fogueira, Tuami se esfregava na mulher gorda e a clareira sempre saltando para a frente e para trás, avançando de lado.

Havia luz suficiente para Lok ver Fa. Os espasmos cansavam seus olhos, que teimavam em acompanhá-los, e virou a cabeça para ela. Ela também tinha espasmos, mas menos que ele; e tirando o movimento da luz seu rosto estava parado. Seus olhos davam a impressão de não terem piscado ou desgrudado da clareira desde antes de Lok adormecer. As imagens na cabeça de Lok bruxuleavam como a luz do fogo. Não significavam nada, e giravam até sua cabeça ter a sensação de que ia rachar. Encontrou palavras, mas sua língua mal sabia como usá-las.

"O que foi?"

Fa não se mexeu. Uma espécie de conhecimento parcial, terrível em sua falta de definição, infiltrou-se em Lok como se os dois compartilhassem uma imagem, mas ele fosse incapaz de vê-la por não ter olhos dentro da cabeça. O conhecimento tinha a ver com a sensação de ameaça extrema que o Lok de fora compartilhara mais cedo com Fa; mas dessa vez chegava ao Lok de dentro, que não tinha como contê-lo. Essa consciência o invadia à força, desalojando o sentimento de conforto que vem depois do sono e as imagens giratórias, sobrepujando os pensamentos e juízos corriqueiros, a sensação de fome e a urgência da sede. Lok se viu possuído por esse conhecimento, mesmo sem saber qual era.

Fa virou a cabeça para ele, muito devagar. Os olhos dela, com suas chamas gêmeas, deslocavam-se na direção dele como os olhos da velha girando na água do rio. Um movimento em torno da boca de Fa — não uma careta, nem um preparativo para falar — fez seus lábios cerrados tremularem como os das pessoas novas quando falavam; em seguida eles se apartaram e pararam de tremer.

"Não foi da barriga de Oa que eles saíram."

Num primeiro momento, essas palavras não vinham conectadas a nenhuma imagem, mas se combinaram ao sentimento opressivo, que ficou mais forte. Então Lok espiou de novo por entre as folhas, à procura do significado daquelas palavras, e se deparou com a boca da mulher gorda. Ela caminhava na direção da árvore morta, sempre abraçada a Tuami, cambaleando e rindo alto, revelando seus dentes a Lok. Não eram largos, adequados a mastigar e moer; eram menores, e dois eram mais compridos que os outros. Eram dentes que lembravam um lobo.

A fogueira desabou com um rugido alto e uma torrente de fagulhas. O velho, deitado no tronco oco sem se mexer, não bebia mais. As outras pessoas estavam sentadas ou estendidas no chão, e o som cantado se extinguia como o fogo. Tuami e a mulher gorda passaram por baixo da árvore a passos erráticos e desapareceram, fazendo Lok virar-se para acompanhá-los. A mulher gorda tomou o rumo do rio, mas Tuami agarrou seu braço e a puxou de frente para si. Ficaram ali parados se entreolhando, o corpo da mulher gorda muito pálido no lado voltado para a lua e avermelhado no lado que dava para o fogo. Ela ria para Tuami e punha a língua de fora enquanto ele falava apressado com ela. De repente ele a agarrou com as duas mãos, apertou-a contra o peito e os dois se engalfinharam, arfando sem dizer nada. Tuami soltou as costas da mulher, agarrou uma mecha de seus longos cabelos e puxou até obrigá-la a virar para cima o rosto contorcido de dor. Ela cravou as unhas da mão direita no ombro dele e continuou a arranhar enquanto seu cabelo era puxado. Tuami encostou o rosto no dela e se deslocou num arranco, apoiando o peso dela num dos joelhos. Foi subindo a mão até prender a nuca da mulher. A mão cravada na carne do seu ombro soltou-se, saiu em busca de algum apoio, rodeou o corpo dele e de repente os dois estavam grudados, com força, boca a boca e ventre contra ventre. A mulher gorda começou a escorregar para o chão, forçando Tuami a se curvar. Ele se apoiou desajeitado num dos joelhos e os braços dela rodearam seu pescoço. Ela se estendeu de costas ao luar, os olhos fechados, o corpo largado e o peito subindo e descendo. Tuami se ajoelhou, às voltas com a pele que rodeava a cintura da mulher. Depois emitiu um som que parecia um rosnado, e atirou-se em cima dela. Lok voltou a ver os dentes de lobo. A mulher gorda mexia o rosto de um lado para o outro, crispado como quando lutava com Tuami.

Lok se virou de novo para Fa. Ela ainda estava ajoelhada, olhando para a pilha de brasas vermelhas no centro da clareira, sua pele reluzindo um pouco com o suor. Lok teve uma imagem súbita e muito clara em que ele e Fa pegavam as crianças e fugiam correndo da clareira. Ficou alerta. Encostou a cabeça ao lado da boca de Fa e sussurrou.

"Vamos pegar as crianças agora?"

Ela se inclinou na direção oposta a ele, para que a distância lhe permitisse vê-lo com clareza à luz agora bem mais fraca. Estremeceu de repente, como se o luar que banhasse a árvore fosse a luz do inverno.

"Espere!"

As duas pessoas debaixo da árvore produziam sons ferozes, como se brigassem. A mulher gorda, pelo seu lado, emitia pios grossos de coruja, e Lok ouvia Tuami arquejar como um homem que enfrenta um animal e julga que não vai vencer. Olhou para baixo e viu que Tuami não estava apenas deitado com a mulher gorda, como também a devorava, pois sangue negro escorria do lóbulo de sua orelha.

Lok ficou excitado. Estendeu o braço e encostou a mão em Fa, mas bastou ela fitá-lo com seus olhos de pedra para ficar imediatamente impregnada daquela mesma sensação incompreensível, pior que o temor a Oa, que Lok reconhecia, mas era incapaz de entender. Retirou depressa a mão e começou a remexer em meio às folhas de hera até conseguir abrir uma fenda dando para o fogo e a clareira. A maioria das pessoas novas tinha entrado nas cavernas. Do velho só se viam os pés, dos dois lados de um dos troncos ocos. O homem que rastejava em redor do fogo estava deitado de bruços em meio às pedras redondas que continham a água de abelhas, e o caçador de sentinela continuava de pé junto à barreira de espinhos, apoiado numa vara. Ante os olhos de Lok, começou a escorregar vara abaixo até desabar ao lado da barreira e ficar imóvel, a pele descoberta banhada pela luz fosca do luar. Tanakil tinha desaparecido, bem como as mulheres enrugadas, reduzindo a clareira a pouco mais que um espaço vazio em torno de uma pilha rubra de brasas.

Lok se virou e olhou para baixo, na direção de Tuami e da mulher gorda, que depois de um clímax conturbado estavam imóveis, reluzentes de suor e emanando cheiro de carne e do mel das pedras. Lok olhou de esguelha para Fa, que continuava calada e terrível, contemplando uma imagem que não se via na escuridão da hera. Baixou os olhos e começou a correr automaticamente as mãos pela madeira morta, em busca de alguma coisa para comer. Mas nisso descobriu sua sede e, na mesma hora, viu que não teria como ignorá-la. Inquieto, olhou para Tuami e a mulher gorda estendidos ao pé da árvore, pois de todos os fatos espantosos e inexplicáveis ocorridos na clareira os dois eram o mais compreensível e, ao mesmo tempo, o mais interessante.

O combate que tinham travado, como dois lobos ferozes, havia chegado ao fim. A impressão é de que tinham lutado um contra o outro, consumido um ao outro mais que deitado juntos: havia sangue no rosto da mulher e no ombro do homem. Agora, ao fim da batalha e com a paz, ou a condição que fosse, restabelecida entre eles, tinham começado a brincar. A brincadeira era complicada e envolvente. Não havia animal nas montanhas ou na planície, criatura apta e flexível da mata ou da floresta, que tivesse a sutileza e a imaginação para inventar brincadeiras como aquela, nem o vagar e a disposição ininterrupta que demandavam. Saíam à caça do prazer como os lobos correm atrás dos cavalos; pareciam seguir os rastros de uma presa invisível, procurando, com a cabeça de lado, o semblante concentrado e crispado à luz fraca, os primeiros sinais de uma proximidade secreta da vítima. Divertiam-se com seu prazer quando o tinham sob seu domínio, como a raposa se diverte com a ave gorda que capturou, deixando sua morte para mais tarde porque tem a força de vontade para adiar e desfrutar em dobro o prazer de devorá-la. Agora estavam calados, exceto por pequenos grunhidos e arquejos e um gorgolejo ocasional do riso secreto da mulher gorda.

Uma coruja-branca sobrevoou a árvore e um momento mais tarde Lok ouviu seu grito, que sempre parecia vir de mais longe do que ela estava. A visão de Tuami com a mulher gorda não lhe despertava mais a mesma excitação de antes, quando brigavam, e não conseguia mais fazê-lo ignorar a sua sede. Não se atrevia a dizer nada a Fa, não só pela estranha distância que ela mantinha, mas também porque Tuami e a mulher gorda faziam tão pouco barulho que falar era perigoso. Sentia-se ansioso para pegar logo as crianças e sair correndo.

O fogo estava de um vermelho muito baço e sua luz mal chegava à parede de galhos, brotos e gravetos que rodeava a clareira. Agora eles pareciam sombras entrelaçadas contra um céu mais claro ao fundo. O chão da clareira estava tão imerso na escuridão que, para enxergar, Lok precisava usar sua visão noturna. A fogueira, isolada, parecia flutuar. Tuami e a mulher gorda surgiram de trás do tronco da árvore, trôpegos e separados, mergulhados em sombras até a cintura, dirigindo-se para cavernas separadas. Agora a cachoeira rugia e as vozes da floresta, as crepitações e os passos miúdos de patas invisíveis, tornavam-se novamente audíveis. Outra coruja-branca sobrevoou a clareira e as águas do rio.

Lok virou-se para Fa e sussurrou.

"Agora?"

Ela chegou bem perto. Sua voz tinha o mesmo tom urgente de comando de quando lhe impusera obediência no terraço.

"Eu pego o mais novo e pulo os espinhos. Depois que eu for, você vem atrás."

Lok pensou, mas nenhuma imagem lhe ocorria.

"Liku —"

As mãos dela o apertaram com força.

"Fa está dizendo 'É assim!'."

Ele reagiu com um gesto brusco, provocando um atrito áspero entre as folhas de hera.

"Mas Liku —"

"Tenho muitas imagens na cabeça."

E soltou as mãos do corpo dele. Lok ficou parado no alto da árvore, e todas as imagens do dia recomeçaram a girar. Ouviu a respiração de Fa passar por ele e mergulhar na hera que tornou a farfalhar, o que o fez olhar para a clareira, mas ninguém se mexeu. Distinguia a custo os pés do velho fora do tronco oco e os buracos de trevas mais escuras nos pontos onde ficavam as cavernas de galhos. A fogueira flutuava, quase toda reduzida a um vermelho muito desbotado, mas com um cerne mais claro onde chamas azuis ainda vagavam pela madeira. Tuami saiu da caverna e parou ao lado da fogueira, olhando para as chamas. Fa já tinha saído da hera com metade do corpo e pendia dos galhos mais grossos do lado da árvore virado para o rio. Tuami pegou um pau e, com ele, começou a reunir as brasas mais quentes da fogueira, que reluziram e emitiram uma lufada de fumaça e centelhas. A mulher surgiu na entrada da caverna, tirou o galho de sua mão e por algum tempo os dois ficaram conversando, inclinados. Tuami entrou numa das cavernas e no momento seguinte Lok ouviu o baque do seu corpo nas folhas secas. Ficou esperando a mulher ir embora; mas antes ela cavou e empilhou a terra em torno da fogueira, produzindo um montículo escuro encimado por uma boca incandescente. Em seguida, usou um torrão de terra e relva para cobrir aquela boca, a planta presa à terra prorrompeu em estalos e chamas e uma onda de luz se espalhou pela clareira. A mulher ficou parada, bruxuleando na extremidade de sua longa sombra, enquanto a luz agonizava e se extinguia. Lok meio ouviu e meio intuiu os movimentos tateantes dela de volta para a caverna, até cair de quatro e rastejar para dentro.

Sua visão noturna retornou. A clareira estava mergulhada de novo no silêncio, e ele ouviu a pele de Fa roçando a casca da árvore morta enquanto descia. Ocorreu-lhe o quanto o perigo era imediato; saber que estavam a ponto de desafiar aquelas pessoas estranhas e suas ações inescrutáveis, saber apavorado que Fa rastejava na direção delas, causou-lhe um aperto na garganta que não o deixava respirar, e seu coração começou a sacudi-lo. Agarrou com força a madeira morta e se encolheu em meio à hera de olhos fechados, tentando recuar, sem saber, ao tempo em que a árvore morta era relativamente segura. O cheiro de Fa agora chegava até ele do lado da árvore que dava para a fogueira, e compartilhou com ela a imagem de uma caverna com um grande urso de pé na entrada. O cheiro parou, a imagem desapareceu e ele entendeu que ela tinha se convertido só em olhos, ouvidos e nariz, rastejando em silêncio na direção da caverna ao lado da fogueira.

O pulso e a respiração de Lok ficaram um pouco mais lentos, e ele conseguiu olhar de novo para a clareira. A lua emergiu da borda de uma nuvem espessa, espalhando pela floresta uma luz cinza-azulada. Viu Fa, achatada pela luz, arrastando-se bem junto ao chão e a menos de dois corpos do montículo negro da fogueira. Outra nuvem sucedeu-se à primeira, e a clareira se encheu de trevas. Ao lado da barreira de espinhos que bloqueava a passagem para a trilha, Lok ouviu o sentinela engasgar e se debater para pôr-se de pé. Ouviu o homem vomitar e depois gemer longamente. Sentimentos contraditórios sucediam-se em Lok. Quase pensou que as pessoas novas podiam decidir voltar de repente ao mesmo estado de vigília que eles, levantando-se, conversando e restaurando sua cautela ou seu conhecimento infinito e a confiança em seu poder. A isso se contrapunha a imagem em que Fa não tinha a coragem de ser a primeira a atravessar o rio pelo tronco no terraço; e aquele sentimento de proximidade, de um desejo urgente de estar com ela, vinha junto. Entrou em movimento na redoma de hera, abrindo uma passagem entre as folhas do lado que dava para o rio e procurando com as mãos os galhos mais grossos que brotavam do tronco. Desceu depressa, antes que aqueles sentimentos tivessem tempo de mudar e convertê-lo num Lok obediente; ficou parado em meio à relva alta ao pé da árvore morta. Então foi possuído pela lembrança de Liku e avançou furtivamente para além da árvore, tentando descobrir em qual das cavernas ela estaria. Fa avançava para a caverna à direita da fogueira. Lok virou para a esquerda, caiu de quatro e saiu rastejando na direção da caverna que tinha surgido além dos troncos ocos e da pilha de fardos de formas diversas. Os troncos ocos continuavam no lugar onde as pessoas os deixaram, como se também eles tivessem consumido aquela bebida de mel; os pés do velho ainda apontavam para fora do mais próximo dos dois. Lok se agachou atrás do tronco e farejou cuidadosamente o pé acima dele. Não tinha dedos, ou melhor — agora que conseguia vê-lo de tão perto —, estava envolvido em couro, como as cinturas das pessoas, e cheirava intensamente a vaca e a suor. Lok ergueu os olhos acima do nariz e olhou para dentro do tronco. O velho estava deitado ao comprido, com a boca aberta, e ressonava pelo nariz fino e pontudo. Os pelos do corpo de Lok se arrepiaram e ele se agachou, como se os olhos do velho estivessem abertos. Colou-se na terra revolvida e na relva ao lado do tronco, e agora que ajustara seu nariz ao velho conseguia ignorar seu cheiro, pois captava muitas outras informações. Os troncos ocos, por exemplo, tinham ligação com o mar. Aquelas manchas brancas em seus flancos eram produzidas pelo mar e tinham o cheiro azedo que evocava praias e a sucessão infindável das ondas. Sentiu o cheiro de resina de pinheiro, e de uma lama especialmente espessa e causticante que seu faro identificava, mas não sabia nomear. Sentiu os cheiros de muitos homens, mulheres e crianças e, por fim, encoberto mas ainda assim não menos intenso, um cheiro composto em que o limite entre as identidades individuais tinha sido ultrapassado, dissolvido num cheiro único de velhice extrema.

    Lok acalmou os tremores de sua carne e o arrepio dos seus pelos, e rastejou ao longo do tronco até o ponto onde ainda permaneciam algumas das pedras redondas, a uma certa distância da fogueira ainda quente mas sem luz. Conservavam uma aura própria, um cheiro tão forte que se afigurava à mente de Lok como um fulgor ou uma névoa que pairava em torno da boca de cada uma. Aquele cheiro, como as pessoas novas, era ao mesmo tempo repulsivo e atraente, estimulante e assustador; evocava tanto a mulher gorda quanto o velho e o cervo aterrorizante. Lok lembrou-se do cervo com tamanha intensidade que tornou a se encolher; mas não se lembrava para que lado o cervo tinha ido nem de onde tinha vindo, só que entrara na clareira contornando a árvore morta. Virou-se então, olhou para cima e fitou a árvore morta com sua vasta cabeleira de hera, erguendo-se à frente das nuvens como um urso das cavernas. Rastejou depressa para a cabana à esquerda. O vigia da barreira de espinhos tornou a gemer.

Lok contornou os galhos inclinados que formavam os fundos da caverna, sempre guiado pelo faro, e localizou um homem, um homem e mais um homem. Não sentia o cheiro de Liku, salvo uma espécie de odor generalizado em suas narinas, tão fraco que não era quase nada além de uma percepção possivelmente associada a ela. Onde quer que farejasse por toda a área encontrava essa mesma percepção, mas não um rastro que conduzisse a uma fonte. Lok decidiu ousar. Abandonou aquela busca incerta e infrutífera e dirigiu-se para a abertura da caverna. Primeiro as pessoas tinham colocado dois postes de pé, atravessando um pau comprido que ligava os dois pelo alto. Em seguida, tinham apoiado uma quantidade inumerável de galhos na vara comprida, criando uma furna de galhos na clareira. Havia três dessas cavernas, uma à esquerda, outra à direita e outra a meio caminho entre a fogueira e a barreira de espinhos, onde estava o vigia. As pontas cortadas dos galhos tinham sido cravadas na terra, descrevendo uma curva. Lok rastejou até o fim dessa curva e enfiou a cabeça na caverna com todo o cuidado. O som da respiração e dos roncos produzido pelas formas reunidas ali era irregular e muito alto. Alguém dormia a menos de um braço do rosto de Lok. A pessoa grunhiu, arrotou, virou-se e um dos seus braços caiu para a frente, roçando o rosto de Lok com a palma da mão. Lok deu um salto para trás, tremendo, depois debruçou-se para a frente e cheirou aquela mão. Era muito clara, um pouco lustrosa, inocente e indefesa como a mão de Mal. Só que mais estreita e comprida, e de uma cor diferente, com aquela brancura de cogumelo.

Havia um espaço estreito entre esse braço e o lugar onde as pontas dos galhos se cravavam enviesadas na terra. A imagem de Liku, tão enlouquecedoramente presente e ao mesmo tempo tão encoberta, fez Lok prosseguir. Não sabia o que esse sentimento lhe ordenava, mas precisava fazer alguma coisa. Começou a arrastar o corpo adiante pelo espaço estreito, como uma cobra invadindo uma toca. Sentiu um alento no rosto e se imobilizou. Outro rosto, a menos de um palmo do seu. Sentiu as cócegas da cabeleira extravagante, examinou o longo e inútil desfiladeiro de crânio cor de osso que prolongava a cabeça do homem acima de suas sobrancelhas. Avistou o brilho opaco de um olho por baixo de uma pálpebra mal fechada, viu os dentes irregulares de lobo, sentiu em sua face o hálito azedo de mel. O Lok de dentro compartilhou uma imagem de terror com Fa, mas o Lok de fora conservou a frieza e a coragem, rígido como o gelo.

Lok passou o braço por cima do homem adormecido e encontrou um espaço do outro lado, com folhas e terra. Firmou a palma da mão naquele espaço aberto e preparou-se para ultrapassar o outro apoiado nas mãos e nos pés, descrevendo um arco bem alto por cima do corpo adormecido. E nisso o homem falou. As palavras brotavam do fundo da sua garganta, como se ele não tivesse língua e elas interferissem com a sua respiração. Começou a arfar. Lok recolheu o braço e se encostou de novo no chão. O homem se revirou nas folhas; seu punho cerrado desprendeu um jorro de fagulhas do olho de Lok. Lok se encolheu ainda mais e o homem arqueou o corpo, elevando a barriga bem acima da cabeça. Enquanto isso, suas palavras sem língua continuavam e seus braços se agitavam no espaço confinado. A cabeça do homem virou-se para Lok, e ele viu que os olhos dele estavam muito abertos, mas não enxergavam nada, acompanhando os movimentos da cabeça como os olhos da velha nas águas do rio. Olhavam através dele, e o medo de Lok contraiu-se em sua pele. O homem elevava o corpo cada vez mais, aos arrancos, e suas palavras se transformaram numa série de grunhidos mais e mais fortes. Um barulho se erguia numa das outras cabanas, um vozerio agudo de mulheres e em seguida um grito de terror. O homem ao lado de Lok caiu de lado, levantou-se cambaleando e esbarrou nos galhos, que desabaram empilhados. O homem seguiu em frente, trôpego, e seus grunhidos se transformaram num grito a que alguém respondeu. Outros homens se agitavam no interior da caverna, derrubando os galhos e gritando muito. Ao lado da barreira de espinhos o vigia tropeçou e caiu engalfinhado com alguma sombra. Uma figura se levantou em meio aos destroços da caverna, ao lado de Lok, avistou a silhueta vaga do primeiro homem e tentou acertá-lo com um galho grosso. Na mesma hora, a escuridão da clareira ficou cheia de pessoas que lutavam aos gritos. Alguém removeu a pontapés o torrão de terra que cobria o fogo, e então um fulgor tênue seguido de um jorro de chamas iluminou tanto a clareira repleta quanto o círculo de árvores ao redor. O velho estava de pé ao lado da fogueira, com os cabelos grisalhos apontando para todos os lados em torno do rosto e da cabeça. Fa também apareceu, correndo e de mãos vazias. Ao ver o velho, deu uma guinada. Uma figura ao lado de Lok brandiu um galho grosso com uma intenção tão clara que Lok se agarrou a ele. Em seguida, rolava no chão em meio a um emaranhado de braços, pernas, dentes e unhas. Desvencilhou-se mas o novelo de gente continuou lutando e rosnando. Viu Fa saltar por cima dos espinhos e desaparecer, viu o velho, uma figura de cabelos ensandecidos e olhos fulgurantes, golpear a pilha de homens em luta com um bastão que trazia algo pesado na ponta. Quando pulou ele próprio por cima dos espinhos, Lok viu que o sentinela forcejava para ultrapassá-los. Caiu apoiado nas mãos e saiu correndo até se enredar na ramagem de um arbusto. Viu o sentinela passar correndo por ele, com a vara curva e a vareta em riste, agachando-se para evitar o galho pendente de uma faia e desaparecendo na floresta.

Uma fogueira luminosa ardia agora no meio da clareira. O velho estava de pé ao lado do fogo, e os outros homens se recobravam. O velho gritou e apontou até um dos homens cambalear até os espinheiros e sair correndo atrás do sentinela. As mulheres se aglomeravam em torno do velho, e a menina Tanakil estava no meio delas, cobrindo os olhos com as costas das mãos. Os dois homens reapareceram correndo, gritaram alguma coisa para o velho e atravessaram a duras penas os espinhos no retorno à clareira. Lok viu as mulheres atirando mais lenha no fogo, os galhos que antes formavam sua caverna. A mulher gorda estava lá, torcendo as mãos e choramingando com o mais novo no ombro. Tuami dirigiu-se ao velho em tom urgente, apontando para a floresta e depois para o chão, onde ficava a cabeça do cervo. O fogo aumentava; toda a folhagem dos galhos prorrompeu em luz com um estalo explosivo, e as árvores em torno da clareira puderam ser vistas com a mesma nitidez da luz do dia. As pessoas se aglomeravam em torno da fogueira, de costas para as chamas e de frente para a escuridão da floresta. Corriam para as cavernas, de onde voltavam trazendo mais lenha, e a cada acréscimo o fogo emitia novos pulsos de luz. Começaram a trazer peles inteiras de animais, que enrolavam em volta de seus corpos. A mulher gorda tinha parado de choramingar, pois agora amamentava o mais novo. Lok viu como as mulheres assustadas o acariciavam, falando com ele, oferecendo-lhe as conchas que traziam ao pescoço enquanto percorriam com os olhos o círculo escuro de árvores que aprisionava a luz do fogo. Tuami e o velho ainda conversavam em tom urgente, meneando muito a cabeça. Lok sentia-se seguro nas trevas, mas entendia como o poder daquelas pessoas era incomparável na claridade. E perguntou bem alto:

"Cadê Liku?"

Viu que as pessoas se imobilizavam, encolhendo o corpo. Só a menina Tanakil começou a gritar, até a mulher enrugada segurá-la pelo braço e sacudi-la para que se calasse.

"Devolvam Liku!"

Casca-de-Castanha virava a cabeça de lado à luz do fogo, procurando a voz com seus ouvidos e erguendo a sua vara curva.

"Cadê Fa?"

A vara diminuiu de tamanho e em seguida se esticou de novo. Um instante depois, alguma coisa passou por Lok roçando nas folhas, lembrando as asas de uma ave; ouviu uma pancada seca, depois o som de choques e ricochetes entre pedaços de madeira. Uma mulher correu até a caverna invadida por Lok e voltou de lá com uma nova braçada de galhos que jogou no fogo. As silhuetas escuras das pessoas fitavam a floresta impenetrável.

Lok deu-lhes as costas e confiou em seu faro. Vasculhou um pedaço da trilha e encontrou o rastro de Fa e dos dois homens que a seguiam. Continuou em frente, trotando com o nariz próximo ao chão, seguindo o cheiro que o levaria até Fa. Sentia um desejo intenso de voltar a ouvi-la, tocá-la com seu corpo. Avançava cada vez mais depressa, na escuridão que precedia o amanhecer, e seu faro ia lhe contando, passo a passo, a história de tudo que acontecera. As pegadas de Fa eram muito afastadas porque ela estava correndo, e a curvatura dos dedos dos seus pés levantava pequenas meias-luas do solo. Descobriu que agora enxergava melhor, longe da luz do fogo, pois a manhã rompia atrás das árvores. Mais uma vez lhe ocorreu a lembrança de Liku. Voltou alguns passos, subiu no tronco bifurcado de uma faia e olhou para a clareira através da ramagem da árvore. O sentinela que tinha corrido atrás de Fa dançava na frente das pessoas novas. Rastejando como uma cobra, aproximou-se dos destroços das cavernas; levantou-se; voltou na direção da fogueira batendo os dentes como um lobo e assustando as pessoas, que lhe abriam caminho. Apontou para uma coisa agachada que corria, depois bateu os braços como se fossem asas. Parou ao lado da barreira de espinhos, desenhou no ar uma linha por cima dela, subindo e subindo na direção das árvores até terminar num gesto de perplexidade. Tuami falava depressa com o velho. Lok viu-o ajoelhar-se ao lado da fogueira, limpar um trecho de chão e começar a desenhar com uma varinha. Não havia sinal de Liku, e a mulher gorda estava sentada num dos troncos ocos, com o mais novo no ombro.

Lok desceu para o chão e tornou a encontrar a pista de Fa, sempre correndo. Seus passos eram cheios de terror, o que fez os pelos de Lok se arrepiarem por empatia. Chegou a um ponto onde os caçadores tinham parado, e viu como um deles tinha-se postado de lado até deixar na terra marcas fundas de seus pés sem dedos. Viu a distância aumentada entre os passos no ponto em que Fa tinha saltado no ar e depois o sangue dela, em gotas grossas, conduzindo numa curva irregular para fora da floresta, na direção do charco antes atravessado pelo tronco morto. Seguiu o rastro dela até um emaranhado de urzes brancas que os caçadores tinham pisoteado. Avançou mais do que eles, sem fazer caso dos espinhos que rasgavam sua pele. Viu o ponto onde os pés de Fa, como os dele, tinham afundado horrivelmente na lama, deixando uma cova aberta que agora se enchia aos poucos de água estagnada. À frente dele, a superfície lustrosa do charco era assustadora. As bolhas tinham parado de se erguer do fundo, e a lama escura desalojada que formara redemoinhos à flor d'água tinha tornado a submergir, como se nada tivesse acontecido. Mesmo a espuma, os pedaços de planta e os ovos aglomerados das rãs tinham assentado no fundo e jaziam imóveis nas águas mortas abaixo dos galhos sujos. As pegadas e o sangue só iam até ali; além deles, só o cheiro de Fa e do terror que ela sentiu; depois disso, mais nada.

Dez

A luz tênue e fosca ficou mais intensa, adquirindo um tom prateado, e as águas negras do charco começaram a brilhar. Uma ave grasnou em meio às ilhotas de urzes e caniços. A uma certa distância, o cervo de todos os cervos bramiu e tornou a bramir. A lama começou a apertar os tornozelos de Lok, que precisou usar os braços para se equilibrar. Um aturdimento tomava conta de sua cabeça e, por baixo dele, sentia uma fome densa e rombuda que estranhamente abarcava o coração. Automaticamente, seu faro vasculhou o ar em busca de comida, e seus olhos correram a toda a volta em meio à lama e aos emaranhados de urzes brancas. Cambaleou, dobrou os dedos dos pés e os puxou para fora da lama, seguindo a passos vacilantes para terreno mais firme. Fazia calor, e coisinhas voadoras cantavam fino como a nota que soa no ouvido depois que você leva uma pancada na cabeça. Lok sacudiu o corpo mas a nota aguda persistia, e o sentimento de opressão lhe pesava no peito.

Na faixa onde começavam as árvores viam-se bulbos de ponta verde recém-brotados do solo. Apanhou alguns deles com os pés, passou-os para a mão e os levou à boca. O Lok de fora parecia não querer comer, mas o Lok de dentro obrigava seus dentes a moer aqueles brotos, e a garganta a fazer os movimentos necessários para engolir. Lembrou-se da sede que sentia e correu de volta na direção do charco, mas encontrou de novo a lama; dessa vez ela lhe meteu medo, ao contrário de antes, quando seguia o rastro de Fa. Seus pés se recusaram a pisá-la.

Lok começou a curvar-se. Seus joelhos encostaram no chão, suas mãos se estenderam para a frente e aos poucos foram sustentando uma parte cada vez maior do seu peso, enquanto ele se agarrava à terra com toda a força. Saiu rastejando por cima das folhas mortas e dos gravetos, sua cabeça se ergueu, virou-se, e seus olhos giraram, com uma expressão atônita, acima de uma boca muito aberta. O lamento fúnebre irrompeu de sua boca, prolongado, áspero, o som da dor, um som humano. A nota aguda das coisinhas voadoras continuava, e a cachoeira ainda trovejava ao pé da montanha. Muito ao longe, o cervo bramiu mais uma vez.

Havia cor-de-rosa no céu, e um verde novo nas copas das árvores. Os brotos de folhas, antes não mais que meros pontos de vida, abriam-se em dedos e formavam enxames que se adensavam contra a luz, só deixando visível a madeira dos galhos mais grossos. A própria terra parecia vibrar, como se fizesse força para impelir a seiva troncos acima. Lentamente, enquanto cessavam os sons do seu lamento fúnebre, Lok começou a atentar para essa vibração que lhe proporcionava um consolo diminuto. Rastejava, colhia alguns bulbos com os dedos e os mastigava; sua garganta entrava em ação e engolia. Tornou a lembrar-se da sede e avançou de gatinhas procurando terreno firme à beira d'água. Pendurou-se de cabeça para baixo num galho pendente, segurando-se com uma das mãos, e sugou a superfície de ônix escuro.

Ouviu o som de passos na floresta. Pulou de volta para terra firme e viu que duas das pessoas novas passavam do outro lado dos troncos, levando suas varas curvas nas mãos. Outros sons lhe chegavam das pessoas que tinham ficado na clareira; o som de troncos que se deslocavam apoiados uns nos outros, e de árvores que eram cortadas. Lembrou-se de Liku e saiu correndo na direção da clareira até conseguir espiar por cima dos arbustos e ver o que as pessoas estavam fazendo.

"A-ho! A-ho! A-ho!"

Na mesma hora Lok teve a imagem dos troncos ocos que subiam o barranco arrastando o focinho, antes de se assentar na clareira. Avançou de quatro, sempre agachado. Não havia mais troncos ocos no rio, mais nenhum podia vir dali. Teve outra imagem dos troncos ocos escorregando de volta para o rio, e essa outra imagem de alguma forma tinha uma ligação tão clara com a anterior, e com os sons que lhe chegavam da clareira, que entendeu por que a outra imagem tinha saído da primeira. Aquilo era uma mudança radical em seu cérebro, e ele se sentiu orgulhoso e triste como Mal. E disse baixinho, para as urzes rodeadas de brotos recentes:

"Agora eu sou Mal."

De uma hora para outra lhe parecia que tinha uma nova cabeça, como se houvesse nela um feixe de imagens que ele poderia organizar quando quisesse. Essas imagens se apresentavam a ele como cenas diurnas com uma luz acinzentada. Mostravam o fio solitário de vida que o unia a Liku e ao mais novo; mostravam as pessoas novas que atraíam tanto o Lok de fora quanto o de dentro com um amor aterrorizado, criaturas que o matariam se pudessem.

Tinha uma imagem de Liku erguendo olhos doces e adoradores para Tanakil, e imaginou como Ha teria avançado com uma espécie de temor ávido de encontro a uma morte repentina. Agarrou-se aos arbustos enquanto a maré de sentimento o afogava num turbilhão e berrou o mais alto que podia.

"Liku! Liku!"

O som de corte das árvores parou, convertendo-se num rangido áspero e num estalo prolongado. Mais à sua frente, viu a cabeça e os ombros de Tuami deslocarem-se depressa para o lado enquanto uma árvore inteira começava a tombar e depois desabava com todos os seus galhos num aglomerado de folhagem. Quando o verde da árvore caiu de lado, Lok conseguiu avistar novamente a clareira, pois a barreira de espinhos tinha sido removida e os troncos ocos agora passavam pelo espaço onde antes ela se erguia. As pessoas faziam muita força para suspender os troncos, que avançavam com grande lentidão. Tuami gritou alguma coisa, e Copa-de-Árvore tentou desprender sua vara curva do ombro. Lok correu para longe até as pessoas ficarem bem pequenas no início da trilha.

Os troncos ocos não estavam voltando para o rio, mas avançavam montanha acima. Lok tentou ver uma outra imagem que saísse daquela, mas não conseguiu; sua cabeça voltara a ser a cabeça de Lok, e estava vazia.

Tuami continuava a cortar a árvore, não no meio do tronco mas em sua ponta mais fina, de onde os galhos brotavam, pois Lok percebia a diferença na nota que produzia. E ouvia também a voz do velho.

"A-ho! A-ho! A-ho!"

O tronco abria caminho aos poucos pela trilha. Avançava montado em outras toras, rolos que afundavam na terra macia, o que fazia as pessoas arquejar e gemer tomadas pelo terror e a exaustão. O velho, embora não tocasse nos troncos ocos, trabalhava mais que todos. Corria de um lado para o outro, comandava, exortava, arremedava seus esforços, arquejava com eles; e sua voz aguda de ave nunca parava de gorjear. As mulheres e Tanakil distribuíam-se em fileiras dos dois lados do tronco oco, e até a mulher gorda o empurrava por trás. Só havia uma pessoa dentro do tronco; o mais novo, de pé no fundo, segurando-se na borda e atentando para o barulho e a comoção.

Tuami reapareceu arrastando uma seção grande do tronco da árvore abatida. Quando chegou a um trecho de chão limpo, começou a rolar a tora na direção do tronco oco. As mulheres se juntaram dos dois lados dos olhos arregalados, suspenderam o tronco oco e sem muita dificuldade fizeram-no rolar para a frente pela terra macia, com a tora girando debaixo dele. Quando os olhos do tronco oco começaram a se abaixar, Copa-de-Árvore e Tuami chegaram de trás com um rolo menor, sem deixar que o tronco oco jamais encostasse no chão. O movimento era incessante e lembrava o turbilhão de um enxame de abelhas em torno de uma fenda na pedra, um desespero organizado. O tronco oco se deslocava pela trilha na direção de Lok com o mais novo oscilando a bordo, subindo e descendo junto com o tronco, emitindo um miado ocasional mas quase sempre com os olhos fixos na pessoa mais próxima, ou mais ativa. Quanto a Liku, não estava visível em lugar nenhum; mas Lok, com um lampejo de pensamento à moda de Mal, lembrou que ainda havia mais um tronco oco, além de muitos fardos na clareira.

Assim como o mais novo só fazia olhar, Lok ficou absorvido pelo avanço das pessoas novas, como um homem que vê a maré avançar mas só se lembra de sair do caminho depois que a espuma já molhou seus pés. Foi só quando chegaram muito perto, a ponto de ele distinguir cada folha de relva esmagada pelo rolo, que Lok lembrou que aquelas pessoas eram perigosas e sumiu na floresta. Só parou de correr quando os perdeu de vista, mas ainda os ouvia. As mulheres choravam com o esforço de arrastar o tronco oco, e a voz do velho ficava cada vez mais rouca. Eram tantos os sentimentos no corpo de Lok que o deixavam atarantado. Sentia medo e ao mesmo tempo muito dó das pessoas novas, do mesmo tipo que sentiria de uma mulher doente. Começou a vagar por entre as árvores, pegando o que podia para comer mas sem se importar com o que era. As imagens tornaram a desaparecer da sua cabeça e Lok se viu reduzido a um poço quase transbordando de sentimentos que não tinha como medir ou negar. Primeiro pensou que estivesse com fome e pôs-se a enfiar na boca tudo que encontrava. De repente, surpreendeu-se com a boca cheia de ramos novos, amargos e intragáveis por baixo da casca escorregadia. Sufocou, engasgou e caiu de quatro, vomitando de volta todos os ramos.

O som das pessoas diminuiu um pouco, e dali a instantes só escutava a voz do velho quando se elevava dando uma ordem ou manifestando fúria. Ali, no ponto em que a floresta se convertia em pântano e o céu se abria acima dos arbustos, dos salgueiros e da água, não restava qualquer sinal da passagem dos outros. Os pombos-bravos conversavam, entretidos com o acasalamento; nada tinha mudado, nem mesmo o grande galho pendente onde uma criança arruivada tinha balançado com muitas risadas. Tudo vicejava, com os benefícios do calor e da calmaria. Lok se levantou e saiu andando pelo terreno pantanoso na direção do trecho de água onde Fa tinha sumido. Ter-se transformado em Mal lhe dava orgulho, mas também pesava. A cabeça nova sabia que certas coisas tinham chegado ao fim, como uma onda do mar que se desfaz. Sabia que precisava aceitar a dor daquela infelicidade, como um homem que aperta um espinheiro contra o corpo, e tentou compreender as pessoas novas, de quem vinham todas as mudanças.

E descobriu a ideia de "ser como". Sem perceber, tinha usado essas semelhanças a vida toda. Os cogumelos numa árvore eram orelhas; a palavra era a mesma, mas adquiria uma diferença por força de circunstâncias que nunca se aplicariam aos órgãos sensíveis que tinha dos dois lados da cabeça. E agora, numa convulsão de entendimento, Lok começou a empregar a semelhança como ferramenta, com a mesma segurança que sentia em usar uma pedra para cortar madeira ou pedaços de carne. A semelhança conseguia dar conta dos caçadores de cara branca, admiti-los no mundo em que eram concebíveis e não uma irrupção aleatória e desconexa.

Visualizou os caçadores saindo atrás da presa com suas varas curvas, com destreza e premeditação.

"As pessoas são como um lobo esfaimado no oco de uma árvore."

Pensou na mulher gorda defendendo o mais novo da investida do velho, pensou na sua risada, nos homens trabalhando juntos para levantar a mesma carga e trocando sorrisos.

"As pessoas são como o mel que escorre de uma fenda na pedra."

Pensou em Tanakil brincando, nos seus dedos habilidosos, em seu riso e sua vara.

"As pessoas são como o mel das pedras redondas, o mel novo que cheira a fogo e a coisas mortas."

Tinham expulsado os moradores da furna e de toda a área com pouco mais que um gesto das mãos.

"São como o rio e a cachoeira, são o povo da cachoeira; nada consegue fazer frente a eles."

Pensou na paciência que demonstravam, no homem largo, Tuami, criando um cervo de terra colorida.

"São como Oa."

Seguiu-se uma confusão em sua cabeça, uma escuridão; e então ele voltou a ser Lok, vagando sem destino no meio dos charcos, novamente às voltas com a fome que comida alguma poderia saciar. Ouviu quando as pessoas passaram correndo pela trilha na direção da clareira onde havia ficado o segundo tronco oco; não diziam nada, mas sua presença era traída pelo impacto dos pés, pelo som do atrito das folhas. Lok compartilhou uma imagem que lembrou um vislumbre do sol no inverno, desaparecendo antes que conseguisse vê-la direito. E estacou, com a cabeça erguida e as narinas muito abertas. Seus ouvidos se encarregaram da vida, ignorando os sons das pessoas e concentrando-se nos frangos-d'água tão agitados que singravam a água com o peito macio. Aproximavam-se dele em formação aberta, e quando o viram desviaram-se abruptamente, todos para a direita ao mesmo tempo. Um rato-d'água vinha logo atrás com o focinho para cima, o corpo avançando a custo na onda que ele mesmo produzia. Ouviu um marulho, um gotejar de água e um som chapinhado em meio às moitas de urze que coalhavam os charcos. Ameaçou correr para longe, mas voltou. Agachou-se na lama e começou a desfazer os emaranhados de plantas que encobriam sua visão. O movimento tinha parado, mas as ondulações que produzira chegavam agora aos arbustos, inundando suas pegadas. Lok farejou o ar em todas as direções, embrenhou-se nos arbustos e conseguiu passar. Deu três passos água adentro e começou a afundar na lama, com o corpo fora de prumo. O movimento na água recomeçou, e Lok, rindo e falando ao mesmo tempo, deu mais alguns passos oscilantes em sua direção. Os cabelos do Lok de fora ficaram todos arrepiados, em reação ao contato com a substância fria que rodeava suas coxas e à sucção da lama invisível em que afundava os pés. A opressão e a fome se dissipavam, convertendo-se numa nuvem que o tomava inteiro, uma nuvem que o sol enche de fogo. Não havia mais opressão nem peso, só uma leveza que o fez começar a falar e rir ao mesmo tempo como as pessoas depois do mel, rindo e piscando muito para livrar-se da água dos olhos. Os dois já compartilhavam uma imagem.

"Estou aqui! Estou chegando!"
"Lok! Lok!"

* * *

Fa avançava com os braços erguidos, os pulsos dobrados, os dentes cerrados. Inclinada para a frente, abria caminho pela água. Os dois ainda tinham água pelas coxas quando se abraçaram antes de retornar desajeitados até a margem. Antes que conseguissem tornar a ver os próprios pés, enterrados na lama pegajosa, Lok já estava rindo e falando.

"É ruim ficar sozinho. É muito ruim ficar sozinho."

Fa mancava, apoiando-se nele.

"Estou um pouco ferida. Foi o homem, com uma pedra na ponta de uma vareta."

Lok apalpou a frente da coxa de Fa. A ferida não sangrava mais, mas uma língua de sangue negro se acumulara por cima dela.

"É ruim ficar sozinho —"

"Eu corri para a água depois que o homem me acertou."

"A água é uma coisa terrível."

"Antes a água que as pessoas novas."

Fa tirou o braço do ombro dele e os dois se agacharam à sombra de uma faia imensa. As pessoas novas voltavam da clareira, trazendo o segundo tronco oco. Soluçavam e arquejavam em seu avanço. Os dois caçadores que tinham saído mais cedo gritavam com eles do alto das pedras da montanha.

Fa esticou a perna ferida à sua frente.

"Comi ovos, caniços e a geleia das rãs."

Lok descobriu que suas mãos não queriam parar de tocar Fa, que respondia com um sorriso triste. E se lembrou da súbita associação que tinha transformado imagens desconexas em dia claro.

"Agora eu sou Mal. É difícil ser Mal."

"É difícil ser a mulher."

"As pessoas novas são como um lobo e o mel, o mel podre e o rio."

"São como um incêndio na floresta."

De repente, Lok teve uma imagem vinda de profundezas tão remotas da sua cabeça que nem sabia de sua existência. Por um momento, teve a impressão de que a imagem existia fora dele, e que estava em outro mundo. Continuava do mesmo tamanho, mas todo o resto estava muito maior. As árvores eram altas como montanhas. Não andava pelo chão, mas montado nas costas de alguém, agarrando-se a cabelos arruivados com os pés e as mãos. A cabeça à sua frente, embora não pudesse ver o rosto, era a de Mal, e uma Fa um pouco maior que ele corria mais adiante. As árvores acima deles desatavam-se em chamas, e o bafo quente que emanavam o fazia sentir-se mal. A sensação era de urgência, e experimentava a mesma constrição da pele — o terror.

"Agora é como o tempo em que o fogo saiu voando e devorando as árvores."

As pessoas e seus troncos ocos se ouviam a distância. Corredores passaram de volta pela trilha na direção da clareira, sempre pisando duro. Houve um momento de fala gorjeada, e depois silêncio. Os passos pesados surgiram de volta correndo pela trilha antes de sumir de novo. Fa e Lok se levantaram e foram até a trilha. Não disseram nada, mas a cautela do rodeio que faziam em seu avanço equivalia ao reconhecimento silencioso de que não podiam deixar aquelas pessoas por conta própria. Podiam ser terríveis como um incêndio ou uma enxurrada, mas eram tentadoras como o mel ou a carne. A trilha tinha mudado, como tudo em que aquelas pessoas puseram a mão. A terra estava rasgada de sulcos e se espalhava pela relva. Os rolos tinham produzido uma depressão de fundo liso com largura bastante para admitir Lok e Fa caminhando lado a lado.

"Eles empurram os troncos ocos em cima de árvores que vão rolando. O mais novo estava num dos troncos. E Liku vai estar no outro."

Fa olhou para Lok com uma expressão de pesar. E apontou para os restos esmagados de uma lesma na terra compacta.

"Eles passaram por cima de nós como um tronco oco. Eles são como um inverno."

O sentimento pesado de opressão ressurgia no corpo de Lok; entretanto, com Fa a seu lado, o peso era suportável.

"Agora só ficaram Fa, Lok, o mais novo e Liku."

Por algum tempo ela o fitou em silêncio. Estendeu uma das mãos e ele a segurou. Abriu a boca para falar, mas nenhum som saiu. Seu corpo todo estremeceu, depois começou a tiritar. Lok ficou olhando enquanto ela controlava seus calafrios, como se tivesse deixado o conforto da caverna num dia de muita neve. Ela retirou a mão.

"Venha!"

A fogueira ainda fumegava no meio de um amplo círculo de cinzas. Os abrigos tinham sido derrubados, embora os postes continuassem de pé. Quanto ao solo da clareira, estava todo revolvido, como se um rebanho inteiro de bois o tivesse atravessado a galope. Lok avançou devagar até a orla da clareira, enquanto Fa ficava para trás. Começou a rodear a área. No centro da clareira, estavam as imagens e os presentes.

Quando Fa os viu, entrou na clareira atrás de Lok, e se aproximaram daquelas coisas descrevendo uma espiral, as orelhas atentas ao menor sinal de regresso das pessoas novas. As imagens estavam confundidas pelo fogo no ponto onde a cabeça de cervo ainda olhava para Lok com uma intenção indecifrável. Agora havia um cervo novo, gordo e com a pelagem de primavera, mas com outra figura atravessada sobre ele. A figura era vermelha, com braços e pernas enormes muito abertos, e seu rosto fitava Lok com um olhar cegante, pois seus olhos eram dois seixos brancos. Trazia os cabelos arrepiados em torno da cabeça, como se estivesse entregue a alguma crueldade desvairada; uma estaca atravessava a figura e a prendia ao cervo cravando-se fundo na terra, com o topo rachado e esbagaçado. Lok e Fa recuaram assustados diante daquilo, pois nunca tinham visto nada parecido. Depois se aproximaram cautelosos dos presentes.

Um quarto inteiro de cervo, cru mas relativamente dessangrado, pendia do alto da estaca, e havia uma pedra de bebida de mel aberta ao lado da figura de olhos fixos. O cheiro do mel se desprendia da pedra aberta como a fumaça e as chamas de uma fogueira. Fa estendeu o braço e encostou a mão na carne, que começou a balançar, o que a fez encolher-se. Lok descreveu mais um círculo em volta da figura, evitando pisar nas pernas e nos braços esticados enquanto estendia a mão muito devagar. Dali a um instante os dois rasgavam o presente, dilacerando o músculo e enchendo a boca de carne crua. Só pararam quando ficaram repletos de comida e, no alto da estaca, só um osso branco e lustroso pendia de uma tira de pele.

Finalmente, Lok recuou e limpou as mãos nas coxas. Ainda sem dizer nada, os dois se viraram um para o outro e se agacharam ao lado do pote. De um ponto distante, na encosta que levava ao terraço, ouviram a voz do velho.

"A-ho! A-ho! A-ho!"

Um cheiro forte e denso emanava da boca do pote. Uma mosca meditava junto à borda e, quando a respiração de Lok chegou mais perto, bateu as asas, levantando num voo curto e tornando a pousar.

Fa pôs a mão no pulso de Lok.

"Não tome isso."

Mas a boca de Lok já estava próxima ao pote, suas narinas muito abertas, sua respiração acelerada. E ele falou, numa voz alta e estrangulada.

"Mel."

Na mesma hora ele se debruçou, enfiou a boca no pote e sugou a bebida. O mel decomposto queimou sua boca e sua língua. Ele deu uma cambalhota para trás, o que fez Fa fugir para longe do pote, até o outro lado das cinzas da fogueira. Ela ficou parada, olhando com medo para Lok enquanto ele cuspia e começava a rastejar de volta para junto do pote que ainda o aguardava, sempre emanando seu cheiro desagradável. Lok se abaixou com cuidado e tomou mais um gole. Estalou os lábios e sugou de novo. Sentou-se no chão e riu na cara de Fa.

"Beba."

Hesitante, ela se debruçou até a boca do pote e mergulhou a língua no líquido doce e ardido. Lok se debruçou de joelhos, balbuciando alguma coisa, e a empurrou para o lado, fazendo-a cair sentada, lambendo os lábios e cuspindo. Lok enterrou o rosto no pote e sugou três vezes; mas da terceira a superfície do mel ficou fora do alcance dos seus lábios, fazendo-o sugar ar e mais nada. Sofreu um engasgo explosivo. Saiu rolando pelo chão, tentando recobrar o fôlego. Fa quis mais mel mas não conseguiu mais alcançá-lo com a língua, queixando-se de Lok em tom amargo. Ficou de pé por algum tempo em silêncio, depois pegou o pote e o levou à boca, como faziam as pessoas novas. Lok a viu com a cara coberta pela pedra grande e riu, tentando contar a Fa como estava engraçada. Lembrou-se do mel a tempo, levantou-se de um salto e tentou tirar a pedra da frente do rosto dela. Mas a pedra não se moveu, grudada, e quando ele fez força puxando a pedra para baixo o rosto de Fa veio junto. Logo os dois disputavam a pedra ao mesmo tempo, trocando gritos. Lok estranhou sua própria voz, que soava aguda, alta e selvagem. Soltou a pedra para examinar aquela voz nova, e Fa se afastou cambaleando com o pote nas mãos. Lok descobriu que as árvores se deslocavam muito de leve de um lado para o outro, e também para cima. Teve uma imagem magnífica capaz de dar um jeito em tudo e tentou descrevê-la para Fa, que não estava escutando. Em seguida, só lhe restou a imagem de ter tido uma imagem, o que o deixava furioso. Tentou recuperar a imagem com a voz, que ouviu desconectada do Lok de dentro, rindo e grasnando como um pato. Mas restava uma palavra que era o início da imagem, embora a própria imagem agora lhe escapasse. E ele se agarrou com força àquela palavra. Parou de rir e, num tom muito solene, dirigiu-se a Fa, que ainda cobria o rosto com a pedra aberta.

"Tronco!", disse ele. "Tronco!"

Então Lok se lembrou do mel e, indignado, arrancou a pedra das mãos dela. Assim que seu rosto vermelho emergiu do pote, Fa começou a rir e a falar. Lok segurou o pote como as pessoas novas, e o mel se derramou em seu peito. Contorceu o corpo até postar o rosto debaixo do pote e conseguiu capturar o fio de líquido com a boca. Fa guinchava de rir. Caiu no chão, rolando, e começou a agitar as pernas, estendida de costas, o que provocou uma reação meio desajeitada de Lok e do fogo do mel. Depois os dois se lembraram do pote e se puseram de novo a disputá-lo, discutindo muito. Fa conseguiu beber um pouco, mas o mel teimava em não correr mais. Lok agarrou o pote, brigou com ele, bateu-lhe com os punhos e gritou com ele; mas não havia mais mel. Atirou o pote no chão, furioso, e como uma boca ele se abriu em duas partes. Lok e Fa se atiraram sobre os dois pedaços, agachados, cada qual lambendo e revirando uma das metades para descobrir aonde tinha ido o mel. A cachoeira rugia, na clareira e dentro da cabeça de Lok. As árvores começaram a mover-se mais depressa. Lok se levantou de um salto e descobriu que o chão estava instável como um tronco na água. Chocou-se com uma árvore que passava, tentando fazê-la parar, e então se viu caído de costas, com o céu a girar por cima dele. Virou-se de bruços e começou a levantar-se erguendo primeiro as ancas, oscilando muito, como fazia o mais novo. Fa se arrastava em torno das cinzas da fogueira como uma mariposa de asa queimada. Falava sozinha, sobre as hienas. Na mesma hora, Lok descobriu em si o poder das pessoas novas. Era um deles, não havia nada que não pudesse fazer. Muitos galhos tinham sobrado na clareira, além de toras de lenha que não tinham sido usadas. Lok correu de lado até uma das toras e ordenou que se movesse. Gritava.

"A-ho! A-ho! A-ho!"

O tronco deslizava como as árvores, só que muito devagar. Lok continuou gritando, mas o tronco se recusava a avançar mais depressa. Lok pegou uma vara e usou-a para surrar o tronco, como Tanakil tinha feito com Liku. Teve uma imagem de pessoas dos dois lados do tronco, fazendo força, com a boca muito aberta. E gritou com elas, como o velho.

Fa, de quatro, passou por ele. Deslocava-se com um movimento lento e deliberado, como o da tora e das árvores. Lok deu-lhe uma pancada na anca com a vara, berrando alto. A ponta da vara se partiu e saiu voando até bater nas árvores. Fa deu um guincho e se levantou cambaleante, e Lok errou o alvo quando tentou golpeá-la de novo. Fa se virou de frente para ele e os dois ficaram trocando gritos em meio ao movimento das árvores. Lok viu o tremor do seio direito de Fa quando ela ergueu o braço com a mão espalmada, e aquela palma tinha uma certa importância a que em algum momento ele precisaria dar a devida atenção. Então o lado do seu rosto foi atingido por um raio que reduziu o mundo a um borrão, e em seguida a terra se levantou e atingiu seu flanco direito com uma pancada tremenda. Ficou encostado naquele chão vertical enquanto o lado de seu rosto latejava, desprendendo chamas. Fa, deitada, ora se afastava e ora chegava mais perto. Depois ela o puxou para cima, ou para baixo, ele pisou novamente em terra firme e apoiou-se nela. Choravam e riam juntos, e a cachoeira trovejava enquanto a cabeleira da árvore morta junto à clareira subia mais e mais no céu, só que aumentando sempre de tamanho, em vez de diminuir. Lok começou a sentir medo mas com um certo desapego, sabia que seria bom ficar junto com Fa. Deixou de lado a estranheza e a sonolência da sua cabeça; procurou Fa com os olhos, olhando fixo para o rosto dela, que não parava de se afastar, como a árvore com sua cabeleira cada vez mais alta e distante. As árvores continuavam a deslizar, mas no prumo, como se aquele movimento sempre tivesse feito parte da natureza delas.

Ele falou com ela através dos nevoeiros.

"Eu sou uma das pessoas novas."

O que o fez dançar. Em seguida, saiu caminhando pela clareira com o que entendia como o andar lento e balançado das pessoas novas. Ocorreu-lhe a imagem de que Fa precisaria cortar um dos dedos da mão dele. Percorreu a clareira a passos pesados, tentando encontrá-la para poder dizer-lhe isso. Encontrou-a atrás da árvore perto da beira do rio, e ela estava vomitando. Falou-lhe da velha na água mas ela não entendeu, de modo que preferiu voltar para junto do pote quebrado e lamber os últimos vestígios de mel decomposto que ainda continha. A figura no chão se transformou no velho, e Lok disse a ele que tinha virado mais uma das pessoas novas. Depois sentiu um cansaço imenso, o que fez o chão ficar macio enquanto as imagens em sua cabeça não paravam de rodar. Explicou ao velho que agora precisava voltar para a furna, mas isso lhe lembrou, mesmo zonzo, que não havia mais furna. Começou a emitir seu lamento fúnebre, em voz alta e fluente, o que lhe pareceu muito agradável. Descobriu que as árvores se afastavam umas das outras quando olhava para elas, e só podiam ser convencidas a se reaproximar com um grande esforço que não se dispunha a fazer. De uma hora para outra, só existiam a luz do sol e a voz dos pombos-bravos por cima do ronco surdo da cachoeira. Lok se deitou de costas com os olhos abertos, acompanhando o estranho desenho que os galhos em dobro produziam contra o céu. Seus olhos se fecharam e ele despencou como se caísse de um precipício de sono.

Onze

Fa sacudia Lok.

"Eles estão indo embora."

Duas mãos que não as de Fa apertavam com força a cabeça de Lok, produzindo uma dor inflamada. Ele gemeu e rolou pelo chão para tentar livrar-se delas, que entretanto não o soltaram, apertando cada vez mais até instalar a dor na parte de dentro da sua cabeça.

"As pessoas novas estão indo embora. Estão subindo a encosta com os troncos ocos, quase no terraço."

Lok abriu os olhos e ganiu de dor, pois teve a impressão de que olhava direto para o sol. Água escorria dos seus olhos, ardendo entre as pálpebras. Fa tornou a sacudi-lo. Ele apalpou o chão com as mãos e os pés, e ergueu um pouco o corpo. Seu estômago se contraiu e na mesma hora ele vomitou. Seu estômago tinha vida própria; subiu formando um nó duro e não quis mais saber daquela coisa maligna com cheiro de mel, que expeliu. Fa estava falando ao lado do ombro de Lok.

"Meu estômago também passou mal."

Ele tornou a virar-se, fazendo um grande esforço para se acocorar sem abrir os olhos. Sentia o calor do sol queimando um dos lados do rosto.

"Eles estão indo embora. Precisamos pegar de volta o menor de todos."

Lok forçou seus olhos a se abrirem e espiou cautelosamente por entre as pálpebras quase grudadas para ver o que havia acontecido com o mundo. Estava muito mais claro. A terra e as árvores eram feitas só de cor, e oscilavam, o que o fez tornar a fechar os olhos.

"Estou passando mal."

Por algum tempo ela não disse nada. Lok descobriu que as mãos que esmagavam sua cabeça estavam dentro dela, apertando com tanta força que sentia o sangue pulsar no cérebro. Abriu os olhos, piscando muito, e o mundo se aquietou um pouco. As cores continuavam berrantes, mas pararam de oscilar. À sua frente, a terra era de um marrom vivo e avermelhado, as árvores eram de um verde prateado e os galhos estavam cobertos de jorros de fogo verde. Ficou ali agachado, piscando os olhos, apalpando o rosto sensível enquanto Fa não parava de falar.

"Eu passei mal e você não acordava. Fui espiar as pessoas novas. Os troncos ocos estão subindo a encosta. E as pessoas novas estão com medo. Com o jeito e o andar de quem está com medo. Fazem força, suando muito, sempre olhando para trás na direção da floresta. Mas não tem perigo nenhum na floresta. Estão com medo do ar, onde não tem nada. Agora precisamos ir lá pegar o mais novo."

Lok apoiou as mãos na terra, uma de cada lado do corpo. O céu estava muito claro e o mundo explodia em cores, mas ainda era o mundo que ele conhecia.

"Precisamos ir lá pegar Liku."

Fa se levantou e saiu correndo ao redor da clareira. Voltou e olhou para Lok, agachado a seus pés. Ele se levantou com cuidado.

"Fa está dizendo 'Faça isso!'."

Lok ficou esperando, obediente. Mal tinha desaparecido da sua cabeça.

"A imagem é assim. Lok sobe pelo caminho do desfiladeiro, por onde as pessoas não conseguem ver. Fa dá a volta por trás e aparece na montanha, acima das pessoas. Eles vêm atrás. Os homens vêm atrás. Aí Lok tira o mais novo da mulher gorda e sai correndo."

Ela o segurou pelos braços e olhou para seu rosto com ar de súplica.

"Vamos ter uma fogueira de novo. E eu vou ter filhos."

Uma imagem ocorreu à cabeça de Lok.

"Vou fazer o que você diz", declarou ele com firmeza. "E assim que eu avistar Liku pego ela também."

No rosto de Fa, não pela primeira vez, surgiram coisas que ele não entendia.

Separaram-se ao pé da encosta, onde os arbustos ainda impediam as pessoas novas de vê-los. Lok rumou para a direita e Fa saiu correndo pela orla da floresta a fim de descrever um grande círculo contornando a montanha. Quando Lok olhou para trás ainda a viu, arruivada como um esquilo, correndo quase o tempo todo tanto com as mãos quanto com os pés, ao abrigo das árvores. Começou a escalada, atento para o som de vozes. Chegou à trilha acima do desfiladeiro, com a cachoeira trovejando à sua frente. Agora, tinha muito mais água caindo. O som que vinha da bacia ao pé da queda era um estrondo mais profundo, e a fumaça que se erguia de lá cobria a ilha quase inteira. A cortina da água que desabava desdobrava-se em meadas leitosas, enovelando-se numa substância cremosa difícil de distinguir dos respingos e da névoa que se elevavam no ar junto à queda. Além da ilha, Lok viu árvores imensas, com toda a folhagem de primavera, que a enxurrada arrastava até a cachoeira. Desapareciam em meio aos borrifos de água e depois ressurgiam mais abaixo, quebradas e tortas na água do rio, movendo-se aos arrancos como se a mão de um gigante as sacudisse por baixo. Mas do lado de cá da ilha nenhuma árvore passava; só uma abundância interminável de água reluzente e leite cremoso despencando em meio ao estrondo e à fumaça branca impelida pelo vento.

Então, por cima de todo o trovejar da água, Lok escutou as vozes das pessoas novas. Estavam à sua direita, encobertas pela parede alta de pedra onde antes se prendia a mulher de gelo. Parou e ficou ouvindo os gritos que trocavam as pessoas novas.

Ali, com tantas visões familiares à sua volta, com a história da sua gente ainda pairando em meio às pedras, sua infelicidade retornou com uma força renovada. O mel não tinha matado a infelicidade, só a fizera adormecer por algum tempo, mas agora ela voltava mais intensa. Lok gemeu para o vazio e teve um forte sentimento por Fa, do outro lado da montanha. Liku também devia estar em algum lugar no meio das pessoas novas, e a saudade que sentiu de uma das duas, ou de ambas, tornou-se urgente. Começou a escalar a fenda onde antes se prendia a mulher de gelo, e os sons das pessoas novas ficaram mais altos. Em seguida, estendeu-se à beira do desfiladeiro, de onde avistava um bom trecho de terra, relva pisada e arbustos reduzidos a tocos.

Mais uma vez, as pessoas novas lhe apresentavam uma cena sem precedentes. Usavam troncos e toras de uma forma incompreensível. Alguns estavam cravados entre as pedras, com outros apoiados neles de través. Os sulcos abertos na terra da encosta levavam diretamente ao terraço, e Lok entendeu que o primeiro tronco oco já teria chegado à altura da furna. Agora as pessoas estavam às voltas com o outro, que apontava para o alto da encosta em meio aos troncos cravados na pedra. Tiras grossas de pele torcida partiam dele. Havia uma tora horizontal logo atrás do tronco oco, escorada mais ou menos na metade num afloramento de pedra; na outra ponta, curvava-se ao peso de uma pedra imensa pronta para descer a ladeira. Sob os olhos de Lok, o velho puxou uma tira de pele torcida e a pedra grande se desprendeu. Seu peso fez a tora escorada deslocar-se ladeira abaixo, e o tronco oco deslizou no sentido oposto, rumo ao terraço. Depois de fazer seu trabalho, a pedra continuou a descer rolando até a floresta, aos solavancos. Tuami já tinha encaixado uma pedra menor bem atrás do tronco oco, e as pessoas novas gritavam. Não havia mais pedras grandes entre o tronco oco e o terraço, e agora o trabalho da pedra cabia às pessoas. Agarraram o tronco oco e o puxavam para cima. O velho, de pé ao lado delas, trazia uma cobra morta pendendo da mão direita. Começou a gritar — a-ho! — e as pessoas faziam força, crispando o rosto. O velho ergueu a cobra no ar e bateu com ela nas costas trêmulas. O tronco oco avançava.

Lok levou algum tempo até se dar conta das outras pessoas. A mulher gorda não fazia força. Estava de pé, a meio caminho entre Lok e o tronco oco, com o mais novo no colo. E agora Lok entendeu o que Fa tinha dito sobre o medo das pessoas novas, pois a mulher gorda olhava em volta o tempo todo, com o rosto ainda mais pálido do que na clareira. Tanakil estava de pé ao lado dela, parcialmente encoberta. Como se agora abrisse os olhos, Lok percebeu que todo o esforço frenético para empurrar o tronco oco até o alto era intensificado pelo medo. As pessoas até aceitavam a cobra morta, à condição de que extraísse de seus corpos, já tão magros, a força que eles próprios não sabiam como invocar. Uma pressa histérica marcava os esforços de Tuami e a voz gritada do velho. As pessoas batiam em retirada encosta acima como se em seu encalço houvesse gatos de presas implacáveis, como se o próprio rio corresse numa enxurrada morro acima. Mas o rio continuava em seu leito, e a encosta estava deserta, tirando as pessoas novas.

"Estão com medo do ar."

Cabeça-de-Pinheiro deu um grito e escorregou, e na mesma hora Tuami tornou a encaixar a pedra atrás do tronco oco. As pessoas se reuniram ao redor de Cabeça-de-Pinheiro, tagarelando, e o velho brandiu a sua cobra. Tuami apontava para o alto da montanha. Abaixou-se, e uma pedra atingiu com estrondo um dos flancos do tronco oco. A tagarelagem transformou-se em gritos. Tuami, inclinado para trás com toda a força, sustentava por uma única tira de pele o tronco oco que escorregava de lado. Prendeu a tira de pele numa pedra e os homens se enfileiraram de frente para o alto da montanha. Fa estava visível, uma pequena figura arruivada dançando na pedra bem acima deles. Lok a viu erguer de novo o braço, e mais uma pedra passou zunindo pela fileira de homens. Eles curvaram as suas varas e as deixaram endireitar-se de repente. Lok acompanhou o voo das varetas pedra acima, vendo-as hesitar na subida bem antes da altura onde Fa estava, fazer a volta no ar e começar a cair. Mais uma pedra se chocou com o rochedo ao lado do tronco, e a mulher gorda veio correndo na direção do desfiladeiro onde estava Lok. Parou e se virou para voltar, mas Tanakil continuou vindo, até bem perto da borda.

Viu Lok e deu um grito agudo. Ele se levantou e agarrou a menina antes que a mulher gorda tivesse tempo de virar-se de novo. Segurou Tanakil pelos braços finos e dirigiu-se a ela em tom urgente.

"Cadê Liku? Me diga, cadê Liku?"

Ao som do nome de Liku, Tanakil começou a debater-se e gritar, como se tivesse caído em águas profundas. A mulher gorda gritava também, e o mais novo subiu no seu ombro. O velho corria ao longo da beira do desfiladeiro. Casca-de-Castanha também se aproximava, vindo da direção do tronco oco. Corria direto para Lok, mostrando os dentes. Seus gritos e seus dentes deixaram Lok apavorado. Ele soltou Tanakil, que fez meia-volta para longe dele. O pé da menina atingiu o joelho de Casca-de-Castanha bem na hora em que este se atirava sobre Lok. Ele levantou voo, passou por Lok no ar, dando um gemido baixo, e despencou do alto do desfiladeiro. Seu movimento acompanhava a curva sutil do declive, de maneira que dava a impressão de deslizar de barriga, nunca a mais de um palmo da pedra, com a qual entretanto não se chocou em momento algum. Desapareceu sem deixar nem um grito atrás de si. O velho atirou uma vara em Lok, que se desviou ao ver a pedra afiada presa na ponta. Em seguida, saiu correndo entre a mulher gorda de boca aberta e Tanakil, estirada de costas no chão. Os homens que tinham atirado as varetas em Fa viraram-se para Lok. Ele corria em alta velocidade atravessando a encosta e tropeçou na tira de pele que sustentava o tronco oco. Continuou a correr mesmo assim, e a tira, antes de partir-se, esfolou a maior parte da sua canela. O tronco oco pôs-se a deslizar morro abaixo. As pessoas novas pararam de acompanhar Lok, desviando a atenção para o tronco oco, e Lok virou a cabeça para trás a fim de ver o que olhavam. O tronco oco ganhava velocidade, primeiro apoiado em dois rolos, que contudo em pouco tempo deixaram de ser necessários. O tronco decolou da encosta no ponto onde a descida se tornava mais íngreme, e voou pelo ar. A ponta traseira chocou-se com uma projeção de pedra e o tronco oco se dividiu em dois no sentido do comprimento. As duas metades continuaram a cair, rodopiando no ar até se espatifarem na floresta. Lok pulou para dentro de uma ravina e perdeu as pessoas de vista.

Viu Fa chegar aos saltos à entrada da ravina e correu para ela o mais depressa que podia. Os homens avançavam pelas pedras com suas varas curvas, mas antes ele chegou a Fa. E já se preparavam para continuar subindo quando os homens pararam de persegui-los, pois o velho gritava com eles. Mesmo sem saber o que as palavras diziam, Lok entendeu os gestos. Os homens desceram correndo a encosta de pedra e desapareceram.

Os dentes de Fa também estavam à mostra.

Aproximou-se de Lok agitando os braços, e ainda trazia uma pedra afiada numa das mãos.

"Por que você não pegou o mais novo?"

Lok ergueu as mãos num gesto defensivo.

"Fui perguntar por Liku. Perguntei a Tanakil."

Fa baixou os braços devagar.

"Venha!"

O sol baixava na direção da garganta entre as montanhas, produzindo um torvelinho de dourados e vermelhos. As pessoas novas corriam pelo terraço enquanto Fa e Lok subiam até o paredão de pedra acima da furna. As pessoas novas tinham levado o tronco oco até a extremidade do terraço oposta à cachoeira e tentavam passar com ele para além dos troncos entalados pelos quais Lok e Fa tinham atravessado para a ilha. O tronco oco escorregou do terraço e pousou na água, no meio dos troncos entalados. Os homens empurravam os troncos tentando fazê-los chegar ao outro lado das pedras, de onde a água os arrastaria para a cachoeira. Fa saiu correndo pela pedra.

"Vão levar o mais novo com eles."

Começou a descer o paredão íngreme, ao mesmo tempo que o sol mergulhava na garganta entre as montanhas. O vermelho se espalhava acima dos picos, e as mulheres de gelo se incendiaram. Lok deu um grito e Fa parou, olhando para a água. Uma árvore descia a correnteza na direção da barreira de troncos entalados: não era só uma tora ou um simples galho, mas uma árvore inteira, arrancada de alguma floresta além do horizonte. Vinha pelo lado de cá da garganta, com uma vasta ramagem coberta de brotos de folha, um tronco gigantesco em parte submerso e raízes que se expandiam acima da água, carregando entre elas terra suficiente para servir de apoio a uma fogueira para todas as pessoas do mundo. À medida que a árvore aparecia, o velho começou a berrar e a dançar. As mulheres ergueram os olhos dos fardos que vinham atirando no tronco oco, e os homens correram para longe dos troncos entalados no rio. As raízes atingiram a barreira, e fragmentos de tronco levantaram voo, ou se ergueram devagar. Prenderam-se nas raízes e ali ficaram. A árvore parou de descer o rio e se deslocou para um dos lados até se estender ao longo do desfiladeiro além do terraço. Agora, era um emaranhado de troncos que se espalhava entre o tronco oco e a água aberta, como uma imensa barreira de espinhos. Os troncos entalados se transformaram numa barreira intransponível.

O velho parou de gritar. Correu até um dos fardos, que começou a abrir. Gritou com Tuami que saiu correndo, puxando Tanakil pela mão. Os três se aproximavam pelo terraço.

"Depressa!"

Fa desceu correndo o paredão até a passagem estreita que dava para o terraço e a furna. Enquanto corria, gritou para Lok:

"Vamos pegar Tanakil. Aí eles devolvem o mais novo."

Mas a pedra estava diferente. As cores que encharcaram o mundo quando Lok acordou do sono do mel estavam mais intensas e mais vivas. Ele tinha a impressão de correr e saltar em meio a uma enchente de ar vermelho, e as sombras atrás das pedras eram malva. Desceu a encosta aos saltos.

Juntos, ele e Fa pararam e se agacharam na entrada do terraço. O rio corria carmesim, com lampejos dourados. As montanhas do outro lado do rio tinham ficado tão escuras que Lok precisou olhar com muita atenção antes de perceber que sua cor era um azul profundo. Os troncos entalados, a árvore imensa e as figuras que se esforçavam febrilmente nas proximidades eram todos pretos. Mas o terraço e a furna continuavam bem iluminados pela luz vermelha. O cervo dançava de novo, na rampa de terra que subia até a furna, virado para o local onde Mal tinha morrido, em frente ao vão nas pedras do lado direito. Destacava-se negro contra o fogo onde o sol mergulhava e, em seus movimentos, manipulava longos raios de luz do sol que ofuscavam o olho. Tuami trabalhava na furna, espalhando cor numa forma que se erguia entre os dois vãos na pedra, encostada no pilar. Tanakil também estava lá, uma silhueta pequena, magra e negra agachada onde antes ficava a fogueira.

Da outra ponta do terraço, ouvia-se um som ritmado: "Clop! clop!" Dois dos homens cortavam o tronco que Lok tinha entalado nas pedras. O sol enterrou-se em nuvens, o vermelho jorrou para o alto do céu e as montanhas enegreceram.

O cervo bramiu. Tuami saiu correndo da furna na direção dos troncos entalados, onde os homens trabalhavam, e Tanakil começou a gritar. As nuvens se aglomeravam à frente do sol, e o vermelho perdeu a pressão, parecendo pairar na garganta entre as montanhas como uma água muito rala. Agora o cervo também descia aos saltos na direção dos troncos entalados, e os homens continuavam a batalhar com o tronco oco, agitados como besouros no corpo de um pássaro morto.

Lok saiu correndo; os gritos de Tanakil ecoavam os gritos de Liku atravessando o rio, e o deixaram com medo. Ficou parado na entrada da furna, balbuciando palavras sem nexo.

"Onde está Liku? O que vocês fizeram com Liku?"

O corpo de Tanakil se retesou, depois arqueou-se e ela revirou os olhos. Parou de gritar e caiu estirada de costas, com sangue entre os dentes expostos. Fa e Lok se agacharam à frente dela.

A furna tinha mudado, como todo o resto. Tuami tinha produzido uma figura para o velho, e ela se erguia olhando para eles, encostada no pilar. Podiam ver como tinha trabalhado com uma urgência furiosa, pois a figura estava borrada e não preenchida com cuidado, como as figuras da clareira. Era uma espécie de homem. Seus braços e pernas estavam dobrados, como se saltasse para a frente, e tinha a mesma cor vermelha da água do rio pouco antes. Cabelos se espalhavam para todos os lados da sua cabeça, como o cabelo arrepiado do velho quando ele sentia raiva ou medo. O rosto era um borrão de barro, mas ainda exibia seixos olhando cegos para o mundo. O velho tinha tirado os dentes que trazia ao pescoço, enfiando-os no rosto e completando a boca com os dois dentes longos de gato que trazia nas orelhas. Uma estaca fora cravada numa fenda da pedra, na altura do peito da criatura, com uma tira de pele amarrada a ela; na outra ponta da tira, estava presa Tanakil.

Fa começou a fazer sons. Não eram palavras nem gritos. Começou a puxar a vara cravada na pedra, mas ela não se soltava, pois a ponta se esbagaçara ao ser enfiada na fenda por Tuami. Lok a empurrou para um lado e puxou com toda a força, mas a vara continuava firme. A luz vermelha se elevava da água, e a furna se enchia de sombras, em meio às quais a criatura exibia seus olhos fixos e seus dentes arreganhados.

"Puxe!"

Lok se pendurou na estaca com todo o seu peso e sentiu que ela cedia. Ergueu os pés, que apoiou na barriga vermelha da figura, e puxou até sentir os músculos doerem. A própria montanha lhe deu a impressão de que se deslocava, e a figura pareceu mover-se, na intenção de agarrar Lok com os braços. Então a vara se desprendeu da fenda num arranco e Lok saiu rolando com ela pelo chão.

"Traga a menina, depressa."

Lok se pôs de pé como pôde, pegou Tanakil e saiu correndo atrás de Fa pelo terraço. Ouviram gritos das figuras próximas ao tronco oco, e um estrondo produzido pelos troncos entalados. A árvore recomeçava a avançar, e os outros troncos se debatiam na água como as pernas de um gigante. A mulher de rosto enrugado lutava com Tuami na pedra, ao lado do tronco oco; conseguiu desprender-se dele e veio correndo na direção de Lok. Havia movimento por toda parte, gritos, uma agitação demoníaca; o velho avançava por cima dos troncos que rodopiavam. E arremessou alguma coisa que atingiu Fa. Os caçadores seguravam o tronco oco junto ao terraço, e a copa da árvore, com todo o peso de sua ramagem e de suas folhas encharcadas, retomava seu avanço rio abaixo, passando ao lado deles. A mulher gorda se estendeu no tronco oco, a mulher enrugada entrou nele com Tanakil, o velho subiu na ponta de trás. Os galhos começaram a partir-se, arranhando a pedra com um guincho agonizante. Fa, sentada ao lado da água, segurava a cabeça. E foi colhida pelos galhos. Eles a arrastaram água adentro, enquanto o tronco oco desencostava da pedra e começava a se afastar. A árvore foi levada pela correnteza com Fa inerte entre os galhos. Lok começou a balbuciar coisas sem nexo, muito depressa. Corria pelo terraço de um lado para o outro. Mas a árvore não cedeu a súplicas ou argumentos. Avançou até bem perto da queda e começou a girar até ficar atravessada na beira da cachoeira. A água se avolumava contra o tronco, empurrando com toda força, e as raízes cederam primeiro. A árvore inteira ainda pendeu imóvel por um instante, com a copa virada rio acima. Muito devagar, as raízes começaram a cair enquanto a copa se erguia bem alto. Então a árvore deslizou para a frente sem ruído e despencou na cachoeira.

A criatura avermelhada ficou parada, sem ação, à beira do terraço de pedra. O tronco oco era um ponto escuro na água, seguindo na direção onde o sol tinha sumido. O ar na garganta entre as montanhas estava claro, azul e calmo. Não se ouvia som algum além do ronco da cachoeira, pois não havia vento e o céu verde estava limpo. A criatura avermelhada se deslocou para a direita e avançou trotando devagar até a extremidade oposta do terraço. A água descia em cascata pelas pedras além do terraço, vinda do gelo que se derretia nas montanhas. O rio estava cheio e com a superfície lisa, alagando a borda do terraço. Longas cicatrizes podiam ser vistas na terra e na pedra da margem, deixadas pelos galhos de uma árvore arrastada pelas águas. A criatura avermelhada voltou trotando até uma cavidade escura no flanco do penhasco, onde havia indícios de ocupação. Olhou para a outra figura, agora sem cor, que lhe mostrava os dentes do fundo da cova de pedra. Depois virou-se e saiu correndo pela passagem estreita que ligava o terraço de pedra à encosta da montanha. Parou, passando em revista as cicatrizes na terra, os rolos abandonados e as cordas partidas. Tornou a virar-se, contornou uma saliência de pedra em forma de ombro e enveredou de lado por uma trilha quase imperceptível que contornava o alto do desfiladeiro de pedra. No começo caminhava de lado pela trilha, agachado, usando os longos braços que encostava na pedra e lhe davam um apoio quase tão firme quanto o das pernas. Olhava para baixo na direção das águas trovejantes, mas só avistava as colunas de névoa reluzente erguendo-se da concavidade que a água escavara na pedra. Começou a deslocar-se mais depressa e prorrompeu num estranho galope em que sua cabeça meneava verticalmente, e os braços se alternavam no apoio como as patas dianteiras de um cavalo. Parou no final da trilha e olhou para baixo, fitando os longos pendões das plantas aquáticas que tremulavam debaixo d'água. Estendeu uma das mãos e coçou a área debaixo de sua boca sem queixo. Uma árvore se via mais além, num braço luminoso e distante do rio, uma árvore com vasta folhagem que girava e girava em torno do próprio eixo enquanto a correnteza a impelia para o mar. A criatura avermelhada, agora tingida de azul e cinza pela noite que caía, desceu a encosta ainda a galope e enveredou pela floresta. Seguia uma trilha larga e cortada de sulcos, como uma estrada de carroça, até chegar a uma clareira ao lado do rio, ao pé de uma árvore morta. Esquadrinhou a margem do rio, subiu na árvore morta e, afastando folhas de hera, examinou as águas do rio à procura da árvore arrastada. Depois desceu e saiu correndo por uma trilha que acompanhava o rio pelo meio dos arbustos, até chegar a uma extensão de água que barrava seu caminho. Ali parou, depois começou a correr de um lado para o outro à beira da água. Agarrou o galho imenso que pendia de uma faia e começou a empurrá-lo para um lado e para o outro até ficar com a respiração acelerada e irregular. Correu de volta até a clareira e começou a circular por ela, em meio aos ramos de espinheiro acumulados em pilhas. Não produzia som algum. As estrelas começavam a despontar e o céu não estava mais verde, mas azul-escuro. Uma coruja-branca sobrevoou a clareira rumo ao seu ninho em meio às árvores da ilha do outro lado do rio. A criatura parou e contemplou algumas manchas no chão, ao lado do que tinha sido uma fogueira.

Agora que a luz do sol tinha sumido por completo, sem emitir sequer uma luz muito enviesada de algum ponto abaixo do horizonte, a lua se apoderou do céu. Sombras começavam a se definir, lançando-se de cada uma das árvores e perdendo-se emaranhadas nas outras atrás do mato baixo. A criatura avermelhada começou a farejar em torno da fogueira. Com o peso apoiado nos nós dos dedos das mãos, quase encostava o nariz na terra. Um rato-d'água que voltava para o rio viu a criatura de quatro patas e saiu correndo de lado para refugiar-se debaixo de um arbusto. A criatura se deteve entre as cinzas da fogueira e a floresta. Fechou os olhos, aspirando o ar muito depressa. Começou a revolver a terra, sempre com o nariz atento. Na terra revirada, a pata dianteira direita recolheu um osso, pequeno e branco.

A criatura endireitou o corpo e se pôs de pé, olhando não para o osso mas para um ponto mais à sua frente. Era uma criatura estranha, de porte curvado e mais para pequeno. As pernas e as coxas eram tortas, e trazia imensos tufos de pelos na face externa das pernas e dos braços. As costas eram altas, os ombros cobertos de pelos encaracolados. Seus pés e mãos eram largos e chatos, e o dedo maior do pé projetava-se para dentro, apto à preensão. As mãos, quadradas, pendiam até a altura dos joelhos. A cabeça projetava-se um pouco para a frente no alto do pescoço forte, que parecia brotar diretamente das mechas de pelos que cresciam debaixo dos lábios. A boca era larga e macia, e acima dos pelos do lábio superior as narinas largas abriam-se como um par de asas. O nariz não tinha arcada, e a sombra projetada pelas sobrancelhas proeminentes caía pouco acima da sua ponta. As sombras mais escuras se concentravam nas cavernas acima das faces, onde os olhos estavam invisíveis. Acima do sobrolho, a testa era uma estreita faixa reta de onde cresciam os cabelos; e dali para cima não havia mais nada.

A criatura se pôs de pé, e os salpicos de luz da lua deslocaram-se sobre o seu corpo. As cavidades dos olhos não fitavam o osso, mas um ponto próximo ao rio. E agora a perna direita entrou em ação. Toda a atenção da criatura parecia concentrar-se na perna, e o pé começou a revolver e esquadrinhar a terra, como se fosse outra mão. O dedo maior sondou, depois agarrou e prendeu junto aos outros um objeto quase totalmente imerso no solo calcinado. O pé se levantou, a perna se dobrou e entregou um objeto à mão estendida. A cabeça abaixou-se um pouco, o olhar se aproximou, desligando-se do ponto invisível, e examinou o que estava na mão. Era uma raiz, velha e apodrecida, gasta nas duas pontas mas preservando os contornos exagerados de um corpo feminino.

A criatura tornou a olhar na direção da água. Tinha as duas mãos ocupadas e a faixa de sua testa reluzia ao luar, acima das cavernas que ocultavam seus olhos. Um brilho escorreu pelas suas faces e pelos lábios grossos, e um zigue-zague de luz ficou retido, como um fio branco, em cada cacho de seus pelos. Mas as cavernas continuavam às escuras, como se a cabeça fosse um crânio vazio.

Pela imobilidade da criatura, o rato-d'água concluiu que não representava nenhum perigo. Saiu correndo de debaixo do arbusto e começou a atravessar o espaço aberto; ignorando a criatura silenciosa, ocupado em encontrar alguma coisa para comer.

Agora uma luz surgiu em cada uma das cavernas, luzes atenuadas como o brilho das estrelas refletido nos cristais de um paredão de granito. Ganharam intensidade e definição, ficaram mais brilhantes e cada uma se deteve, cintilando, na borda inferior de sua caverna. De repente, sem qualquer ruído, as luzes se transformaram em crescentes delgados e se apagaram, enquanto um filete reluzia em cada face da criatura. As luzes reapareceram, retidas pelas mechas prateadas da barba.

Ali penderam, alongando-se e descendo de mecha em mecha antes de se acumular na ponta inferior de cada uma. Os filetes nas faces pulsavam a cada gota que deslizava por eles, e uma gota maior foi inchando na extremidade de um pelo da barba, trêmula e brilhante. Desprendeu-se e caiu num lampejo de prata, produzindo um baque seco contra uma folha desbotada. O rato-d'água saiu correndo e mergulhou no rio.

Furtivamente, o luar deslocava as sombras azuis. A criatura ergueu o pé direito e deu um passo hesitante. Cambaleando, descreveu um semicírculo até chegar à abertura entre os ramos de espinheiro onde começava a trilha mais larga. Saiu correndo pela trilha, azul e cinza ao luar. Avançava devagar, penosamente, meneando muito a cabeça para cima e para baixo. Começou a mancar. Quando chegou à encosta que levava ao alto da cachoeira, andava de quatro.

No terraço, a criatura começou a mover-se mais depressa. Correu até a extremidade oposta, no ponto onde a água cascateava descendo do gelo. Virou-se, deu meia-volta e rastejou de quatro até a cavidade onde estava a outra figura. A criatura tentou deslocar a pedra que cobria um montículo de terra, mas não teve forças para movê-la. Finalmente desistiu e, de rastros pela cova, foi até os restos de uma fogueira. Chegou bem perto das cinzas e se deitou de lado. Encolheu as pernas, encostando os joelhos no peito. Dobrou as mãos debaixo do rosto e ficou imóvel. A raiz torta e gasta estava à frente do seu rosto. Não produzia som algum. Parecia transformar-se na terra, entregando a carne tenra do seu corpo a um contato tão íntimo com ela que aos poucos foi fazendo parar seu fôlego e seu pulso.

Olhos iguais a fagulhas verdes reluziram acima da cova, e cães cinzentos desceram o paredão com cuidado, quase escorregando pela pedra, em meio às sombras produzidas pela lua. Pularam para o terraço e se aproximaram da furna. Farejaram curiosos e com cautela a terra à frente da abertura, mas não se atreveram a chegar mais perto. Aos poucos, a procissão das estrelas foi mergulhando atrás da montanha, enquanto a noite minguava. Uma luz pardacenta surgiu no terraço junto com a brisa matinal que soprava da garganta entre as montanhas. As cinzas da fogueira se agitaram, subiram no ar, formaram um redemoinho e se espalharam sobre o corpo imóvel. As hienas continuavam sentadas, ofegando depressa com as línguas pendentes.

O céu acima do mar ficou rosa, depois dourado. Ressurgiram a luz e a cor. Duas formas avermelhadas se viam, uma de pé na pedra, com os olhos muito abertos, e a outra aplastada na terra, em tons de areia, pardo e vermelho fosco. A água do degelo aumentava de volume, cintilando na curva de sua longa queda na garganta. As hienas levantaram as ancas da terra, separaram-se e começaram a avançar para o interior da cavidade na pedra, cada uma por um lado. As coroas de gelo das montanhas reluziam. Davam boas-vindas ao sol. Ouviu-se um fortíssimo e súbito estouro que espantou as hienas trêmulas de volta para o alto do penhasco. A explosão encobriu os sons da água, rolou pelas montanhas, ecoando de paredão em paredão antes de se espalhar pelas florestas banhadas de sol num emaranhado de vibrações que se estendeu até o mar.

Doze

Tuami viajava na popa da canoa, o remo de guia preso debaixo do braço esquerdo. A luz era farta, e as manchas de sal não pareciam mais furos na vela de couro. Pensou com amargura na grande vela quadrada que tinham largado dobrada na loucura daquela última hora nas montanhas; pois com ela, e o vento regular que soprava pela garganta, não precisaria ter vivido tantas horas de tensão. Não teria passado a noite inteira sem saber se a correnteza conseguiria ou não sobrepujar o vento e puxá-los de volta para a cachoeira enquanto todos, ou pelo menos as pessoas que restavam, dormiam seu sono exausto. Mas continuaram avançando, e os paredões de pedra recuaram até o lago ficar tão vasto que Tuami não conseguia mais enxergar algum ponto que lhe permitisse avaliar o quanto tinham viajado, e tentava adivinhar onde estariam, com as altas montanhas às margens da água lisa e os olhos vermelhos lacrimejando de esforço. Mudou um pouco de posição, porque o fundo arredondado da canoa era duro e a proteção de couro que tantos pilotos anteriores tinham transformado num assento confortável se perdera na encosta entre a floresta e o terraço de pedra. Sentia a leve pressão que o punho do remo transmitia a seu antebraço e sabia que, deixando a mão pender para fora da borda, a água iria borbulhar contra a sua palma e subir contornando o seu pulso. Os dois riscos escuros que se afastavam dos dois lados da proa não formavam um ângulo agudo, mas eram quase perpendiculares à linha do barco. Se o vento mudasse ou parasse de soprar, pouco a pouco esses riscos se adiantariam mais e mais até desaparecerem, enquanto a pressão no remo se afrouxaria e o barco começaria a deslizar de ré, no rumo das montanhas.

Tuami fechou os olhos e, exausto, passou a mão na testa. Se o vento parasse, precisariam remar até uma das margens com as forças que lhes restavam, antes que a correnteza os arrastasse de volta rio abaixo. Recolheu a mão com um arranco e olhou para a vela. Estava enfunada mas tremia, e os cabos duplos que vinham dela para as cavilhas de amarração de popa não estavam esticados, balançando de um lado para o outro e de cima para baixo. Olhou para as muitas milhas de água cinzenta que agora enxergava à sua frente e viu um monstro que passava na corrente, menos de meia amarra a estibordo, as raízes em riste acima da água como as presas de um mamute. Deslizava na direção da cachoeira e dos demônios da floresta. A canoa continuava avançando, enquanto o vento não parasse. Tuami tentou fazer um cálculo de cabeça envolvendo a correnteza, o vento e a canoa, mas não conseguiu chegar a conclusão alguma.

Sacudiu-se, irritado, e ondulações paralelas se sucederam pela água a partir dos flancos do barco. Um vento razoável, uma boa margem de manobra e muita água a toda a volta — o que mais um homem podia querer? As extensas nuvens que se revelavam sólidas de um lado e de outro eram morros cobertos de árvores. Bem à frente, abaixo da borda da vela, pareciam estender-se terras baixas, planícies talvez, onde poderiam caçar em campo aberto, sem precisar tropeçar entre as árvores ou percorrer extensões de pedra infestadas de monstros. O que mais um homem podia querer?

Ainda assim, o quadro era de confusão. Pousou os olhos no dorso da mão esquerda, tentando pensar. Tinha contado que a luz do sol fosse restaurar a sanidade e a condição humana que pareciam tê-los abandonado; mas a alvorada chegou, passou, e continuavam os mesmos de antes naquele desfiladeiro entre as montanhas: acossados, atormentados, dominados como ele por uma estranha aflição irracional ou, como os demais, vazios, prostrados e desamparados em seu sono. O transporte por terra dos barcos — ou melhor dizendo do único barco, agora que o outro se perdera — da floresta ao alto da cachoeira parecia tê-los feito chegar a um outro nível não só do relevo local como de experiência e emoção. O mundo em toda volta daquele barco que vogava lento era sombrio em plena luz: desarmônico, sujo, sem saída.

Deslocou o remo na água e os cabos se encresparam. A vela emitiu um aviso sonolento e depois tornou a enfunar-se. Talvez, se arrumassem o interior do barco, acomodassem melhor a carga... Para avaliar o tamanho da tarefa, ou para fixar-se em alguma coisa exterior à sua mente, Tuami passou em revista o casco da canoa.

Os fardos continuavam no lugar onde tinham sido atirados pelas mulheres. Os dois acomodados a bombordo, a meio comprimento da canoa, formavam uma tenda para Vivani — embora com sua teimosia habitual ela preferisse um abrigo de folhas e ramos. Debaixo deles vinha um feixe de lanças que estavam se estragando, porque Bata dormia de bruços em cima delas. As hastes estariam tortas ou rachadas, e as pontas de sílex partidas. A estibordo se via um amontoado de peles que não teriam muita utilidade para ninguém, mas que as mulheres tinham jogado dentro do barco no lugar da vela. Um dos potes vazios estava quebrado, e o outro, deitado, trazia a rolha de barro ainda no lugar. Teriam pouco para beber além de água. Vivani dormia enrodilhada nas peles inúteis — teria mandado as mulheres embarcarem as peles para o seu conforto, sem dar importância à preciosa vela da canoa? Era assim que ela fazia. Agora estava coberta com uma pele magnífica, a pele de urso da caverna que tinha custado duas vidas, o preço que seu primeiro homem pagara por ela. Que importância tinha uma vela, perguntou-se Tuami em tom amargo, quando o conforto de Vivani estava em jogo? Marlan, na idade que tinha, era um idiota por ter fugido com ela, encantado com o ânimo e a inteligência da mulher, seu riso e seu incrível corpo branco! E como fomos todos idiotas de vir atrás dele, forçados pela sua mágica ou, pelo menos, por alguma compulsão sem nome! Olhou para Marlan com ódio e pensou no punhal de marfim cuja ponta vinha afiando aos poucos. Marlan estava sentado de frente para a popa, com as pernas esticadas no fundo da canoa e a cabeça apoiada no mastro. Tinha a boca aberta, e seus cabelos e sua barba lembravam uma moita cinzenta. À luz cada vez mais intensa, Tuami viu como a força o havia deixado. Antes já tinha rugas dos dois lados da boca, sulcos profundos que desciam a partir das narinas, mas agora o rosto enrugado estava bem mais fino sob seus cabelos. A cabeça pendente e o queixo arriado para o lado eram sinais de exaustão absoluta. Não falta muito, pensou Tuami: quando chegarmos a salvo em algum lugar, longe da terra dos demônios, hei de ter a coragem de usar a ponta de marfim.

Ainda assim, olhar para o rosto de Marlan e planejar matá-lo era assustador. Tuami desviou os olhos, contemplou de passagem os corpos aglomerados na proa além do mastro, depois olhou para baixo, junto aos seus pés. Tanakil viajava ali, estendida de costas. Não estava esgotada como Marlan, com a vida à míngua; padecia antes de um excesso de vida, uma vida nova que não lhe era própria. Não se mexia muito, e sua respiração rápida fazia estremecer uma crosta estreita de sangue seco que pendia de seu lábio inferior. Seus olhos não estavam adormecidos nem despertos. Agora que Tuami podia vê-los com clareza, constatou que neles a noite não tinha acabado, pois continuavam encovados e foscos, de uma opacidade sem inteligência. Mesmo quando ele se debruçou até Tanakil não ter como deixar de vê-lo, os olhos não fizeram foco em seu rosto e continuaram concentrados na noite que persistia dentro dela. Twal, deitada a seu lado, tinha um braço estendido sobre a menina, num gesto de proteção. O corpo de Twal parecia o de uma velha, embora ela fosse mais jovem do que ele, e mãe de Tanakil.

Tuami tornou a passar a mão na testa. Se eu pudesse largar esse remo e trabalhar mais um pouco no meu punhal, ou se tivesse carvão e uma pedra lisa — vasculhou desesperado o fundo da canoa com os olhos, em busca de alguma coisa em que pudesse concentrar sua atenção —, mas me sinto como uma cova inundada pela alta de alguma maré, pensou ele, a areia do fundo se agita e coisas estranhas resolveram emergir das fendas e tocas da minha mente.

A pele de urso se agitou e subiu aos pés de Vivani, e ele achou que ela fosse despertar. Mas uma perna miúda e vermelha, coberta de pelos e mais curta que a mão de Tuami, esticou-se no ar. Tateou a toda a volta, esbarrou na superfície do pote, que rejeitou, encontrou uma extensão de couro, em seguida colheu uma mecha de pelos entre o dedo maior e os demais. Agarrou a pele do urso, crispou os dedos do pé em torno de uma ou duas mechas e sossegou. Tuami começou a tremer como se estivesse tendo um ataque. O remo dava arrancos, e as linhas paralelas se sucediam na água a partir do casco da canoa. A perna vermelha era uma das seis que se viam emergindo de uma fresta.

E Tuami exclamou:

"O que mais podíamos ter feito?"

O mastro e a vela entraram em foco. Tuami viu que os olhos de Marlan estavam abertos, mas não saberia dizer havia quanto tempo o fitavam.

A voz de Marlan vinha das profundezas do seu corpo.

"Os demônios não gostam da água."

O que era verdade, e sempre servia de consolo. A água, luminosa, tinha várias milhas de largura. Tuami fitou Marlan com olhos de súplica, do fundo da sua cova inundada. Esqueceu-se do punhal em que a ponta já estava quase afiada.

"Se não tivéssemos feito nada, teríamos morrido."

Marlan, inquieto, trocou de posição, aliviando a pressão de seus ossos contra a madeira dura. Então olhou para Tuami e assentiu com a cabeça, num gesto solene.

A vela reluzia castanho-avermelhada. Tuami olhou para trás, na direção da garganta entre as montanhas, e viu que havia sido invadida por uma luz dourada enquanto o sol se encaixava em sua abertura. Como se obedecessem a algum sinal, as pessoas começaram a se mexer, sentando-se no fundo da canoa e contemplando as montanhas verdes do outro lado das águas. Twal debruçou-se sobre Tanakil, deu-lhe um beijo e sussurrou alguma coisa. Os lábios de Tanakil se abriram. Sua voz rouca veio de muito longe, do meio da noite.

"Liku!"

Tuami ouviu Marlan sussurrando para ele do pé do mastro.

"É o nome do demônio. Só ela é que pode dizer."

Agora sim Vivani estava acordando. Ouviram seu bocejo prolongado e voluptuoso, e a pele de urso foi atirada para um lado. Vivani sentou-se, sacudiu os cabelos soltos e olhou primeiro para Marlan e depois para Tuami, que na mesma hora sentiu-se novamente tomado de desejo e ódio. Se ela continuasse como antes, se Marlan, se o homem dela, se ela não tivesse perdido o filho bebê no mar durante a tempestade —

"Meus peitos estão doendo."

Se ela não tivesse desejado aquele bebê como brinquedo, se eu não tivesse poupado a outra criança por diversão —

Tuami começou a falar alto e depressa.

"São planícies atrás daquelas colinas, Marlan, porque as plantas lá são mais baixas; e deve haver rebanhos de caça. Vamos tomar o rumo da costa. Temos água? — mas é claro que temos água! As mulheres trouxeram a comida? Você trouxe a comida, Twal?"

Twal ergueu o rosto para ele, contorcido de dor e ódio.

"O que eu tenho a ver com a comida, meu senhor? Você e ele entregaram a minha filha para os demônios e eles me devolveram uma criança trocada, que não enxerga nem sabe falar."

A areia rodopiava no cérebro de Tuami. E em pânico pensou: eles também me devolveram um Tuami trocado; o que eu faço agora? Só Marlan continua o mesmo — mirrado, enfraquecido, mas sempre o mesmo. Olhou para a frente, procurando o homem que nunca mudava, algo a que poderia se apegar. O sol ardia na vela vermelha, tingindo Marlan de escarlate. O velho tinha os braços e as pernas contraídos, os cabelos e a barba arrepiados. Seus dentes eram dentes de lobo, e seus olhos pareciam seixos cegos. Abria e fechava a boca.

"Não podem vir atrás de nós, é o que estou dizendo. Não conseguem passar pela água."

Aos poucos a aura vermelha se dissipou, transformando-se numa vela enfunada que brilhava ao sol. Vakiti contornou o mastro de gatinhas, sempre tomando cuidado para evitar qualquer contato da cabeleira magnífica de que tanto se orgulhava com os cabos que poderiam desarrumá-la. Contornou também Marlan, à distância máxima que o barco estreito permitia, manifestando seu respeito e a consternação de se ver obrigado a chegar tão perto dele. Passou ainda por Vivani e dirigiu-se a Tuami na popa, com um sorriso piedoso.

"Perdão, meu senhor. Agora vá dormir."

Acomodou o leme de guia debaixo do braço esquerdo e se acomodou no lugar de Tuami. Liberado, Tuami rastejou até o lado de Tanakil e se ajoelhou perto do pote cheio, que contemplou com desejo. Vivani arrumava os cabelos com os braços para cima, o pente escorregando pela cabeça, de um lado para o outro, para baixo, para fora. Ela não tinha mudado, exceto pelo pequeno demônio que era seu dono atual. Tuami lembrou-se da noite nos olhos de Tanakil e tirou da cabeça a ideia de dormir. Mais tarde, talvez, quando não tivesse escolha, mas com a ajuda do pote. Suas mãos incansáveis apalparam seu cinto e pegaram o pedaço de marfim com a lâmina em produção e o punho sem forma. Encontrou a pedra em sua sacola e começou a usá-la para desbastar o marfim, e fez-se silêncio. O vento soprava um pouco mais forte e o remo produzia um som de corredeira na esteira do barco. A canoa de tronco estava tão pesada que seu casco não se elevava nem se inclinava com o vento, como acontecia às vezes com as canoas de casca de árvore. O vento continuava quente à volta deles, removendo parte da confusão da mente de Tuami, que trabalhava com ar infeliz na produção do seu punhal e nem se preocupava muito se este ficaria pronto ou não: era só uma coisa para fazer.

Vivani acabou de arrumar os cabelos e correu os olhos pelos demais. Deu um riso curto, que em qualquer outra pessoa seria nervoso. Puxou o cordão que atava o suporte de couro dos seus seios para expô-los ao sol. Atrás dela, Tuami contemplava as colinas baixas e o verde das árvores com uma faixa de trevas abaixo delas. A faixa escura se estendia logo acima da água como uma linha fina, e acima dela as árvores exibiam um verde vivo e intenso.

Vivani curvou o corpo e deu um puxão afastando a pele de urso. O pequeno demônio estava lá num trecho de pelagem densa, a que se aferrava com os pés e as mãos. Quando foi atingido pela luz do sol, ergueu a cabeça e abriu os olhos, piscando muito. Levantou-se apoiado nas patas dianteiras e correu os olhos em volta, animado e solene, com movimentos rápidos do pescoço e do corpo. Bocejou e todos puderam ver como seus dentes despontavam. Em seguida, correu depressa a língua rosada pelos lábios. Fungou, virou-se, andou até a perna de Vivani e escalou seu corpo em busca do seio. Ela tremia, rindo, como se aquele prazer e aquele amor fossem também um medo e um tormento. As mãos e os pés do demônio apoderavam-se dela. Hesitante, um pouco encabulada, com o riso assustado de sempre, ela inclinou a cabeça, apertou o corpinho com os braços e fechou os olhos. Todos sorriam para ela, como se também sentissem a sucção da boca estranha, como se, independente da vontade deles, houvesse um poço aberto de sentimentos emanando amor e medo. Produziam sons submissos de veneração, estendiam as mãos ao mesmo tempo em que estremeciam de repulsa à visão daqueles pés habilidosos demais e dos cachos de cabelos ruivos. Tuami, a cabeça tomada por torvelinhos de areia, tentou imaginar o que ocorreria quando o demônio acabasse de crescer. Naquela região de terras altas, protegidos da perseguição da tribo, mas isolados dos homens pelas montanhas infestadas de demônios, quantos sacrifícios teriam de fazer a um mundo de confusão? Eram tão diferentes do grupo de magos e caçadores destemidos que tinha zarpado rio acima na direção da cachoeira quanto uma pena encharcada difere de uma pena seca. Inquieto, revirou nas mãos o pedaço de marfim. De que adiantava aguçar o punhal para usá-lo contra um homem? Quem conseguiria afiar uma ponta contra as trevas do mundo?

Marlan falou com voz rouca, depois de meditar um pouco.

"Eles nunca deixam as montanhas ou a escuridão debaixo das árvores. Nós vamos ficar na água e nas planícies. A salvo das trevas da floresta."

Sem consciência do que fazia, Tuami voltou a contemplar a linha de escuridão que descrevia uma curva para longe debaixo das copas das árvores, à medida que a costa recuava mais e mais. O filhote de demônio tinha se fartado. Desceu do corpo arrepiado de Vivani para o fundo seco do barco. Começou a engatinhar, curioso, apoiando-se nas patas da frente e examinando as cercanias com os olhinhos repletos de luz do sol. As pessoas se encolhiam e o veneravam, com risinhos e punhos cerrados. Até Marlan recolheu os pés, que dobrou debaixo do corpo.

A manhã avançava e o sol despejava-se neles por cima das montanhas. Tuami desistiu de seguir esfregando a pedra no osso. Apalpou com a mão a área ainda sem forma onde ficaria o punho da faca pronta. Não sentia poder nas mãos, não tinha imagem alguma na cabeça. Nem a lâmina nem o punho importavam naquelas águas. Por um instante, sentiu-se tentado a jogar tudo na água.

Tanakil abriu a boca e proferiu suas sílabas sem sentido.

"Liku!"

Twal atirou-se aos prantos em cima da filha, abraçando seu corpo com força como se tentasse alcançar a menina que o abandonara.

A areia rodopiava de novo no cérebro de Tuami. Ele se acocorou, balançando para os lados e revirando a esmo na mão o pedaço de marfim. O demônio examinava o pé de Vivani.

Um som chegou a eles vindo das montanhas, um estrondo violentíssimo que ressoou em volta deles e se espalhou numa teia de vibrações pela água cintilante. Marlan, agachado, desferia estocadas com os dedos na direção das montanhas, e seus olhos cintilavam como pedras. Vakiti se abaixou e largou o remo: o barco se perdeu do vento, e a vela batia. O demônio participou da confusão. Escalou às pressas o corpo de Vivani, evitando as mãos que ela espalmara num gesto instintivo de proteção, e enfiou a cabeça no capuz de pelo dobrado atrás da nuca da mulher. Caiu e ficou preso no fundo do capuz, que começou a se debater.

O ruído vindo das montanhas morria ao longe. As pessoas, aliviadas como se uma arma assestada contra elas as tivesse poupado, concentraram seu riso de alívio no pequeno demônio. Gargalhavam com as cabriolas do capuz. Vivani tinha as costas arqueadas e se contorcia como se houvesse uma aranha por baixo das suas peles. E então o demônio apareceu com o traseiro para cima, pressionando a nuca da mulher com suas ancas miúdas. Até o circunspecto Marlan torceu o rosto cansado num sorriso. Vakiti não conseguia manter o barco no rumo, de tanto que ria, e Tuami deixou o marfim cair das suas mãos. O sol iluminava a cabeça e o traseiro e de uma hora para outra tudo estava bem de novo, toda a areia se assentava de volta no fundo na cova. O traseiro e a cabeça se encaixavam e compunham uma forma que as mãos de Tuami podiam sentir. Estavam à sua espera no marfim do punho da faca, tão mais importante, afinal, do que a lâmina. Eram uma resposta, o amor assustado e raivoso da mulher e aquele traseiro ridículo e assustador que se esfregava em sua cabeça: eram uma senha. A mão de Tuami saiu apalpando às cegas em busca do pedaço de marfim, e ele sentiu na ponta dos dedos como Vivani e seu pequeno demônio se encaixavam nele à perfeição.

Finalmente o demônio conseguiu virar-se e endireitar o corpo. Apontou a cabeça por cima do ombro dela, sempre muito perto, e aninhou-a na nuca da mulher, que esfregou o rosto de lado em seus cabelos cacheados, sorrindo e olhando para as pessoas com um ar de desafio. Marlan falou no meio do silêncio.

"Eles vivem na escuridão debaixo das árvores."

Segurando com firmeza o pedaço de marfim, sentindo que o sono se aproximava, Tuami olhou de novo para a faixa de trevas. Estava distante, e havia uma vastidão de água a separá-los dela. Olhou para a frente, para além da vela, tentando ver o que haveria do outro lado do lago, mas este era tão comprido, e a água refulgia tanto, que não conseguiu ver se aquela faixa de trevas tinha fim.